麦家陪你读书（第二辑）

今天也要好好爱

麦家 / 主编
麦家陪你读书 / 编

南方传媒 花城出版社
中国·广州

图书在版编目（CIP）数据

今天也要好好爱 / 麦家陪你读书编. -- 广州 : 花城出版社, 2024.3
（麦家陪你读书 / 麦家主编. 第二辑）
ISBN 978-7-5749-0168-1

Ⅰ. ①今… Ⅱ. ①麦… Ⅲ. ①世界文学－文学评论－文集 Ⅳ. ①I106-53

中国国家版本馆CIP数据核字(2024)第047964号

出 版 人：张 懿
特约策划：萧宿荣
责任编辑：林 菁　杨柳青
责任校对：梁秋华
技术编辑：凌春梅
装帧设计：郑力珲

书　　名	今天也要好好爱
	JINTIAN YE YAO HAOHAO AI
出版发行	花城出版社
	（广州市环市东路水荫路11号）
经　　销	全国新华书店
印　　刷	广东广州日报传媒股份有限公司印务分公司
	（广州市白云区增槎路1113号）
开　　本	787毫米×1092毫米 32开
印　　张	9.5　1插页
字　　数	182,000字
版　　次	2024年3月第1版　2024年3月第1次印刷
定　　价	59.80元

如发现印装质量问题，请直接与印刷厂联系调换。
购书热线：020-37604658　37602954
花城出版社网站：http://www.fcph.com.cn

读书就是回家

毕淑敏

编委会

顾　　问： 李敬泽　吴义勤　郜元宝　阿　来
　　　　　　格　非　苏　童　王　尧　王春林
　　　　　　季　进　张学昕　陈培浩

主　　编： 麦　家　谭君铁

策划主编： 张　懿　周佳骏

编　　辑： 罗万山　何佳丽

目录

《情人》一场爱的疲惫梦
[法] 玛格丽特·杜拉斯
001

《时间旅行者的妻子》你我面前，时间没什么了不起
[美] 奥德丽·尼芬格
022

《霍乱时期的爱情》穷尽人世间所有的爱情面貌
[哥伦比亚] 加西亚·马尔克斯
050

《面纱》女性精神觉醒经典之作
[英] 威廉·萨默塞特·毛姆
080

《我们仨》我们只有死别，没有生离
杨绛
104

《**洛丽塔**》人性在情爱中的多样化

[美]弗拉基米尔·纳博科夫

135

《**小妇人**》书中的教育与婚恋智慧永不过时

[美]路易莎·梅·奥尔科特

166

《**白夜**》用生命写下人性不可翻越的高峰

[俄]陀思妥耶夫斯基

199

《**蒂凡尼的早餐**》寻找不受拘束的安全感

[美]杜鲁门·卡波特

231

《**小王子**》本质的东西,用眼睛是看不见的,唯有用心

[法]圣-埃克苏佩里

266

《情人》

一场爱的疲惫梦

[法]玛格丽特·杜拉斯

"如果我不是作家,我应该会是一个妓女。"这句话出自玛格丽特·杜拉斯之口。如此惊世骇俗,却是她独有的风格。

在文学界,她的名字与米兰·昆德拉一样响亮。她被誉为令当代法国骄傲的作家,是通往法国当代文化的一条重要通道。《情人》是杜拉斯的代表作之一,讲述了穷困潦倒的法国少女与富有的中国男孩相爱的故事,可惜两人之间注定是一场绝望。

王小波曾经在文章中写道:"到了将近四十岁时,我读到了王道乾先生译的《情人》,又知道了小说可以达到什么样的文学境界。这本书的绝顶美好之处在于,它写出了一种人生的韵律。"

Day 1.
爱不是肌肤之亲，是不死的欲望

1984年，《情人》一经发表便引起广泛热议，当年即获龚古尔文学奖，陆续被译成40多种文字，传遍全世界。

《情人》以法国殖民者在越南西贡的生活为背景，描写了一名贫穷的法国白人少女与富有的华裔少爷之间深沉而无望的爱情，笔触深达人性中最根本、最隐秘的特质。现实中，杜拉斯的父亲曾经在西贡担任数学老师和政府公职，母亲是当地的小学教师，家中另有两个哥哥。父亲去世之后，留下了母亲以及她和两个哥哥。

在杜拉斯16岁（法国人的15周岁）的时候，她遇见中国男人李云泰。这个男子帮助她家渡过难关，也成为她的第一个情人和终生难忘的情人。这段情感往事埋藏了50年后才向世人吐露。杜拉斯的一生本身就像是一部不停创作中的小说，充斥着酷热、暴风雨、酒精、狂躁、对话和爱情。

《情人》除了故事内容的自传色彩，其特别之处还有杜拉斯独创的写作手法。在这部作品里，可以看到作者"我"的两副面孔。一副是年迈老妪，备受时光、烟酒摧残的面孔；另一副是稚嫩、无知，尚未经历风霜的脸孔。整部小说都在这两个形象交替变换之下完成，且有电影化手法的运用。

但到了后面，情节淡化到几乎没有，且往往是破碎的、无序的，如行云流水，又来回变换，彻底远离了传统的"全知全能式"的叙述方式。模糊、不确定容易使人联想；零碎、断裂、不完整造成了情感的悬置、紧张；再加上杜拉斯短小的句子，音乐一样反复出现的象征性事物、场景，都使人仿佛置身于诗歌、音乐的氛围。或许这就是王小波所说的"人生的韵律"。

"这一世为这一段情所伤，便再没有痊愈的机会。"两个老去的人还爱着对方，这样一份彪悍的爱情足以构成让其他所有一切黯然无光的理由。原著篇幅不长，总共56000字，从少男少女的相遇到最后结尾的一通电话，每次回忆起这部小说，都很想去越南看湄公河。不知道杜拉斯在以后的人生中是以怎样的心情回忆起，那一年在南洋湿热的空气里被挥霍过的爱情。

Day 2.
15岁少女与中国男子的初相遇

小说以"我"的面孔幻想着:"我"已经老了,有一天,在一处公共场所的大厅里,有一个男人向"我"走来。他主动介绍自己,他对"我"说:"我认识你,永远记得你。那时候,你还很年轻,人人都说你美,现在,我是特地来告诉你,对我来说,我觉得现在的你比年轻的时候更美,那时你是年轻女人,与你那时的面貌相比,我更爱你现在备受摧残的面容。"

这个形象是"我"在年老时经常想到的,它让"我"感到自悦自喜,感到心醉神迷。它也是一个女人对爱情的终极幻想:情人爱着她老去的面容。

十五岁半,越南西贡的湄公河上,那次渡河的整个过程,一直印刻在"我"脑海深处。西贡没有四季之分,一年到头都是炎热单调的夏季。少女时的"我"住在西贡的寄宿学校,同时在法国中学上学。"我"的大哥自私暴力、不求上进,母亲却一心偏爱他。小哥哥懦弱善良,一生生活在家庭阴影之下。就在那样的时空和环境之下,"我"遇见了"我"的第一个情人。

年老的"我"回忆：在那个时候"我"就已经有了酗酒面孔的先兆，15岁少女的时候就有着一副光艳夺目、疲惫憔悴的面容，黑眼圈过早地围上眼睛。少女时的"我"从外面旅行回来，乘坐公共汽车回西贡，母亲照旧将"我"托付给汽车司机，因为路上可能发生许多意外：火警、土匪抢劫、渡船抛锚……汽车开到渡船上，"我"从车上走下来，走到渡船的舷墙前面，看着汹涌的湄公河。"我"总是害怕，怕钢缆断开，我们都被冲到大海里去。

年老的"我"写到这里想起更多家事："我"的儿子20岁时在国外拍摄的一张照片，与少女时期的"我"在渡船上的模样最为相像。而"我"的母亲，在悲伤之中的挣扎混乱而苍白，她不顾父亲病重，跑去买根本不需要的房子，然后搬家。父亲去世之后，她处境艰难，很快变得灰心绝望，这些都可以在家庭照片里她的神态中看出来，后来她又很不理智地买了那块不能耕种的租让地，跟这块地纠缠不清。

初遇情人那天，"我"梳着两条辫子，脸上已经敷粉了，用母亲参加总督府晚会才搽的粉，嘴上还涂了樱桃色的口红，口红可能是闺密海伦弄来的。渡河的船上，一个黄皮肤的男人坐在黑色的豪华轿车里，一身浅色西装，风度翩翩。他看着"我"，目不转睛。

黄皮肤的男人从小汽车上走下来，吸着英国纸烟，慢慢向

"我"走来。他是胆怯的，脸上没有笑容，拿出一支烟来请"我"吸，手直打战。"我"谢绝了他的好意，但是也没让他走开。他一再说遇见"我"不寻常。这个中国男人提出送"我"到西贡，"我"同意了。

他属于控制殖民地广大居民不动产的少数中国血统金融集团中的一员。那天，他正巧过湄公河去西贡。"我"坐进黑色的小汽车，车门关上，恍惚间，一种悲戚感、一种疲倦无力感突然出现，车上的他一直在讲话。说他对巴黎，对非常可爱的巴黎女人，对于结婚、丢炸弹事件、圆顶咖啡馆都厌倦了。他说他宁可喜欢圆厅，还有夜总会，这样的日子他过了整整两年。"我"静静地听着，注意到他种种阔绰、种种难以计数的开销。他说到自己母亲已经去世，他是家中独子，有一个很有钱的父亲。

老妪"我"插进来说：后来情人的父亲不允许儿子和少女时的"我"结婚。其实，当他下车向少女时的"我"走来，"我"就已经发现了他的胆怯，完全可以想见他见到他父亲之后的懦弱形象，也可以想见跟他在一起没有未来……

Day 3.
正值年少的我，却发现自己老了

　　这一部分的开头，作者用第三人称叙述故事：自渡河初遇之后，中国男人天天都到学校找她，送她回宿舍。有一天，一个周四的下午，寄宿学校的女学生按照规定正在休息或者散步，他到宿舍来找她，她逃课了，坐进黑色小汽车走了。他们去了堤岸，一个与西贡中心地带中国人居住城区相反方向的地方。那里是城南，是现代化的，他在那里有一个单间房间。

　　他说，知道她不会爱他。

　　她回答，不知道会不会。

　　她想起自己的母亲，因为所受教育不同，因为时代差异，也因为代沟和隔阂，从来不曾给过她青春期的某些教育。兄妹三人正是因为这些原因在内心和母亲分隔开来。

　　在思索的回忆中，作者又把笔调转为了自己的讲述。

　　"我"想着心事：过去无法想象自己能够抵制得了母亲的禁令，现在禁令打破，心情却是平静的，因为决心已经下了，但是又怀疑自己能否做到把这样的意念坚持到底。另一边，"我"的情人小心地呵护着"我"。"我"告诉他，"我"有两个哥哥，家里没有钱，什么都没有。他认识"我"大哥，在当地鸦片烟馆遇见过。"我"告诉他,"我"的这个哥哥偷母亲的钱去吸鸦片,他连仆人的钱都偷,烟馆老板有时找上门向母亲讨债。"我"还告诉他,母亲在那块不能耕种的租让地上修建堤坝的事情,觉得母亲快要死了。

他觉得"我"可怜。而"我"不需要可怜,除了"我"的母亲,谁也不值得可怜。他问"我"是不是因为他有钱才来的。"我"说他的人、他的钱"我"都想要。

西贡是一座寻欢作乐的城市,入夜之后更加疯狂。恍惚之间,"我"看见他穿着一件黑色浴衣,坐着喝威士忌、抽烟。他看到"我"刚才睡着了,于是在小桌上点起一盏灯。"我"看着他,思忖着他这个人。他大概经常带女人来这个房间,以此克服孤独和恐惧。"我"喜欢这样,混在这些女人中间不分彼此,他说他理解,可是我们对视的目光出卖了我们。

"我"让他过来抱"我"。他很诱人。他告诉"我","我"爱的是爱情本身,这样的人随便遇到怎样一个男人都是要骗的,他就是被"我"骗了。"我"倔强地说,听他这么说"我"很高兴。他变得绝望而粗鲁。他说,"我"是他唯一的爱。

他对"我"说他一生都会记得这个下午,尽管那个时候"我"甚至会忘记他的面容、忘记他的姓名。"我"问自己以后是不是还能记得这座房子。他让"我"好好看看。"我"把房子看了又看,说这和随便哪里的房间没有什么两样。他说是，是啊，永远都是这样。"我"看看他的面孔，想要牢记，也想牢记他的名字。

他问"我"在想什么。"我"说在想母亲，她要是知道这件事一定会把"我"杀掉。他挣扎了一下，说他知道"我"母亲会怎么说，她会说廉耻丧尽。他看着"我"，安抚"我"，"我"向他诉说一家人靠着母亲生活下去的艰难，痛哭流涕。"我"跟他说迟早会离开母亲，"我"的幼年充满了不幸，梦里只有让贫穷活剥了的母亲。

我们从公寓里出来，"我"突然发现自己老了。而他说"我"是累了。

Day 4.
原生家庭对一个人的影响到底有多深

我们从公寓出来,走在人行道上,人群杂沓而拥挤,人流盲目又无理性。我们走进豪华的中国饭店,那里大得像百货公司。堂倌报菜和厨房呼应的吆喝声大得匪夷所思。平台上还有中国乐队正在奏乐。在这里吃饭无法谈话。我们来到最清净的一层楼上,专为西方人保留的地方,点餐、吃饭。"我"想听听,关于他的父亲是怎么发迹的、怎么变得有钱的。他却讨厌说钱的事。而"我"坚持要听,于是他讲了一些他知道的情况。他的父亲卖出原有的房产,在堤岸南部买进土地给本地人盖房子,建起住房300处,几条街都属他父亲所有。他猜想沙沥的部分水田也已经卖出了。

"我"看到过许多街道房屋整个从入夜到第二天禁止通行,门窗钉死,因为发现了黑死病。他说这种病在这里比较少见,因为老鼠消灭得比较干净。然后他突然讲起这种住房的故事来,说这里的居民,特别是穷人家,喜欢聚居,所以他的父亲叫人建筑成套的沿街带有骑楼的住房。天太热,人们就睡在骑楼下面。

在之后交往的一年半里,我们的谈话情形经常如此。从来不谈我们自己，不谈我们共同的未来。"我"告诉他，"我"准备把他介绍给家人认识。他竟然想逃，"我"笑。他不善于表达感情，只好采取模仿的方法。"我"发现要他违抗父命爱"我"、娶"我"、把"我"带走，他没有这个力量。他找不到战胜恐惧去取得爱的力量，所以，他总是哭。他的英雄气概是"我"，他的奴性是他父亲的钱，他离不开父亲的钱。

"我"把他带去和"我"的家人见面了，在中国饭店吃饭。席间"我"的两个哥哥大吃大嚼，从来不看他一眼，母亲也很少说话。起初他自告奋勇地试图讲讲他在巴黎做的傻事，没有成功，因为没有人听，也没有人搭理。两个哥哥继续大吃大喝。只有他付钱的时候，所有人都看着他。"我"的母亲看到他放在托盘上的钱，差点没笑出声来，大家站起来就走，没有人说一声谢谢。两个哥哥只当他透明、不存在。

"我"的内心矛盾，在挣扎。原则上，"我"应该爱他的。"我"和他在一起是为了他的钱啊。他或许可以承担"我"的一切，但是我们不会有结果的。

饭后两个哥哥让"我"告诉他想去泉园喝酒跳舞。在泉园，仍然是谁都不理睬他。两个哥哥喝醉了，不停地骂骂咧咧，小哥哥尤其抱怨。"我"和小哥哥跳舞，和情人跳舞，"我"不敢和大哥跳舞，他这个人很危险，可以随时对任何人行凶作恶。情人说他真想哭。他没有什么对不起"我"的家人。"我"说不要慌，他们一向是这样的，我们家人之间无论在什么场合一向如此。

"我"在1931年通过会考之后离开西贡，小哥哥死于1942年12月日本占领时期。10年之中，小哥哥只给"我"写过一封信，告诉"我"他们很好，他学业顺利，有一处公寓房子，有一辆车，他又打网球了，他爱"我"。母亲在外面老是撒谎吹嘘她的两个儿子强壮有力，对"我"的情人用词刻薄、不屑一顾。小哥哥死了，"我"逃脱了，母亲就属于大哥一个人了。小时候，两个哥哥就经常无缘无故地打架。大哥会好端端地突然发作殴打小哥哥，而母亲却只一味地偏心大哥，就算出门遇见熟人，也只跟他们提起大哥。

　　"我"曾亲眼看见过战争，"我"的童年的色调跟战争的色调是一样的。大哥造成的阴影跟战争时的阴影一样暴力而沉重。大哥就像战争一样，到处扩张、渗透、掠夺、囚禁，无所不在，时时威胁着"我"和小哥哥的生命。

Day 5.
两个人合适不合适，答案早在你心里

"我"和情人的交往没有停止，我们不能不爱。他要"我"瞒着母亲，继续说谎，尤其不能让"我"大哥知道。

以下叙述作者换回第三人称：

夜里，情人送她回寄宿学校，车子在老远的地方就停下，以免被人看到。她下了车，头也不回地跑了。闺密海伦正焦急地等待着她，说舍监发现了她夜不归宿，要找她谈话。她和海伦是这所寄宿学校里仅有的两个白人。其他学生多数是被父亲遗弃的混血学生。海伦担心法国政府要把她们培养成为医院的护士或者孤儿院、麻风病院、精神病院的监护人员，然后把她们派到霍乱和鼠疫检疫站去。海伦总是胡思乱想，哭哭啼啼。她说这些工作她都不愿意去做，她要从寄宿学校逃出去。

她去见舍监，舍监是一位年轻的混血女人，平时就很注意她和海伦。舍监说她夜不归宿的事情已经通知了家长。她的母亲后来跑到学校来见寄宿学校校长，要求校长让她女儿晚上自由行动，不要规定返校时间，也不要强迫星期天同寄宿生集合出外散步，不然她的女儿会离校出走的。校长为了留住她女儿这个白人学生，为了学校的声誉，答应了。学校里的人反而不再提起她夜不归宿的事情了。这些事情,又令"我"想要亲口说说当时的情况。

以下叙述作者换回第一人称:

海伦担心"我"就要离开寄宿学校了,一直在哭。海伦的身体很美,令"我"心动。她是在新加坡一带的山区长大的,肤色红润中带着棕色,与西贡一带因为炎热和贫血导致皮肤苍白发青的孩子们不一样。海伦读不进书,也不知道为什么要读书,她求"我""不要走"。

海伦不知道自己的美丽,对爱情和婚姻没有任何想法,任何人都可以做她的未婚夫,她的父母也只是想把她嫁出去而已。和她相比,"我"更适合嫁人。"我"想把海伦带给"我"的情人。她这样的女人是应该属于中国男人的。离开"我"的中国情人之后,整整两年,"我"都没有接触过任何男人。

海伦在"我"离开西贡之前离开寄宿学校回家去了,不知道她后来怎样了。大哥从家里偷钱去抽鸦片烟,赌博输掉我们唯一的房产,试图把"我"卖给别人。母亲替他还债,为他吃饱睡暖而活着,没完没了地重复。后来母亲用省吃俭用10年攒下的钱为他买下一块地产,也在一夜之间被他输光。母亲的临终遗嘱里,把所有的东西都给了他。"我"放弃追究继承权,接受了。

巴黎解放的时候,"我"丈夫被押解出境未归,大哥因为与德寇合作过而到"我"家避难,偷光"我"家的存款米粮,一去无踪影。母亲遗嘱里留给他的房子,后来也被他卖掉了。他贪酒、嗜赌,将母亲存放在储藏室的家具一件件卖光。他到处骚扰亲朋故旧,求别人收留、帮忙。最后他在年过五十之后找了此生第一份工作,当一家海运保险公司的信差,做了15年,最后死在他的住房里。

在回到巴黎之前,"我"仍然还在炎热的西贡。这样的夜里,在我们住处庭院的小径上,番荔枝树的阴影像黑墨水勾画出来的,花园静止不动,像云石一样凝固。小哥哥在"我"身边走着,注目望着那向着荒凉的大路敞开的大门。"我"和情人的约会继续着,情人的父亲病了,他去沙沥看望。后来,他回来了。

他父亲还活着。他向父亲提出请求,祈求他的允许,把"我"留在身边。他对父亲说:"您应该理解的,在您漫长的一生中,对这样的激情至少应该有过一次体验,求您也准许我有一次这样的体验,这样发狂般的爱情。在把我送回法国之前,允许我们在一起,也许就一年时间。我绝不可能放弃我们的爱情,如果要强行分开,真是太可怕了,您也应该清楚,这样的爱情绝不会再有的。"父亲还是对他重复那句话,宁可看着他死。

后来,我们抱在一起亲吻、哭泣。"我"对他说不论"我"在哪里,总归要走的。"我"的行为"我"自己也不能决定。他说即使这样,以后如何他也在所不计。"我"同意了他父亲的主张,决定和他分开。"我"从他公寓的房间里逃出来,一路狂奔,遇见本地区的那个女疯子。"我"觉得如果被她抓住,会陷入比死还要严重的境地。"我"跑到邻近花园的一所房子里,刚跑上台阶就在房门入口那里倒下了。过后许多天,都说不明白这件事。

很多年以后,"我"母亲临终之前骨子里的疯病日趋严重,仍然令"我"十分害怕。在这之前也正是这种病让她和孩子们渐行渐远。离开西贡前的某个深夜,"我"和母亲、仆人阿杜坐在住房的大平台上,突然发现坐在躺椅里的母亲已经完全变成另外一个人。这个人只保留了"我"母亲的外观,其他都已经变了。"我"害怕得想要呼喊吼叫,可是叫不出声来。

女疯子的形象在"我"心头衍化成无数女乞丐,她们遍布大街和城市的每一个角落。她悲哀苍凉的故事,她疯癫的举止,"我"和她曾经有过的地理上的交集,以及她最后的死亡,都是童年记忆里无法抹去的背景。

Day 6.
到底怎样才能拥有爱情

"我"的学校下了禁令：禁止任何女学生和"我"说话。课间休息的时候，"我"成了孤零零的一个人。"我"背靠在室内操场的柱子上，望着外面的马路。这件事"我"没有告诉母亲，仍旧坐情人的黑色小汽车上学、放学。

母亲第一次看到情人送"我"的那个钻石戒指时，曾经轻声跟"我"说这让她想起她和第一个丈夫订婚期间遇到过的一个单身小青年。"我"猜到了是谁，说出名字，母亲笑着说是的。差一点"我"就要说出在堤岸公寓房间里的事了，最终没有说。母亲对"我"说事情不会这么过去的，在殖民地西贡"我"根本不可能结婚。"我"无所谓地耸耸肩，说"我"愿意的时候，管他什么地方，想结婚就可以结婚。

母亲表示不同意，她说不行，这里已经满城风雨，在这里就是办不到。在回法国之前不久，母亲问"我"是不是仅仅因为钱才去见"我"的情人。"我"犹豫了，后来说是为了钱。她看着"我"很久，不相信。她说她跟"我"不一样，她把读书这段时间拖得太长，做人又太严肃，所以对欢乐已经不感兴趣了。

以下作者转换为第三人称讲述：

她和情人再也没有提起过结婚的事了。情人的父亲对任何人都不存在什么怜悯之心。他是本地区操纵商界的中国移民中最富有也最可怕的一个。他的财产不限于沙沥一地，还扩展到了堤岸。情人已经开始懂得他和她分手，任她走掉是他们这段故事的结局了。他必须放开她，忘掉她，把她还给白人。

他觉得她已经不再嫌弃他，甚至她的母亲也没多少意见了。他和她同病相怜，仿佛血亲一族。她在这个炎热潮湿、难以忍受的纬度上度过的岁月使她变成印度支那地方的少女了。她想到母亲会无端地哭叫，想到不能改变世事，不能让母亲生前得到快乐，不能把害母亲的人都杀死，因为愤恨而哭泣。他的脸紧紧依偎着她的面颊，把她紧紧抱住，像抱着自己的孩子。后来他在亲吻中突然大叫不想再要她了。

漫长的黄昏，相对无言。在送她回寄宿学校的车上，她头靠在他的肩上，他紧紧抱着她。他说法国来的船快要到了，就要带走她了。他叫司机开车去河岸兜一圈，她在车上睡着了。

以下作者转换为第一人称讲述：

"我"回到寝室，急忙去看海伦，怕她白天从寄宿学校逃出去。还好她还在，睡得正熟。"我"猜她一直在等"我"，就这样睡着了，等得不耐烦，哭过，后来昏昏睡去。

承载小哥哥死讯的电报拍来的时候，从四面八方、从世界深处汹涌而来的悲痛将"我"淹没,除了悲痛,其他都不存在了。在此之前不久"我"的孩子夭折了,生下来不久就死了。这种淹没"我"的悲痛却是一种新的悲痛,小哥哥死了,"我"也就死了。小哥哥的生命力在他活着的时候就已经死了,他什么都不懂又什么都怕。

以下作者转换为第三人称讲述:

轮船来了。开船的时刻到了,汽笛的长鸣声全城都可以听到。她和家人一起登上了轮船甲板。拖轮开始把轮船从陆地拖引开去,离岸远了,她默默地哭了。她知道他在看她,她也在看他。她知道她再也看不到他了,那辆黑色小汽车急速驶去,最后消失不见了。港口消失了,陆地消失了。

深夜,所有人都已经睡了。她独自看着平静的印度洋,船上突然响起了华尔兹,她想起了他,泪如雨下。原来她是那样爱他啊!战后许多年过去了,她经历过结婚、生孩子、离婚、写书之类的事情。这时,他带着他的女人来到巴黎,给她打来电话。他说和过去一样,他依然爱她,他根本不能不爱她,他说他将爱她一直爱到他死。

Day 7.
世界以痛吻我，我却报之以歌

　　《情人》的原著里，爱情故事像一条美丽的绳索，将作者的家庭、童年、学校、职业、情事等切割得七零八碎的东西全部捆扎在一起，每一个碎片都可以追本溯源回到同一根爱情之绳上。

　　少女的美丽、情人的金钱在表象上做着交换，却掩盖不住她的贫苦与他的孤独之间深深的彼此心疼。她的倔强和他的懦弱也无法将爱的烙印模糊。大多数时候，你需要的只是一份来自别人的心疼。有人心疼你，你可以不孤单；有人心疼你，你可以有安全感；有人心疼你，你可以有勇气去做你最想做的事。人有很多脆弱的时候，需要别人的心疼才能治愈。

　　当年龄慢慢增长，你自然而然就会发现心疼你的人越来越少，而你需要心疼的时候却越来越多。家庭可以给你心疼，也可以给你伤害，朋友、学校、社会、爱情都可以是一把双刃剑。作为芸芸众生之中的一个普通人，我们可以做的，不是等待别人的心疼，而是先去心疼别人。就像那句话说的：假如没人爱你，请先爱别人吧。总有一个人正在前方等着爱你、心疼你的。

　　假如对《情人》的故事意犹未尽，你可以去看作者杜拉斯的另一本书：《中国北方的情人》。这本书是作者得知中国情人去世之后写下的，可以说是对《情人》的补充和扩叙。相比《情人》，这部小说里用更加深厚的情感、更加缠绵的叙述、更加细腻的描写，回忆了自己少女时代在越南的生活。

看过梁家辉主演的同名电影的书友，会发现电影和原著之间有不少不同之处。比如中国情人的形象。电影中的梁家辉又高又帅，风度翩翩；而原著中的中国情人轻描淡写到几乎没有具体形象，只有一个东方人模糊的影子，孱弱，瘦削，皮肤金黄。比如男主的性格。电影中的男主对待少女一家不卑不亢，礼貌周全；而原著里中国情人懦弱自卑，被大哥吓到了。这是因为电影参考了前后两部书的内容做了相应调整。在后一部书里，作者对情人的形象做了美化。而且因为时长的缘故，电影将许多故事碎片或删除或简化，将爱情这根绳索放大，一切都围绕爱情展开。

假如把小说和电影比作两个容器，用它们来承载同一堆故事碎片，那么小说这个容器因为空间大，时间不受限制，可以装下所有的碎片，电影却只能拣取一些碎片装下。

我们或许应该庆幸，杜拉斯没有在她十几岁二十几岁渴望成为作家的时候把《情人》写出来，而是一直到了70岁，这段感情埋藏了50多年的时候。经过岁月沉淀的感情和文字才是最珍贵的。千山暮雪，都化作了诗篇。而我们，作为读者，都或多或少地沉醉在了她的回忆里，沉醉在了她的文字里。

《时间旅行者的妻子》

你我面前,时间没什么了不起

[美]奥德丽·尼芬格

"人生若只如初见,何事秋风悲画扇。"用这句话来形容《时间旅行者的妻子》一书中亨利和克莱尔的爱情再合适不过了。

书中的主人公亨利由于基因问题,成了一个被动的时间旅行者。他会突然感到头晕目眩、手脚刺痛,然后从现在消失,赤身裸体地出现在过去或者未来的某一个地方。全书以时间旅行为背景,让亨利经历了常人所未有的幸福和痛苦。

可是亨利和克莱尔证明,时间在他们面前真的没什么了不起。

Day 1.
他拥有穿越时间的超能力，却只想做一个普通人

如果你问时间旅行是什么感觉，资深时间旅行者亨利会告诉你，那就像瞬间的走神，接下来，你会突然意识到身边的一切都在瞬间幻灭了。只剩下你自己，赤身裸体地独自站在无名沟渠的冰水中。有时，大概一分钟，你就可以回到自己的世界里去。

亨利的第一次时间穿越，是在他5岁生日的晚上，那时，他还不清楚自己身上到底发生了什么，以至于当他第二天和妈妈说起这件事，连他自己都觉得那是一个神奇的梦，从未真实发生过的、只存在于虚幻的夜晚里的、非常真实的梦。

1991年10月26日，亨利第一次遇到克莱尔。这一年，亨利28岁，克莱尔20岁。对，这一次是正常时间的亨利和正常时间的克莱尔。克莱尔最近在写一篇艺术史的论文，研究课题是克姆斯歌特版的《乔叟》。为了找这本书，她不得不来到纽贝雷图书馆寻求帮助，服务台小姐向她介绍了图书管理员亨利·德坦布尔先生。

这个时候的亨利，年轻、镇静、穿着整齐，看着克莱尔的眼神充满了不解和迷茫。他不明白，为什么这个初次见面的女生，看着自己的眼神如此炙热。然而，困惑也好，迷茫也好，都没能阻止亨利答应克莱尔共进晚餐的请求。

吃饭的时候，克莱尔告诉亨利，自己6岁的时候，第一次遇到了他。那是1977年，36岁的中年亨利落在克莱尔家后院的草坪上，克莱尔当时正在画画。中年亨利用克莱尔包文具的浴巾裹住自己，陪着小克莱尔聊天，还在分开前把下一次回来的时间告诉了她。这次见面，是他们在正常世界里恋情的开始。

由于亨利经常会被迫进行时间旅行，所以这本书的时间顺序有些混乱。在此特别说明一下，时间穿越时会发生的几种情况：

第一种是回到过去。这个过去，也许是几个小时前、一周前，或者几年前。回到过去的亨利，无法改变过去已发生的事实，所以即使他知道自己的父母会死于车祸，也只能一次又一次地在远处看着事故再次发生。也正是因为可以回到过去，亨利才能在父母死后再次见到他们，年轻的他们、结婚前的他们。

第二种是前往未来。二十几岁的亨利曾遇到过三十几岁的克莱尔，那个时候，克莱尔已经嫁给他很久了。可对穿越而来的亨利来说，这一切都还是未知的。因为时间穿越的不确定性，亨利和克莱尔的时间永远是碎片化的。他们无法预知自己可以陪伴对方多长时间。

时间穿越并不是一件好事，所以知道亨利有这种基因疾病的人寥寥无几，克莱尔恰好就是其中之一。对28岁的亨利来说，20岁的克莱尔还是一个陌生人。可是这个陌生人却知道自己最大的秘密，她不仅长得漂亮、身材好，还愿意做自己的女朋友。这就好像困了的时候有张床，没钱的时候突然间中了彩票一样。毫无预兆，但充满希望。这是在正常世界里，两人的时间第一次重合。亨利从没有这么渴望过时间能一直停留在当下。

时间旅行是个让很多人都羡慕的事情，看着爱人长大更是很多人无法触及的幸福。亨利在获得这两者的同时，失去了对自己、对时间的控制。

Day 2.
我从未害怕分离，直到遇见你

1984年，克莱尔第一次嫉妒未来的自己。从第一次见面后，克莱尔总会在自己家草坪后面，为亨利准备一套衣服和一些吃的，所以亨利再也没有经历过赤身裸体见她的尴尬。4月12日是个星期四，12岁的克莱尔和36岁的亨利一起在森林里一边下象棋一边聊天。克莱尔问亨利有没有结婚。亨利回答说，自己已经结婚了，和一个非常美丽、坚忍不拔又才华横溢的聪明女人。这个答案显然让克莱尔不是很满意，因为她的脸色突然就沉了下来。

"我以为你会娶我。"克莱尔轻声答道。这个答案让亨利哑然失笑。回到现实世界后，亨利轻轻地吻了吻刚刚睡醒的妻子，告诉她，那个12岁的克莱尔正在傻傻地嫉妒着未来的自己。

如果每个女孩都会有个王子来守护的话，1987年，那个32岁的老亨利就是青年克莱尔最好的王子。当亨利在9月27日穿越到草坪上的时候，克莱尔就坐在他们从前见面的地方，脸上的神色除了愤怒，无法用其他词来形容。这一天，克莱尔请求亨利帮自己去教训一个人，却完全不肯告诉亨利原因，只说那个人是完全活该的。亨利把克莱尔抱在怀里，慢慢地安抚着，直到克莱尔告诉他到底发生了什么。

杰森·艾维利是克莱尔学校的一个橄榄球运动员，有一天，他约克莱尔出去吃饭，然后把她带去了自己平时带女生过夜的地方。克莱尔拒绝了他，之后他就发了疯，把克莱尔拉到一个小屋里打得遍体鳞伤，还用烟头烧伤了她的乳房。亨利当然无法容忍这样的事。那天下午，他们就找到了那个男生，用枪指着他的头，把他的衣服脱光，然后用胶带将他缠在了附近的一棵树上。

克莱尔一直在旁边看着，她的笑里有了某种世故和残忍。这个时刻恰似一道分水岭，是一段没有男性入侵的童年和开始成为一个女人之间的临界线。

克莱尔回到学校，叫来了自己认识的所有女生，其中也包括她的好朋友鲁思和艾伦。鲁思告诉她说，为了把杰森·艾维利从树上弄下来，他们可花费了好大的力气，胶带把他的胸毛全粘光了。而这个时候，回到了正常时间的亨利，正亲吻着克莱尔那处被烟烫出来的小伤疤。克莱尔抚摸着他的脸，向他道谢，亨利则回答说："很乐意为你效劳。"这是他们唯一一次谈起那件往事。

1988年，克莱尔17岁，穿越回来的亨利36岁。这是一个昏昏欲睡的下午，吃过东西的亨利躺在克莱尔腿上休息。在2000年，36岁的亨利刚和克莱尔吵了一架，可当时间穿越之后，他依旧可以惬意地和克莱尔一起晒太阳。这应该可以算作时间穿越的一种福利。

一阵晕眩把他带回了2000年，亨利从克莱尔的工作室里找到了那幅画，画上没有标注日期。克莱尔解释说，害怕因为自己固执的实验改变未来，让他们无法再次相遇。亨利看着她，不知道为什么如释重负。

"我在你的现在、过去和未来。"这就是亨利对克莱尔的陪伴。

亨利的母亲死于一次车祸。当时亨利也在车上，因为精神压力太大，他在车祸前的几秒钟，进行了时间穿越。等到警察赶来的时候，只看到他一个人赤身裸体地站在车外，而他的妈妈已经死了很久。时间旅行并不是毫无缘由的，或是因为压力太大、太过紧张，又或者是因为害怕。虽然无论是回到过去还是前往未来，都不由亨利选择，但他总是能回到一些对自己来说印象深刻的时候。

比如说车祸的那天。在无数次的穿越中，亨利反复来到那一天，从不同的角度看到了那场车祸，看到了自己的穿越。如果有人仔细观察的话，会看到他也在一旁，躲在远远的树上或者草丛里。有的时候，亨利也会回到车祸之前，在父母经常会走的路边等待，远远地看上一眼。

知晓未来到底是不是一件好事？很多人都会有和克莱尔一样的问题：如果未来早晚要来，为什么我们不能提前知道都会发生什么？比如说提前预知自己的死亡，可以更好地面对生活，提前知道自己的努力会有结果，那么现在的坚持就多了一丝意义。当然,这都是从好的一方面来讲。从坏的方面来说,知道结果也许会让人放弃现在。如果知道几十年之后,自己的努力毫无结果,或者说知道自己在几十年后会发很大的财,那我现在为什么要努力?又为什么要坚持过这些苦日子?

亨利最终没能活到和克莱尔白头偕老,在他们的女儿出生后没几年,他就去世了。这是克莱尔第一次预见到了未来,因为那个满身是血的亨利穿越到了她的眼前,然后颤抖着快速消失了。这次预见让克莱尔提前预支了亨利离开的悲伤,让亨利做好了提前离开的准备。没有人知道它什么时候会来,但所有人都知道,它一定会来。

等待是个漫长而煎熬的过程,亨利和克莱尔没有因为这件事放弃生活的希望,他们把自己仅有的时间活得更加幸福和精彩。人活好当下,是满足过去那个自己的期待,也是对未来自己的鼓励。

Day 3.
自由不是随心所欲,而是找到生活的平衡点

1991年11月30日,亨利28岁,克莱尔20岁。这个星期日,克莱尔邀请亨利去她家里吃饭,克莱尔的室友查丽丝和她的男朋友高梅兹也与他们一起。12月14日,这一天是星期六,36岁的亨利从2000年5月9日穿越回来。高梅兹发现他的时候,他正在把一个大块头醉汉踢得屁滚尿流。

高梅兹问亨利,为什么他看起来,突然之间变老了这么多?为什么他现在穿着幼儿园老师的衣服,为什么他会溜门撬锁而且技艺熟练?为什么一个图书管理员可以空手撂倒一个大汉?亨利并不介意把全部事实说给他听,因为他知道,他需要高梅兹了解真相,在今后的几年里,他会屡次帮自己脱困。于是这一天,高梅兹知道了时间旅行。

12月24日,圣诞节前一天。克莱尔和亨利准备去草坪云雀屋过圣诞节。在初次相遇之前,他们偶尔的相遇都是集中的,戏剧性的,不确定的。很多事亨利都不肯告诉克莱尔,而且大多数时候,也不允许克莱尔去生活中接近自己。所以当克莱尔在现实中找到他的时候,曾以为他们的交往会和从前一样,可

事实上却比以前好了太多。

亨利开始告诉克莱尔许多事情。克莱尔问的每一件事，无论是关于他自己、他的生活，还是他的家人——他都毫不保留，还附带了很多姓名、地点和日期。那些克莱尔在孩提时代觉得不可思议的事情，如今便完全符合了逻辑。最棒的是，克莱尔可以长时间地看着他在自己身边——数小时，甚至数日。

圣诞过后的第二天，克莱尔一家要去教堂做弥撒。他们从夜晚的寒冷中，走进温暖明亮的教堂，亨利的胃里一阵翻腾。他从来没有做过天主教的弥撒，记忆中最后一次参加的宗教仪式是妈妈的葬礼。亨利和克莱尔此时唯一的愿望，就是不要在这个时候，在众目睽睽之下，出现时间旅行。

可惜的是，亨利没能坚持。好在还有28岁的亨利陪伴，未来的亨利安抚着自己："放松点，没几分钟你就回去了。"确实，亨利平安地回到了教堂，看到他出现的时候，克莱尔终于松了一口气。那之后的几天，再也没有发生过时间旅行。这个圣诞节，总算是安安稳稳地过去了。

1973年3月的亨利，时间穿越回到1978年12月，遇到了那时的亨利。来自未来的亨利说："你总说什么改变未来，可是对我来说，这件事已经过去了，据我所知，我对它真的无能为力，我的意思是我试过了，而就是我那么一试，反倒促成了事情的发生。"

面对这种决定论述的观点，作者借亨利之口，表达了自己对自由意志的看法：时间只会向前运动，万事只能发生一次，仅此而已，如果预知了未来，在大多数情况下，我都有一种被困住的感觉，如果你在正常的时空里，什么都不知道的话，你才是自由的。

如果无法决定自己想要做什么、可以做什么，而只能按照未来的剧本去表演，我们的人生到底是更自由，还是更受限了？

很多心理学家认为，自由意志是否存在，主要在于我们是否可以掌控我们的生活。很多人通过算命、占卜、星座等方法来预知自己的未来。可是在你知道未来的时候，就已经被它所禁锢了。比如说，如果你知道在下周三，可能会和同事发生一些口角，那么你会在这一天额外地注意自己的一言一行。

但是如果你没有去做这些预知，而只是任凭事情顺其发展的话，你的生活就在你的手中。你相信科学，科学便掌控了你。你相信命运，命运便掌控了你。所以不需要去考虑自由意识是否存在的事，也不要去被未来所禁锢。无论信什么都好，最重要的永远都是将命运掌握在自己的手里。

Day 4.
最大的教养，是原谅父母的不完美

1992年5月9日，亨利28岁。这天是星期六，亨利决定回家去，问问父亲是否同意自己迎娶克莱尔。他站在门廊下翻钥匙，金太便把头探出门外，偷偷示意他进去。金太一直是个热情洋溢、说话响亮、和蔼可亲的人。可是她的举动却让亨利察觉到了一些不安。

亨利告诉金太，他这次回来，就是请爸爸把妈妈的戒指送给他的。听到这句话，金太瞥了一眼天花板，告诉亨利，他爸爸最近过得并不是很好，经常大喊大叫、乱扔东西，而且不练琴了。就在这时，头顶上突然咣的一声巨响，似乎有人把什么东西扔在了厨房的地板上。

金太看上去有一些羞愧和略微的警觉，告诉他说，他爸爸的前同事已经去欧洲巡回演出了，可是他爸爸并没有去。不仅如此，他也已经有两个月没交房租了。听到这句话，亨利飞快地签了一张支票递给她，还承诺说下次会带克莱尔一起过来。安抚好了金太，亨利来到楼上，首先袭来的是某种气味，闻起来就像是有什么东西正在腐烂。亨利的爸爸就坐在书房里，背对着他，望着窗外的河流，听到亨利过来，既没有转身，也没有说话。

亨利坐在一旁,问他怎么没有去巡回演出。爸爸听到这句话,终于回头看了亨利一眼,眼神中有掩饰不住的恐惧:"我请病假了。"

亨利继续问道:"你病了吗?是哪里不舒服?"结果,爸爸伸出了自己的一双手作为回答,那双手一直在瑟瑟颤抖,就像进行着轻微的地震。

手掌的神经已经完全乱掉,再也好不起来了,这都要多亏他23年来拼命喝酒的功劳。亨利的爸爸已经57岁了。除了老,没有别的词可以形容。

亨利不想再和他生气,索性转移了话题,告诉他,自己准备迎娶克莱尔了,这次回来,就是想取妈妈的结婚戒指和订婚戒指,然后向她求婚。亨利告诉爸爸,由于时间旅行的关系,在妈妈去世后,他依旧和妈妈见过面,也曾远远地观察过他们的生活,看着他们一起逛街,在家后院的草坪上聊天玩耍。

听到亨利这么说,爸爸似乎是想起了以前的回忆,一边喃喃地说着:"知道她在某个地方活得好,我也就知足了。"一边站起来慢慢地走到卧室,过了一会儿又缓缓地回来,拿着一个绸缎小口袋。那里面装的就是亨利想要的戒指。

1992年5月24日,这天是克莱尔21岁的生日。吃完饭后,亨利带着克莱尔来到客厅,握住克莱尔的双手,认真地看着她。

亨利说："克莱尔，你知道我爱你，你愿意嫁给我吗？"

克莱尔回答道："带着强烈的似曾相识感，愿意，可是你知道的，我早就嫁给你了。"

第二年的9月5日，星期日。亨利正在看那本翻烂了的医师手册，他想要找到一种可以在婚礼上吃的药。他害怕自己会因为巨大的压力在婚礼上突然消失，把克莱尔丢在圣坛上。克莱尔坐在一旁，仅仅听他这样讲，就不禁打了个寒战。第二天下午，亨利坐在亨博尔社区一间寒酸的白色铝皮小屋的门阶上，等本回来。可是在本回来之前，他先等到了高梅兹，高梅兹似乎有种奇异的本领，每当亨利处于特别见不得人的场合下，他总能撞见。

两个人见面没聊几句，本就回来了。亨利把医师手册递给了本，让他帮忙配制药物。本虽然很想拒绝，但是新郎消失只有新娘的婚礼太过可怕，他只能答应下来。

克莱尔见过各个时期穿越过来的亨利。不过他们有一个共同点，就是年纪都没超过43岁。没有人知道亨利43岁以后会发生什么。

1993年10月22日，星期五，这是结婚的前一天，亨利去剪了头发。婚礼当天，亨利清晨6点就睡醒了，他努力地在心里祈祷，希望平安度过自己的大喜之日，不要有任何特别的事情让克莱尔难堪。

然而，他还是失败了。中午11点30分左右，亨利正在浴室洗澡。就在他打开所有的洗发水和沐浴露，一瓶瓶闻过去的时候，突然感到了一阵阵头痛，就消失在了浴室里。万幸的是还有5分钟到1点的时候，38岁的亨利穿越了回来。

于是，克莱尔嫁给了38岁的亨利。婚礼上的亲朋好友们似乎都太过兴奋，以至于都没有人发现亨利突然之间老了这么多。

事情到这里还没有结束，未来的亨利顺利地完成迎娶克莱尔的任务之后，悄悄地消失，再次回到自己的时间去了。而属于现在的亨利则悄悄地回来，换上了新郎的衣服，在舞会上和克莱尔共舞。

亨利错过他与克莱尔的婚礼了吗？并没有，只不过他迎娶克莱尔的时间比克莱尔嫁给他的晚了几年。克莱尔在自己的婚礼上，嫁给了现在和未来的两个亨利，这真是个奇妙的体验。以至于她自己都在开玩笑说，在这一天，她也许触犯了法律，犯了重婚的罪名。

这是时间开的小玩笑，不仅无伤大雅，反而更添了一些乐趣。从前的克莱尔一直等待亨利从未知的时间前来，而从这一天开始，一切都变得和以前不同了。

Day 5.
与命运最顽强的抗争，是活得优雅从容

婚后的生活一如既往地平平淡淡，亨利和克莱尔住在雷文斯伍德县附近一栋双层公寓楼里，房子是两居室，那里有一片奶油色的实木地板，一间满是老式橱柜和陈旧设备的厨房。

有一天，亨利看到克莱尔把一只小鸟的周围画上了一团错综复杂的黑色线条，他突然意识到，在那个小小的房间里，克莱尔也在被那些黑色的线条所束缚。第二天，亨利去买了一张彩票，那张彩票的兑奖额是800万美金。其实他并没有做什么了不得的事情，只是提前去看了一下第二天的《芝加哥论坛报》。这可能是时间旅行的好处吧。

星期五的时候，亨利和克莱尔邀请了高梅兹夫妇一起到新家来玩，他们在饭桌旁玩游戏的时候，厨房突然传来了一声巨响。亨利和克莱尔跑过去，看到另一个亨利正躺在地上。家里摆放碟子、盘子的碗橱都敞开着，玻璃橱门的碎片撒了一地，亨利躺在整个混乱现场的正中央流着血，浑身沾满了碎玻璃。

他向克莱尔要了一点酒，然后就突然在地板上抽搐起

来,大喊着克莱尔的名字消失了,只剩下满地的玻璃和碎瓷片。没有人知道那天到底发生了什么,那个亨利是从未来而来,现在的亨利对此一无所知。

第二年3月11日,亨利32岁。这天他终于找到了肯德里克先生,亨利在未来见过他,肯德里克在那个时候对时间穿越有很好的研究。亨利把自己会时间穿越的事告诉了他,可是肯德里克并不相信,无论怎么讲,时间穿越这件事都更像是一种精神病,而不是基因遗传病。

直到几天之后,亨利就在他的面前上演了一次突然的消失和出现,肯德里克这才相信了他的话。

结婚几年后,克莱尔怀孕了。1996年6月,克莱尔怀孕八个星期,这个时候的宝宝还很小,刚有了个大概的形状和小小的双手。可惜的是,幸福的时间并没有维持很久,有一天,在亨利外出看病的时候,克莱尔突然感觉到剧烈的疼痛,等到医院的时候,孩子已经保不住了。这并不是克莱尔唯一的一次流产,在接下来的几年,克莱尔流产了五次。

肯德里克告诉他们,这是因为婴儿携带有时间穿越的基因,当宝宝未出生之前进行时间穿越,离开母亲的身体,再回来的时候,就会引起流产和死亡。那个晚上,他们不计后果地纵情欢乐。四个星期后,亨利成功地结扎了输精管,而克莱尔则发现自己又一次怀孕了,这个孩子活了下来,他们为她取名为爱尔芭。

在爱尔芭出生的前几个月，亨利又一次进行时间穿越，来到了2011年，在博物馆遇到了她。爱尔芭告诉亨利，在自己5岁的时候，他离开了这个世界。幸运的是，爱尔芭虽然遗传了时间穿越的基因，却可以控制自己时间穿越的方向，所以即使在亨利死了之后，他们也依旧见过面。就像那场车祸之后，亨利也见过他的妈妈一样。

克莱尔很小的时候，曾经为亨利画过一幅肖像画。画完了之后，克莱尔想在上面写上自己的名字和日期，可是亨利却告诉她说，自己在未来看过这幅画，上面只有日期，没有署名。克莱尔开玩笑地说，如果我写上名字呢，是不是就属于改变过去，会不会引起世界大战？

亨利没有尝试过改变过去，所以他只是笑一笑，慢慢地消失在克莱尔的眼前。等到亨利回到正常时间之后，就去找克莱尔要这幅画，画上原本署名的地方充满了划痕。克莱尔告诉他说，因为自己害怕改变未来，无法遇见亨利，所以写了名字，又偷偷地刮掉了。这件事，对克莱尔和亨利来说，意义非同寻常。

所谓的蝴蝶效应，就是由于过去的一点点小事，而使未来发生巨大的改变，这种选择需要承担无比巨大的风险。即使不会因为改变过去对未来产生很大的影响，亨利也不愿意利用自己时间穿越这一点，去做任何改变过去的事情，这也是他一贯的原则。可是，这个原则被打破了。

结婚之后的亨利和克莱尔居住在狭小的双层公寓楼里。亨利从克莱尔的画中，看到了不开心和不幸福，所以，他用自己的方法，给了克莱尔空间和自由。

买彩票这件事情对克莱尔来说，也是一种作弊，就像现在玩游戏，突然之间有人开了挂。如果把这张彩票撕掉，一切都不会有什么改变，可是他们并没有。这800万美金给了他们更大的房子、更好的未来。亨利说自己在未来见过他们的新房子，所以，也许彩票这件事是注定会发生的，不属于改变过去。

可是，如果并不是这样呢？我们做一个假设，是这张彩票改变了亨利和克莱尔原本应该有的未来。如果没有这张彩票，他们一直居住在这个小小的二人间里，说不定会平平淡淡地度过他们的一生。除了亨利偶尔的时间穿越和克莱尔因为婴儿基因问题而引起的流产以外，不会有太大的风浪与波折。

这张彩票的出现，就好像是命运车轮下面的一个小石子，轻轻一磕就把事情转向了一个新的方向。他们搬去了一个更大、更好的房子里。克莱尔有足够的空间去发挥自己的想象，后面也有亨利喜欢的草坪，他们还可以邀请高梅兹等人过来玩，这一切看起来都很美好。

直到那一天，他们在厨房里看到，穿越而来的亨利躺在破碎的碟子、盘子之间，满身是血，身上沾满了碎玻璃。这也许是他们改变过去的代价，也许是亨利和克莱尔不得不面对的命运。

时间会带走一些东西，也会为他们带来一些新的希望。爱尔芭是一个让人惊喜的例外。她携带有和亨利一样的基因，但却比亨利更加强大。爱尔芭不只是上天送给克莱尔的礼物，更是上天送给亨利的礼物。实话说，亨利陪伴她的时间确实不多。因为在她出生后不久，亨利就死了。不过好在还有时间穿越，让他们可以在一次一次非正常的时间里相遇，去了解彼此的过去和未来。

Day6.
孩子,你是我最柔软的铠甲

  2005年6月12日,一个晴朗的周日午后。克莱尔发现,爱尔芭正在院子里和一个比她大一点的女孩玩耍,那个女孩大概7岁,她俩坐在地上,互相看着对方笑。克莱尔问亨利,那是谁?亨利说,那是爱尔芭。克莱尔笑了笑:"我知道,我问的是和她在一起的那个孩子。"

  亨利笑了,可脸上却写满了悲伤:"克莱尔,那是更大一些的爱尔芭,她也会时间旅行。"

  1984年10月24日,亨利43岁,克莱尔13岁。这个故事终于迎来了自己的结局。这就是那个没有出现在克莱尔见面表格上的日子,亨利坐在草坪上,听着远处一声清脆的枪响,划破冷寂的天空,这是猎鹿的季节。菲力浦和马克扛着瘦长的来复枪,从草坪云雀屋的后门走了过来,亨利坐在高高的草丛中,没有被他们看到。突然,有一只大而笨重的家伙穿过草地,一闪而过,跑向亨利的方向,马克抬起他的来复枪,仔细瞄准,只听一声枪响,接着一声惨叫,是人的惨叫,然后一切恢复了平静。

  所有人都向声源跑去,可是那里什么都没有,地上只有一摊血迹。克莱尔在床上听到那声尖叫，听到有人叫她的名字，立即坐了起来，跑下楼梯，结果却看见了亨利，亨利把手指放在嘴唇上，让她不要说话。克莱尔在父母的陪伴下回到了家里，在亨利的视线中变得越来越小，最后消失在房子里。亨利很清楚，在某个地方，他已经快要死了。

2006年9月25日，亨利已经在正常世界里消失了整整一天，克莱尔坐在客厅慢慢地读着书，就在她快要睡着的时候，客厅传来一声巨响，亨利倒在地上，牙齿咯咯作响。虽然很快被送去医院，可在这一天，亨利依旧因为冻伤，失去了自己的一条腿。

2006年12月31日，新年之夜。亨利邀请了所有的朋友来到家里过年，爸爸、金太、爱丽西亚、高梅兹、查丽丝、菲力浦、马克、莎伦和他们的孩子、格莱姆、本、海伦、鲁斯，还有克莱尔艺术圈里的朋友、亨利图书馆学院里的伙伴、爱尔芭玩伴们的父母、克莱尔的经纪人。他们并不是来庆祝新年，而是来见亨利最后一面的。亨利很清楚，自己的时间不多了。亨利想要和每个人告别，以他自己的方式。

晚上10点15分，亨利和克莱尔坐在门廊的长椅上，他抱着克莱尔，温暖着她，轻声地告诉她，时间要到了，他很害怕。之后，亨利穿越回了1984年，中了一枪，又回到了2006年。克莱尔抱着他，看着他惨白的身体，浑身都是红色的血迹。直到高梅兹喊来了警察。

这件事过了一个月后，克莱尔才鼓起勇气正视它。亨利留了一封信给她。在信里亨利这样写道，他在时间穿越中，曾经见过年迈的克莱尔，所以他们终会再见。于是，克莱尔开始等待着他们的下一次相遇。这一等就是50年。

2053年7月，亨利突然发现自己在一条黑暗的过道里，白色的光从门缝中洒出来，他看到一个女人坐在桌旁，面对窗子。她的肘边放着一只茶杯，外面是湖，波浪几次冲上了岸，又平稳地落下，几分钟后才渐渐趋于平静。可女人一直一动不动地端坐着。

亨利觉得她有些眼熟。她是个老妇人：一头完美的白发，如同涓涓溪水流淌在她微微隆起的背上。双肩的线条，僵直的姿势，都说明这个人已经非常疲倦了，亨利也很疲倦。他把重心从一只脚移到另一只脚上，地板发出微微的声响。女人转过身来，看见了他，脸上绽放出欣喜的笑容；这一刻，亨利突然意识到，那是克莱尔。亨利走上前，把她拥入怀中。

挥手间，就是沧海桑田。亨利被一颗来自1984年的子弹击中，13岁的克莱尔听到有人唤她的名字，从房间里跑出来，看到自己的爱人在枯草中向自己微笑。这一刻，克莱尔的内心应该是喜悦和安宁的。而那个来自2006年的亨利，却只留下了一摊血迹，以及弥留时的呐喊。

13岁的克莱尔不知道，在世界的另外一头，35岁的自己，正不知所措地看着死神带走了自己的爱人，她只是向亨利招手，为这次没有写在本子上的意外相遇兴奋不已。

莎士比亚曾说：所谓悲剧，就是把美丽的东西撕碎了给人看。如果这样说的话，亨利和克莱尔的故事，就应该已经到了结局。可是，故事并没有结束。在那封信里，亨利告诉克莱尔，他曾见过年迈的她。

50年之后的再见，对亨利和克莱尔来说都是意义非凡的。一个坚定而缓慢的拥抱，将这50年间所有的空虚与寂寞全部驱散。这一刻，语言失去了它原本应有的力量。空气、声音、心跳、身体的温度，所有的一切都在诉说时间的宝贵，诉说他们之间永恒不变的爱情。就像亨利所说，他们的爱是他在汪洋苦海中指航的明灯，是高空钢索步行者身下的安全网，是他荒诞生活中唯一的支持和信任。克莱尔所在之处，就是他所要去的地方。

在故事的最后，我们难免还是要把重心放到这本书的题目上：时间旅行者的妻子。克莱尔对亨利的等待，就像是时间洪流里的望夫石。50多年的时光里，没有人知道她是怎样依靠一句不着痕迹的话语来支撑着自己的信念，在一个又一个白天与黑夜里，经历一次又一次的等待和失望。

生活在现在的我们，永远都在追赶时间，也在被时间所追赶。匆匆忙忙地起床，匆匆忙忙地上班，匆匆忙忙地过完自己的一天，回到家里，还要继续感慨时间不够、事情太多。我们所能掌控的时间，其实比自己想象的多很多，至少每一分每一秒都是在我们手中，我们可以选择什么时间如何出现在哪里，什么时间以怎样的方式离开。我们可以告诉爱人，我们在哪儿；也可以知道，我们心中挂念的他现在在何处。这一切，都是亨利与克莱尔所没有的。

他们能做的，只是尽自己最大的努力活下来，怀揣着梦想和回忆，等待重逢。

"帮我们抓住过去的，是回忆；带我们走向未来的，是梦想。"而爱，则是连接过去与未来的中坚能量，它并不一定要面对面亲自讲明，它无所不在，它穿越时空，它能帮我们留住生命中所有珍贵的瞬间。就像亨利所说：时间没有什么了不起。

Day7.
所有美好的事，都值得用心等待

中国有句古话："此爱隔山海，山海皆可平。"可是时间呢？克莱尔的朋友曾在她结婚前劝导她不要嫁给亨利。因为时间旅行所带来的危险和未知，已经超出了人们日常所能接触到的范围。朋友对克莱尔说，你可以选择一个正常人，选择更好的生活。

克莱尔回答："我从来没得选。"这就是爱情，可以跨越所有的阻碍，包括过去、现在和未来。

如果死后自会相见，如果我们之间相隔的唯有时间，那么我们早晚都会遇见。在爱情面前，时间没有什么了不起。

是怎样的力量支持克莱尔承受这16年漫无目的的等待？是怎样的力量，支撑着她在婚后忍受着丈夫总是突然消失，不知去向何处、何时归来的惶恐不安？这个问题，只有一个答案：就是她对亨利的爱。

亨利不只是克莱尔的丈夫，也是她的父亲、兄长、弟弟、情人和朋友。他以各种各样的身份出现在她的生活里，陪着她点点长大，就如同一次漫长的告白，用16年的时间表达出自己对她的心意，用最真诚的感情弥补着因为时间穿越所造成的空白和伤害。克莱尔就是亨利在正常时间里的坐标线,有克莱尔的岁月就是他想要停留的时间。

他们知道彼此所有的秘密,包容着对方所有的不足,坚定地站在一起,共同面对来自时间的一次又一次挑衅,将那些迫不得已的相聚和别离,当作生活中苦涩的游戏。

每次时间穿越之后,克莱尔会为亨利提前准备好衣服和食物;当亨利焦躁不安时,克莱尔会轻声软语地安慰他惶恐不安的心;在亨利受伤之后,克莱尔会一直在病床前照顾他,直至他康复;克莱尔更是拼着一次又一次流产的风险,为亨利生下了可爱的女儿。

很多人都把时间看得很重,似乎几年的等待,便已是无法跨越的鸿沟。在各种各样的困难面前,他们想出了无数个放弃的理由,因为距离,因为时间,因为现实。

有时,他们甚至分不清自己到底是败给了时间,还是败给了心底的软弱。这个问题从未在克莱尔的脑海中出现过。在他们的眼里,时间不过是生活中一个永远无法修正的小问题,那些偶尔的相思与别离,只会让他们的感情越来越深。把对对方的相思化成空气,在思念的每一分钟里,努力成为更好的自己。

亨利在死前,为克莱尔留下了一封信。信中是他从未向克莱尔坦白过的爱意与歉意。

这些年来,我们的爱一直是汪洋苦海中指航的明灯,

是高空钢索步行者身下的安全网，是我怪诞生活中唯一的真实、唯一的信任。我最恨去想你的等待，我知道你的一生都在等我，每一次都不知道要等多久，10分钟、10天，还是一个月。

如果没有你，我也不知道该怎么活。但我希望能看见你无拘无束地在阳光下漫步，还有你那熠熠生辉的长发。我没有亲眼见过这样的景象，全凭想象，在脑海中形成这幅图画，我一直想照着它画下你灿烂的样子，但我真的希望，这幅画面终能成真。

他们在被时间愚弄的命运里依然紧牵着手，即使必须面对那些悲伤残忍的遭遇与离别。在亨利离开多年之后，在克莱尔82岁的时候，他们终于等到了信中承诺的重逢，那时，亨利43岁。

时间最终还是给了他们一丝安慰——因为，与爱情相比，"时间也没有什么了不起"。

《霍乱时期的爱情》

穷尽人世间所有的爱情面貌

［哥伦比亚］加西亚·马尔克斯

1982年，55岁的马尔克斯获得诺贝尔文学奖，在获奖演说中，他说道："面对压迫、掠夺和孤单，我们的回答是生活。"这是他对生活的理解，也是他对自己作品的一种要求。

之后，马尔克斯沉淀四年，打磨出了《霍乱时期的爱情》这部长篇小说。书中讲述了一段长达半个多世纪的爱情故事，可以说穷尽了人世间所有的爱情面貌。正如他自己说的那样："这是我最好的作品，是我发自内心的创作。"

Day 1.
跨越半个多世纪,却只为等待一个人

马尔克斯曾经表示,有两本书写完后,让他感觉整个人仿佛被掏空了,一本是《百年孤独》,另一本就是《霍乱时期的爱情》。然而与前者的魔幻现实主义写法不同,《霍乱时期的爱情》没有"魔幻",也没有宏大叙事,有的只是优雅平静的讲述,诉说着世间最朴实也最动人的情感——爱情。

《霍乱时期的爱情》中,年轻的电报员弗洛伦蒂诺·阿里萨对美丽富有的费尔明娜一见钟情,开始了猛烈的追求。然而在经历了三年的书信往来之后,费尔明娜最终还是拒绝了他,转身嫁给了家世显赫的医生胡维纳尔·乌尔比诺。

被费尔明娜拒绝后,在怀着渺茫的希望继续等待的岁月里,为了减轻思念之苦,弗洛伦蒂诺选择用爱情来替代爱情。当弗洛伦蒂诺为自己的乱情而困惑、不知到底什么是爱情时,躺在床上的情人平静地告诉他:"灵魂之爱在腰部以上,肉体之爱在腰部以下。"

费尔明娜与丈夫为了一地鸡毛的生活琐碎而争吵不断时,也终于渐渐明白:"换一种方式,他们也无法继续相爱——世上没有比爱更艰难的事了。"

在描述费尔明娜与丈夫的家庭生活时，他写道："他从不会捡起地上的任何东西，也从不关灯，不关门。"当然，他不会做饭，不会钉扣子。他们夫妻的感情就在关于"浴室里没有肥皂，小便池没有清洗"之类的琐碎里碰撞、磨合，直到最后形成默契，到达彼岸。

弗洛伦蒂诺的爱没有因此熄灭。在无尽的等待和孤独中，他靠着对费尔明娜的爱熬过了50年，在医生去世后，他迎来了第二次属于自己的机会。50年，美人已迟暮，英气勃发的少年也被岁月缴了械，值得欣慰的是，跨越了半个世纪的爱恋到底修成了正果。

而在写费尔明娜终于和弗洛伦蒂诺走到一起时，迟暮的爱情已不像年轻时那般激情四射、如胶似漆。取而代之的是她帮他灌肠、洗假牙，他帮她拔火罐。那么日常，又那么甜蜜。在故事的最后，作者更是为一种纯粹美丽的爱情赋予了浪漫的色彩。他让弗洛伦蒂诺说出了那句在心中准备了53年7个月零11天的承诺："一生一世。"

在谈到创作灵感时，马尔克斯说他是依据自己父母的爱情经历创作了这个故事。为了尽可能详细地了解父母的爱情故事，他经常回家和他们聊天，在有意无意中询问他们的恋爱和婚姻，但并没有透露自己想写这样一本书。马尔克斯的父亲曾是个电报员。有一次，马尔克斯忽然急于知道一个技术上的问题，便打电话问他的父亲电台之间的联络方法叫什么，这一举动让老人察觉出了他的动机，却没有揭穿。

后来，当有人问他的父亲为何不把自己的爱情故事写出来时，他父亲回答说："我本来是打算写的，但后来我意识到我的儿子正在写这部罗曼史。"

马尔克斯说："大多数的爱情故事都是凄凉的，总是以悲剧收场……在我看来，快乐是目前已经不时兴的感情。但我要尝试把快乐重新推动起来，使之风行起来，成为人类的一个典范。"

故事的背景被安排在19世纪80年代霍乱肆虐的一段时期，目的是在爱情之外，渗透那个时代激动人心的社会气氛和时代精神。为此，马尔克斯做了大量的研究工作，阅读了19世纪末的许多历史著作，以求在描述历史事件时做到真实和准确，构建出一幅后殖民地时期的哥伦比亚社会图景。

从书中，我们可以真切地看到当时的哥伦比亚人是如何生活的，他们做着怎样的工作，穿什么样的衣服，喜欢什么样的花卉；同样也会看到人们的生活中笼罩着贫穷、疾病、困苦的阴霾。正是在这样的背景衬托之下，爱情显得尤为珍贵。

除了费尔明娜与弗洛伦蒂诺的主线外，书中还讲述了各种各样的爱情故事。有为爱而死的爱情，有婚姻之外的爱情，有露水姻缘，有一厢情愿，还有年龄差距几十年的老少之恋……《霍乱时期的爱情》像一本爱情百科全书。马尔克斯不只讲述了一个老派的爱情故事，他还想穷尽人世间所有的爱情面貌。

Day 2.
真爱就像生病，得到回应才会慢慢愈合

　　故事是从一场死亡开始的。死去的是一名流浪摄影师，以氯化金自杀，独自死在自己的工作室里。胡维纳尔·乌尔比诺医生赶到现场，简单地检查完尸体后，没有像往常一样实施解剖，甚至没有让自己的学生做必要的尸检，而是迅速地交代了摄影师的后事。

　　房间里的情形，和空气里还没有散尽的苦杏仁气味，早已让他明白死者是选择了自我了断，而出于对他的尊重，医生没有将死因公之于众。死去的摄影师是乌尔比诺医生的挚友。两个人虽然身份地位悬殊，人生经历也迥异，但因为都酷爱下象棋，而结下了深厚的友谊。

　　摄影师从外地逃亡至此，双腿残疾，沉默寡言，过往的经历更像是一个谜，如果说这个城市有谁对他有所了解，那一定非医生莫属。然而80岁的乌尔比诺怎么也想不明白，这样一个勇敢坚毅的男人怎么会忽然自杀。更令他纳闷的是，他对此竟然毫无察觉。直到他读到死者留给他的一封遗书，迷雾才随之散开，而显露在乌尔比诺面前的真相，不仅关于死亡，更关于爱情。

相识这么多年，医生从不知道自己的这个好友还有一个恋人。当他按着信里的信息找到那个女人的家，才得知他们在一起已经数十年了。他们一起吃饭，下棋，看电影，女人每星期为摄影师打扫一次工作室，可是没有一个人知道他们的关系。摄影师喜欢这种秘而不宣的恋爱状态所带来的激情，女人也就接受了这种恋爱形式，不仅如此，她还接受了摄影师要在60岁时死去这一决定。

很早以前，摄影师就决定了自己死亡的日期。他曾说，衰老是种不体面的状态，所以要在这种状态到来前及时制止。他的恋人选择尊重他的意愿，没有告诉任何人这个秘密，甚至没有试图挽救他，只是陪在他身边一直到最后的时刻来临。乌尔比诺对此困惑不解，怎么会有人看着自己爱的人赴死而不向人求救？

那个女人却说："我不能这么做，我太爱他了。"

摄影师死后没几天，和死亡对抗了一辈子的乌尔比诺医生，仿佛也听到了上帝的召唤一般，离开了人世。就这样，故事刚刚拉开序幕，已经有两个人相继死去。然而正是在这样一种笼罩着死亡的悲伤气氛中，一段埋藏了半个世纪的爱恋也悄然浮出了水面。

医生的妻子，年逾古稀却依然高贵美丽的费尔明娜·达萨，为他举办了庄重肃穆的葬礼。吊唁的人群中，一个穿着体面的老人久久不愿离去，一直等到客人们全都走光，他还站在空荡荡的客厅中央。费尔明娜认出了眼前这个人,正要道谢时,老人开口说道:"费尔明娜,这个机会我等了半个多世纪,就是为了能再一次向您重申,我对您永恒的忠诚和不渝的爱情。"

沉浸在丧夫之痛中的费尔明娜一时没有反应过来,她想这个老头肯定是疯了,竟敢在她丈夫尸骨未寒时就来亵渎她的家庭。她愤怒地将老人赶出门外:"在你的有生之年,别让我再看到你!"

但费尔明娜心里清楚,在他们所剩不多的有生之年,她还是会看到他,他也仍旧会一如既往地爱着自己,就像他在过去的50多年里,每天所坚持的那样。

这个略显疯狂的老头叫弗洛伦蒂诺·阿里萨,是加勒比河运公司的董事长,但在20岁的时候,他还只是邮电局的一个电报员。一天下午,他被派去给一个叫洛伦索·达萨的人送电报后准备离开时,偶然看到了坐在花园里读书的费尔明娜,而费尔明娜也偶然抬头朝他看了一眼。这无意的一瞥,便让弗洛伦蒂诺彻底爱上了费尔明娜,并且再也没有停止过。

费尔明娜是富商洛伦索的独生女,在学费昂贵的教会贵族学校上学。严厉的父亲对她多加管束,除了上学外不得参加任何娱乐活动,而且身边总有一个姑妈陪着。这些都成了穷小子弗洛伦蒂诺难以逾越的障碍。他每天坐在公园里的长椅上假装读诗,只为了等候这个可望而不可即的女孩从身边走过。他给她写长长的信，里面全是甜言蜜语和对她的思念。

他甚至为此得了病，病症类似霍乱，呼吸沉重、脉搏微弱，还有点神志不清，没有药物能让他好起来，直到费尔明娜回应了他的爱，这些症状才消失。在弗洛伦蒂诺热烈的爱情攻势下，情窦初开的费尔明娜确实被感动了。爱情之火在两个人的心中熊熊燃烧。

这样的热恋持续了两年，弗洛伦蒂诺终于鼓起了勇气向费尔明娜求婚，而费尔明娜也给了他肯定的回应。这场炽热浪漫的爱情眼看就要走向圆满，殊不知命运的考验才刚刚开始。得知女儿恋情的洛伦索勃然大怒。作为一个目不识丁、靠贩卖骡子发家的商人，他一心期望自己的女儿能嫁入豪门，成为一位高贵的夫人。而弗洛伦蒂诺不过是个穷小子加私生子，洛伦索无论如何都不会允许自己经营半生的梦想毁在他手中。

可弗洛伦蒂诺的决心坚如磐石。洛伦索劝不退他，也吓不倒他，没办法，只得带着女儿远走他乡，开始了一段漫长而艰难的旅行。他相信时间会冲淡爱情的浓度，只要两人失去联系，自然会渐渐淡忘对方。但他没有想到，身为电报员的弗洛伦蒂诺自有办法找到他们的行踪。他们抵达何处，他的电报就会跟随到何处，无论他们走到哪里，他的爱都一直陪伴在费尔明娜身边。

洛伦索的如意算盘就这样落空了。然而，尽管过程事与愿违，可结果却还是出人意料地遂了他的心愿。

经过了一年半的长途旅行后，洛伦索带着女儿回家了。在广场上亲眼见到费尔明娜的弗洛伦蒂诺激动得不能自已。他悄悄地尾随在费尔明娜的身后，观察着这个自己日思夜想的爱人，期待着在她一回首时给她一个大大的惊喜。

然而转过身来的费尔明娜没有感到惊喜。她看着眼前这个面庞青紫、嘴唇僵硬的青年，难以相信竟是自己爱恋了三年的那个人。在那一瞬间，她感觉自己坠入了失望的深渊，三年来的浓情蜜意一下子全都化为泡影。当天下午，她便让女仆退还了弗洛伦蒂诺送给她的所有信件和礼物，还捎去一封信，里面只有两行字：

"今天，见到您时，我发现我们之间不过是一场幻觉。"就这样，费尔明娜亲手断绝了他们之间的爱情。

父亲的反对没有阻止她的爱，漫长的分离也没有让她的思念停止。但当心爱的人终于近在眼前时，她却忽然感到了一种幻灭。也许这就是爱情的残酷。开始时那般绚烂美丽，结束时却又如此令人措手不及。爱的时候一辈子都不够用，不爱却只要一秒钟的时间。

费尔明娜甚至怀疑，他们之间曾经拥有的一切，都不过是自我感动的幻觉罢了。可弗洛伦蒂诺不一样。他的爱是强烈的，炽热的，同时也是持久的。这持久的程度可能连他自己都没有料到。

Day 3.
付出过真心的感情，无可替代

费尔明娜继续过着宁静的生活，她再也没跟弗洛伦蒂诺见过面，也不接受其他的追求者，直到患上了被误诊为霍乱的肠道感染，将乌尔比诺医生带入了她的生活。乌尔比诺28岁，出身高贵，家财万贯，还曾经留学法国，在巴黎进修医学。在同辈之中，他俨然一个天之骄子，不仅知识渊博，而且仪表堂堂，风度翩翩。

更为难得的是，学成归来的乌尔比诺一回到故乡就投入应对霍乱的事业中。他的父亲也是一名德高望重的医生，在六年前那场席卷加勒比海岸的霍乱中，因不幸感染霍乱而去世。从那时起，霍乱成了乌尔比诺的心病，他在巴黎学习了一切能学到的有关霍乱的知识，只为了回国后能学以致用。

他的努力没有白费，在又一次的霍乱暴发中，他的科学治疗和卫生管理发挥了作用，疫情很快得到了控制，人们对他的赞赏与崇拜也与日俱增。这时一个医生朋友告诉他，有一个18岁的女病人身上又出现了霍乱症状。

当乌尔比诺医生提着药箱来到那座像世外桃源一般的庭院，见到费尔明娜时，立刻对她一见倾心，坠入爱河。作为一个学医的人，乌尔比诺不像弗洛伦蒂诺那般浪漫，他的追求是热情与理性的结合。他也给费尔明娜写信，但措辞温婉，简洁而得体。他还懂得讨好费尔明娜的父亲，当然，以他的家世背景和学识才华，即使不做任何事也早已令洛伦索满意。

洛伦索的心情比乌尔比诺还急切，他帮忙制造各种机会，让医生和自己的女儿有更多接触的机会。费尔明娜起初是拒绝的。她不讨厌乌尔比诺，但也没有喜欢到非他不嫁。更重要的是，她也不想让父亲的计谋得逞。这也许是一种叛逆心理，也许是对父亲曾经阻挠过她的爱情怀恨在心。

然而表姐的到来让费尔明娜改变了主意。表姐在费尔明娜面前极力称赞医生的优雅和翩翩风度，甚至坦白自己都忍不住想亲吻医生。忽然出现了这个潜在的竞争对手，令费尔明娜有点措手不及。她本来就对医生怀有好感，而且也已经到了该结婚的年龄，再拖下去，谁知道还能不能碰到一个像医生这么优秀的男人呢？

于是，当乌尔比诺医生再次向她求婚时，她立刻就答应了。

弗洛伦蒂诺听说了费尔明娜即将出嫁的消息，仿佛一下子掉进了无底深渊。对方是出身显赫、在欧洲接受过高等教育的医生，而自己不过是个没有前途的电报员，不仅工作卑微，家境贫穷，身上还背着一个私生子的名头。一想到这些，弗洛伦蒂诺就再也没法从消沉中振作起来。

其实，他的父亲是赫赫有名的船王皮奥第五，还是加勒比河运公司的创办人之一。只不过在和他母亲的一次偶然结合中有了他后,皮奥第五从来就没有在法律上承认过他的存在。

看着自己的儿子在悲伤与绝望中沉沦,老母亲忍不住了,她跑去找皮奥第五的弟弟,加勒比河运公司的董事长,求他把这个不被承认的侄儿安排到外地去工作。她以为只要能远离这个伤心之地,儿子就会慢慢好起来。母亲的恳求被应允了,弗洛伦蒂诺登上了远航的渡轮,开始了人生中的第一次远行。

等到轮船抵达目的地时,弗洛伦蒂诺也终于像泄了气的皮球一样病倒了。他高烧了一个晚上,直到第二天才清醒过来。病愈之后恍若重生,他仿佛忽然想通了自己的人生,义无反顾地放弃了新工作,立即乘船返航。无论船长如何劝说,都无法使他改变。他已打定主意,从今往后,永远不再离开有费尔明娜的城市。

费尔明娜已经和乌尔比诺医生结婚了,去了欧洲蜜月旅行。

回到家中的弗洛伦蒂诺像变了一个人似的,他蓄起了胡子,也不再去电报室上班,终日无所事事,躺在吊床上一遍又一遍地读着爱情小说。就在这时,一个寡妇住进了他的家。寡妇来自一个叫拿撒勒的地方,因为战争爆发,房子被炮弹炸塌了,于是寡妇在惊慌失措中躲进了他的家。

弗洛伦蒂诺的母亲借口说自己的房间没有地方,将寡妇安排到了弗洛伦蒂诺的卧室。她盼望着这位来自拿撒勒的寡妇,能让自己那痛不欲生的儿子忘掉伤痛。

28岁的寡妇生育过三个孩子，不仅身材没有走样，反而多了成熟女人的风韵。不出所料，弗洛伦蒂诺掉进了寡妇的温柔乡，两人一拍即合，享受着身体的欢愉。但他们并没有如母亲所设想的那样，发展出稳固的恋人关系。在这段疯狂而放肆的关系中，他们俩人仿佛都重新发现了自我，转而投入各自的生活中去。

对于弗洛伦蒂诺来说，最大的收获是他发现自己终于从失去费尔明娜的痛苦中幸存了下来。更重要的是，他相信自己已经找到了治愈情伤的好办法，就是用一段爱情取代另一段爱情。只不过，在他接下来长达50年、多达600多条的恋情记录里，能够称得上爱情的并不多，大多数都只能算偷情或通奸。

继拿撒勒的寡妇之后，弗洛伦蒂诺开始了他漫长的街头爱情之旅。每到下午5点离开办公室以后，他便像老鹰捉小鸡一般去街上捕猎。无论是公园里的女仆、市场上的女黑人，还是海滩上的淑女、客船上的外国妞，他一律照单全收。他有一种天生的本事，能在人群中一眼认出哪些女人正在期待像他这样的男人。

而他本身郁郁寡欢、骨瘦如柴的模样，也总是能博得女人的同情，唤起她们的母性，令她们只想毫无保留地施恩于他。这些女人能让他暂时忘掉失去费尔明娜的痛苦。

就在弗洛伦蒂诺忙着捕猎夜间的孤鸟时，费尔明娜结束长达两年的蜜月之旅回来了。

她变得更加美貌动人，对于富贵夫人的新角色也驾驭得游刃有余，而且已经有了六个月的身孕。当她挽着丈夫的手出现在大街上时，人们羡慕的目光都不由自主地集中到她身上。

而看到这一幕的弗洛伦蒂诺再一次痛不欲生。他本以为自己的感情已经得到解放，以为自己已成功地将费尔明娜从心头抹去了。但此时此刻他才清楚地知道，一切都没有改变。他依然爱她如深海，也依然无法拥有她。因为在她面前，他觉得自己又丑又低贱，根本配不上她。

Day 4.
摆脱伤痛,是走向人生巅峰的前提

在广场上看到已经怀孕的费尔明娜时,他下定了决心,要赢得名誉和财富以配得上她。尽管费尔明娜已经身为人妇,但弗洛伦蒂诺没有被这个事实吓倒,他要得到她的决心势不可挡、坚如磐石。计划的第一步就是换一个更有前途的工作。

这对于弗洛伦蒂诺并不是难事。他的亲生父亲和叔叔共同创办了加勒比河运公司,经过多年经营,公司业务蒸蒸日上,已成为当地首屈一指的河运企业。如今父亲已经去世,作为一个没有名分的私生子,他最终还是获得了叔叔的同情和认可,在河运公司谋得了一份书记员的职务。

进入公司后,他努力工作,很快便和同事们打成一片,成功地融入这个新环境。他不再和年轻时的朋友来往,也早就放弃了再找一个对象的希望。遭受了爱情的致命打击,弗洛伦蒂诺已经和从前的那个自己彻底决裂了。他的生活只剩下一个目标:重新赢得费尔明娜的芳心。他对这个目标充满信心,还特意让母亲把房子修缮一新,以便随时迎接费尔明娜的到来。

这种奇怪的信心并非没有依据。自从拿撒勒的寡妇之后,弗洛伦蒂诺又结识了数不清的寡妇。在和这些女人交往的过程中，他发现一个女人在丈夫死后会变得更加幸福。她们终于从日常琐碎中解脱出来，也终于获得了为自己而活的自由和权利。

所以，他相信等到费尔明娜也成为寡妇时，便会欣然接受他，就像过去那么多接受他的寡妇一样。他相信到那时，费尔明娜一定会发现一种从未有过的奇迹般的幸福。与此同时，在这个城市的另一端，费尔明娜正在她的婚姻生活里，努力地成为她想成为的角色。

结婚以后的费尔明娜，偶尔也会想起弗洛伦蒂诺，也会想当初拒绝他是不是一个错误。只不过这些想法很快又被推翻，丈夫给予的宠爱和富足，使她相信自己做了理智指示她做的最体面的事，那就是在21岁到来之时，向命运屈服。

毕竟，费尔明娜也从不认为爱情是她生活中最重要的东西。只是生活并没有那么简单，世俗的好处只是一件华丽的袍子，在这袍子底下尽是恼人的虱子。

无忧无虑的蜜月期过后，从欧洲回来的费尔明娜发现，等待她的是压抑到令人窒息的家庭生活。小姑子们个个愚昧，婆婆则更加陈腐且刻薄。她对费尔明娜总有诸多指责：言行不够正派，吃饭挑食，还不会弹钢琴。婆婆认为："我不相信一个不会弹钢琴的女人会是一个体面的女人。"

个性十足的费尔明娜选择了屈从和忍让。既是为了家庭的和睦，也因为她那从巴黎留学回来的丈夫并没有站在她这边。

乌尔比诺医生虽然思想先进，又接受了新世界的教育，但骨子里却懦弱胆怯，根本不敢与家族礼教作对，对于妻子的恳求只得置若罔闻。他唯一为她争取到的，就是将钢琴换成了竖琴。学钢琴实在太苦了，乌尔比诺幼年时练过几年钢琴，为此遭受的折磨至今记忆犹新。为了不让费尔明娜也遭那种罪，他从维也纳买回来一把精美无比的竖琴，让费尔明娜苦巴巴地学了好几年。

婚姻生活的头几年，就是在这种压抑苦闷的气氛中度过的。费尔明娜感觉自己被囚禁在一座坟墓里，还和一个没法指望的男人关在一起，直到六年以后，她才终于找到了逃脱的办法。

费尔明娜的父亲洛伦索，一直从事的都是些见不得人的生意，自从有了女婿家的权势做靠山后，更加无法无天，视法律于无物。这种行为终于连省长都看不下去了，下令必须对洛伦索严加惩治。

万般无奈之下，乌尔比诺医生动用了所有关系，才掩盖住了这些丑闻，但条件是洛伦索必须离开这个国家，永远不得回来。就这样，费尔明娜的父亲被驱逐出国。但房子留了下来，成了费尔明娜的避难所。一有空闲，她就迫不及待地逃出那座令人窒息的家庭宫殿，来到这座儿时生活的房子里稍做喘息。

她在那里接待朋友，还养了几只小动物。独自一人的时候，她也会沉浸在从前的回忆中，一坐就是几个小时。她甚至又想起了弗洛伦蒂诺，想如果当初和他在一起，会不会更幸福。这些想法令她惊讶，也令她害怕，直到这时她才意识到自己有多不幸。

这样的日子又过了几年，费尔明娜等来了一次更为彻底的解放：婆婆病故了。没多久，小姑子们也都住进了修道院，过起了隐居生活。终于，费尔明娜成为真正的女主人，和她的丈夫，还有一对儿女住进了一幢装饰一新的别墅。

生活终于向她张开了温柔的怀抱，她也渐渐步入了人生的成熟期。对于生活，她已驾驭得游刃有余，也对此心满意足。只是在偶尔回忆往昔时，一股隐隐的忧伤仍会浮现出来。因为她没能成为自己年轻时所憧憬的样子。相反，她变成了连自己都不敢承认的模样：雍容华贵，受人爱戴，实际上内心却胆怯而空虚。

此时的弗洛伦蒂诺也年过四十，在河运公司的地位扶摇直上。因为生活在同一个城市，费尔明娜有很多机会在公共场合见到弗洛伦蒂诺，每一次见到他，他的职位就上升一级，他势不可挡的干劲儿已经成为商界广为人知的话题。

费尔明娜不知道的是，弗洛伦蒂诺所做的这一切，都源自要重新得到她的决心。正是这一坚定刻骨的决心，令他不顾一切，所向披靡。

Day 5.
你所羡慕的幸福，也许暗藏裂痕

随着身份和地位的提升，弗洛伦蒂诺有越来越多的机会见到费尔明娜了。虽然都是在公共场合，费尔明娜也总是挽着丈夫的手臂，但这已经足够了。只要能够看到她依然健康美丽地活着，弗洛伦蒂诺就有了继续支撑下去的勇气。

每一次见面，无论是在餐厅里远远地观察，还是在社交聚会上握手寒暄，费尔明娜都表现得彬彬有礼、冷漠疏远。起初，弗洛伦蒂诺将这理解为费尔明娜的个性使然。后来不觉间他又陷入了疯狂的想象，他觉得费尔明娜也许是在用外表的冷漠，来掩盖内心对他的爱情风暴。

在这种想法的驱使下，弗洛伦蒂诺经常跑到费尔明娜的别墅周围徘徊，还在她日常出入的场所守株待兔，想尽一切办法寻找能够见到她的机会。直到某一天，他发现费尔明娜没有按时去教堂做弥撒，又过了几个星期，依旧没有再见到她，只有乌尔比诺医生带着孩子外出。

费尔明娜失踪了。没有谁知道她去哪儿了，发生了什么。各种各样的猜测传播开来，有人说她得了可怕的疾病，有人说看见她在一天夜里登上了开往巴拿马的远洋轮船。费尔明娜究竟去了哪里，这个秘密只有乌尔比诺知道。

她没有生病，也没有去巴拿马，而是回老家去了。她对儿女们说要去姨妈家调养三个月，实际上是打定主意再也不回来了。费尔明娜这一走便是两年。夫妻俩虽然仍保持着信件联系，但乌尔比诺始终都没有找到一条路，让费尔明娜回到自己身边。因为这一切，都源于一件令他自觉不光彩的丑闻。

中年夫妻的婚姻看起来幸福美满，岁月静好，实际上却是死水微澜。事业成功、家庭美满的乌尔比诺医生，似乎已经没什么可追求的了，妻子美丽贤惠，一双儿女乖巧懂事，事业上的梦想也都一一实现。作为一名备受尊敬的医生，乌尔比诺对任何事都失去了激情，无论是工作还是夫妻生活，似乎都成了例行公事。直到那天芭芭拉·林奇走进了他的门诊室，世界在他眼中才重新灿烂起来。看到芭芭拉的第一眼，乌尔比诺就知道一件无法挽回的事在他的命运中发生了。他完全无力抗拒这个黑白混血女子的魅力。他默默记下所有关于她的信息，然后装作不经意地路过她家门前，以问诊为由前去探访她。

在被邀请进屋喝杯咖啡时，他一改平日不喝咖啡的习惯，兴致勃勃地和芭芭拉聊了很久，还主动提出第二天再来为她做一次更为详细的检查。从那以后，他每天下午都怀着无法自拔的激情去芭芭拉家里。但没过多久，这激情就不再纯粹，里面加进了越来越重的罪恶感。

医生不知道费尔明娜是如何发现的，因为费尔明娜从来就不是一个多疑和善妒的人。她那么高傲，那么自尊，绝不会轻易听信传言或匿名告密。但那天下午，当费尔明娜打断了他的阅读，要求他看着她的脸时，他就确定事情已经败露了。

乌尔比诺立马下定决心再也不去见芭芭拉了。那些相见恨晚、非你莫属的甜言蜜语，那些至死不渝的海誓山盟，一并付诸东流。做出这个决定，乌尔比诺的内心是痛苦的。为了能在这场内心的灾难后活下去，他把自己关在厕所里暗自流泪了许久，又到神父面前忏悔了自己的罪过，才终于获得了良心的安宁。做完这一切，他觉得自己总算可以再次面对费尔明娜了。可费尔明娜没有就此罢休，她躺在床上辗转反侧直到凌晨2点，终于她说出了那句话："我有权知道她是谁。"

乌尔比诺把一切都告诉了她，他本以为费尔明娜早就知道真相，只不过想确认一些细节。直到这时他才发现费尔明娜其实并不知情，她只是凭着女人敏锐的嗅觉感觉出了不正常。而现在，这嗅觉却为她的婚姻带来了一场不幸。

那天，她照例闻了闻丈夫前一天换下来的衣服，顿时发现了不对劲，仿佛和自己同床共枕的是另外一个陌生男人。她闻遍了丈夫的每一件衣物，上面都有一种从未有过的陌生气味。当时她并没有说什么，像往常一样继续过日子，继续闻丈夫的衣服，只不过目的不再是为了判断该不该洗了。

这种气味并不是每天都出现，有时一连好几天都没有，有时又会连续几天都出现。

她还发现丈夫的言行举止也变得反常，说话常常闪烁其词，脾气也不如原来平和，更奇怪的是，连他信仰了一辈子的基督教仪式都不去参加了。于是费尔明娜确定，丈夫一定是犯下了致命的罪过，而她决定向他挑明。

那天下午，丈夫正在阅读，她突然对他说道："医生。"

正沉浸在小说中的医生只应了一声："嗯。"

她没有放弃，继续说："你看着我的脸。"

医生照做了，发现妻子炙热的目光正在灼烧着自己。

"出什么事啦？"他问。

"你应该比我清楚！"她回答。

然后，费尔明娜再也没说什么，继续低头补袜子。

听到丈夫说已向神父做了忏悔，费尔明娜暴怒无比。家丑不可外扬，骄傲如她，更无法接受这样一件关乎隐私的事被一个外人知道了，而且肯定很快就会传遍大街小巷。这给她造成的屈辱比丈夫的不忠带来的羞愧和愤怒更加难以忍受。没过几天，她就带着随从登上了回老家的小船。

弗洛伦蒂诺再一次见到费尔明娜，已是她离开两年之后了。此时的弗洛伦蒂诺，已经被任命为公司的董事长兼总经理。他已经完成了生活中所有能做和想做的事，到达了人生的巅峰。现在他唯一的目标就是健康地活着，直到得到费尔明娜的那一刻。

Day 6.
当年轻时的激情退场，留下的自然关怀皆是爱

费尔明娜和乌尔比诺共同生活了50年。丈夫的出轨给她带来了巨大的伤害，但最终他们还是重归于好了。毕竟，在最后关头乌尔比诺还是选择了家庭，选择了费尔明娜。生活依旧平淡地继续，他们依然争吵不断，也仍然要面对各种各样的考验，但最终还是到达了相濡以沫的彼岸。再没有什么能够破坏他们相守了一辈子的婚姻，也没有什么能将他们分开，除了死亡。

乌尔比诺医生比费尔明娜年长10岁，这意味着他比费尔明娜要更早地步入衰老。为了抓住飞到芒果树上的一只鹦鹉，乌尔比诺不顾年老体迈爬上了梯子。就在抓到鹦鹉脖子的那一刻，脚下一滑，他从梯子上摔了下来，还没来得及向任何人告别，生命就结束了。

医生的死对于费尔明娜来说是一个悲剧，可对弗洛伦蒂诺来说却是个好消息，一个他等了51年的好消息。他按捺不住内心的狂喜，在医生尸骨未寒之际，便登门去向费尔明娜表明心迹，结果被对方怒气冲冲地赶出了门外。费尔明娜的确很生气，她气弗洛伦蒂诺不合时宜地表白，也气自己的心里竟然还想着这个人。

葬礼结束的三个星期后,在一股无名邪火的驱使下,她终于忍不住给弗洛伦蒂诺写了一封信。在信中她倾泻了自己所有的愤怒和怨恨,也写下了守寡的孤独和迷茫。她发现在过去50年的生活里,虽然也曾感到幸福,却也彻底地失去了自我。她写这封信来咒骂弗洛伦蒂诺,也是咒骂自己过去那奴仆般的岁月。

弗洛伦蒂诺收到这封宣泄愤怒的信,立刻从萎靡不振的深渊里一跃而起。他把这封信从头到尾读了四遍,逐字推敲,不放过其中任何一个隐藏的含义。

他知道,希望之门已为他开启,而他已做好准备,带着前所未有的热情和斗志,来迎接这最后的考验。

计划的第一步,是给费尔明娜回信。这一次,弗洛伦蒂诺选择了一种全新的方式来写信,他决定使用打字机。因为一封用打字机打出来的信,比手写的信件更有新意,也更正式,不会为费尔明娜寡妇的身份带来麻烦。在那个时代,打字机还是一个新生事物,绝大多数人都不会使用,但这难不倒76岁的弗洛伦蒂诺。

他花了九天学会了打字,又花了三天打出一封准确无误的信,然后装在绘有哀悼花纹的信封里寄给了费尔明娜。他写下的只是自己对人生和爱情广泛的思考,语气克制而冷静,却足以令读信的人蠢蠢欲动、浮想联翩。

费尔明娜没有回信，也没有把信退回。弗洛伦蒂诺知道没有退信就表示还有希望，他继续给她写信，从每星期一封，到每星期两封，再到一天一封。他还给每封信编上号码，还会在每封信的开头对上封信的内容做一个小结，好让费尔明娜看出它们之间的联系。

这是考验耐心的时刻，但弗洛伦蒂诺早就做好了准备。只要信没有被退回，他就会一直坚持下去，像一块石头那样坚定地等下去。等待的过程中，他也没有闲着，他再次修整了房子，以使它配得上未来的女主人。他还结束掉和情人的关系，扫除掉所有可能的障碍。

一年过去了，费尔明娜仍然没有任何表示，弗洛伦蒂诺决定采取第二步行动。在乌尔比诺医生去世一周年的纪念弥撒上，他不请自来地出席了活动，以求获得和费尔明娜面对面的机会。

费尔明娜看见了他，还出乎意料地向他伸出手来，表示谢意。费尔明娜感谢他的到来，更感谢他一年来写给自己的那么多封信。那些信件陪伴她度过了最难熬的时期，帮她重获了精神的平静。其实那些信的作用还远不止此。在一封封流露着真知灼见的信件里，她发现了一个陌生的弗洛伦蒂诺，一个成熟的、睿智的弗洛伦蒂诺。

从费尔明娜那里得到了肯定的回应后，弗洛伦蒂诺有了信心，弥撒结束两个星期后，他开始了第三步计划：登门拜访。

第一次上门，是不约而至。结果还没来得及坐下交谈，他的肚子就不合时宜地闹起了毛病，情急之下只得慌忙离开，但临走前他没有忘记约定下一次见面的日期。两天后他再次如约前往，精神矍铄，肚子也安好。费尔明娜热情而不失礼数地招待了他。两个年逾古稀的老人相对而坐，度过了一个愉快的下午茶时光。

这次拜访令弗洛伦蒂诺信心倍增，他知道自己可以再进一步。四天后的星期二下午，他没有事先通知又去了费尔明娜家。但他也知道不可冒进，所以仍旧只跟费尔明娜谈人生、谈生活，至于两人过去那段短暂的爱情，则闭口不谈。就这样，在每个星期二的下午5点，弗洛伦蒂诺都会带着精致的点心来找费尔明娜聊天，这一活动渐渐成为惯例，不必事先通知，只需例行前往。

很快，费尔明娜的儿子和儿媳也加入了进来，他们常常留下来一起玩纸牌。她的儿子很高兴看到弗洛伦蒂诺令自己的母亲重新振作了起来。而弗洛伦蒂诺，则感觉到胜利正在向他招手，他已经开始幻想自己是和家人在共享天伦。他孑然一身，孤独一辈子，就是为了等待这一天的来临。

如果说费尔明娜的儿子令弗洛伦蒂诺看到了胜利的曙光，那么她的女儿则加快了黎明的到来。和她的儿子不同，女儿对于两个老人如此亲密的关系强烈反对，她不相信男女之间有什么纯洁的友谊。对于迟暮之恋则更觉荒唐，她甚至扬言要把弗洛伦蒂诺赶出去。生性骄傲自尊的费尔明娜被激怒了,她严厉地斥责女儿,毫不客气地说:"你现在马上给我滚出这个家,我以我母亲的遗骨发誓,只要我活着,你就休想再踏进这个家门。"

费尔明娜态度坚决,不容改变,倒霉的女儿只得离开娘家,再也没有回来过。这次冲突令费尔明娜更清楚了自己的心意。让那些多管闲事的人见鬼去吧!她决绝地说道:"如果说我们这些寡妇有什么优势的话,那就是再也没有人能对我们发号施令了。"现在,她是自己的主人,她要为自己而活。

她提出想出门旅行散心,而弗洛伦蒂诺马上提议坐船出游,毕竟他是河运公司的董事长,安排一次豪华舒适的游轮旅行不在话下。费尔明娜接受了这个提议,和他一起登上了远航的客轮。

旅行是爱情最好的催化剂。轮船上的朝夕相处拉近了两个老人的距离。在河上共度了三个日夜后,费尔明娜彻底接纳了弗洛伦蒂诺。为了这一刻,弗洛伦蒂诺等待了半个世纪,也准备了半个世纪,可当幸福真的降临时,他仍然因幸福的强烈而感到惶恐。

随着轮船在河上的行进,他们的关系愈加亲密。他们越过了如胶似漆的初恋阶段,也越过了漫长艰辛的夫妻生活,直接抵达爱情的核心。费尔明娜自然地为他灌肠、洗假牙,而弗洛伦蒂诺则给她拔火罐消除背痛。两个人都未曾意识到,他们竟是如此情投意合,仿佛已经在一起了一辈子。

Day 7.
关于爱的真相，他都写在了这个故事里

首先让我们走进全书率先登场的乌尔比诺医生。他是个矛盾的人，思想前卫，尊重科学，一生致力于治病救人，他为这个陈腐落后的城市注入了新世界的活力。可另一方面，他又软弱保守，屈从传统，对于家庭的守旧和专制一味妥协，不知反抗。

乌尔比诺医生与费尔明娜的婚姻，虽然充满了争吵和彼此嫌弃，也曾有过怀疑和裂缝，但最终还是走向了圆满。

"对于一对恩爱夫妻，最重要的不是幸福，而是稳定。"这是乌尔比诺医生的婚姻信条。他是一个现实的人。对于他来说，现世安稳才是最重要的，个人的名誉和家族的荣耀胜过爱情，也正因为这样，他亲手扼杀了人生中唯一一次怦然心动的爱情。

对于那个女子，他是动了真情的，他爱她爱到想要把所有的时光都和她一起虚度，爱到对未来的日子重新燃起期待。可对于这样一段感情，他又是害怕的。他承受不起丑闻败露给自己的名誉带来的打击，也没有勇气为这份感情努力争取。面对妻子的质问，他迅速地缴械投降，迅速地抹去所有爱过的痕

迹，以一场痛哭流涕的忏悔换回了内心的平静。站在维护婚姻的角度，他的浪子回头是值得肯定的。但如果站在爱情这边，他则显得懦弱而世俗。

第二个要解读的人物是女主人公费尔明娜。年轻时的费尔明娜被父亲严加管教，涉世不深，对于爱情的理解全都来自书本。她的初恋，也是在弗洛伦蒂诺一封又一封炽热的求爱信上建立起来的。在三年的交往中，她和弗洛伦蒂诺只见过几面，因为父亲对她管束得紧，身边又有姑妈全天候陪护，两人都是靠书信来维系感情。

初见他时，她才十几岁，情窦初开的少女，很快被弗洛伦蒂诺的才气和热情所打动，深深地沉浸在对方为自己营造的爱情迷雾中。所以，当两年后他提出求婚，她也想不出有什么理由不同意。

然而随着年岁增长，阅历也有所丰富，她经历了一些挫折，也见到了生活里可能的困苦，对爱情的浪漫幻想渐渐退去。离别一年多再次见到弗洛伦蒂诺时，她如梦方醒一般意识到自己已经不爱他了。

那么她爱乌尔比诺医生吗？答案是肯定的。只不过那种爱，是在细水长流的生活中沉淀下来的爱，是一种类似于亲情的感情。毕竟，当初她之所以选择嫁给医生，不是因为她爱他比弗洛伦蒂诺更多，而是因为自己已到了嫁作人妇的年纪。而医生作为一个完美的结婚对象，恰好出现了。

像这个世界上的许多女人一样，结婚后的家庭生活几乎占据了费尔明娜全部的人生。她压抑自己的个性和喜好，尽职尽责地打理一家上下。作为一个出身于平民家庭的女子，她努力地融入贵族阶层，终于成为一个人人羡慕与爱戴的贵夫人。

等到儿女长大成人，成家立业，她也从少女变成了老妇人。而只有等到丈夫去世，家中只剩她一人时，她才有了完全属于自己的时间。这是一个非常痛苦的时期，但也是她人生中一个最有价值的转折期。正是在这些独自面对自己的日子里，她才发现在日复一日的日常琐碎里她已经丢失了自己。

在整个故事里，要解读的第三个人物——弗洛伦蒂诺，是最不同寻常的一个人。他有着不同寻常的身世，也有着不同寻常的浪漫，更有不同寻常的耐心和毅力。还是穷小子的他，在第一眼见到费尔明娜时，就深深地爱上了她。或许连他自己也没有想到，他会爱得那么持久，贯穿了他的整个人生。

弗洛伦蒂诺的爱是一种超越了常情的爱，极端而偏执，却又震撼人心。故事的最后，轮船在河流上来回航行，找不到一个适合停靠的港口。当船长问及这样来来回回究竟要走到什么时候，弗洛伦蒂诺的回答是："一生一世。"

一艘空荡荡的客船，只有两个白发苍苍的老人，牵着手坐在船上。他们看着岸上的风景从眼前退去，仿佛看着自己的一生，如千帆过尽。那岸上，是世俗的生活，是他们曾经生活过的地方，但现在，一切都已经不重要了。

《面纱》

女性精神觉醒经典之作

［英］威廉·萨默塞特·毛姆

自古以来,婚姻和爱情都是人类生活中的一大主题。《面纱》中的女主角凯蒂起初爱慕虚荣,对婚姻不忠,慢慢地一步步走向精神觉醒。

很多人曾抱有憧憬,希望能和相爱的人结婚,携手过上幸福快乐的生活。但他们以为只要结了婚就能解决一切问题,却没想到新的问题又因婚姻而起。因为婚姻不是瓜熟蒂落,而是幼苗破土发芽。

扫码收听本书音频

MAI JIA
READING
WITH YOU

Day 1.
一生必读的婚姻经典

作为20世纪全世界范围内最受欢迎的作家之一,毛姆被称为"英国的莫泊桑",更被誉为"最会讲故事的作家"。

1919年9月和1920年3月,毛姆访问了中国,除北京和上海之外,他还乘汽船沿着长江最远到了重庆。后来,毛姆借机在香港停留了一段时间。回到欧洲后,他一气呵成,共写了60篇有关中国的作品,其中就包括长篇小说《面纱》。它和《刀锋》《人性的枷锁》一起,被称为"毛姆剖析人性的三大力作"。

《面纱》也被称为女性精神觉醒的经典读本。毛姆曾说:"这是我唯一一部以故事情节而不是人物形象为契机发展的小说,这些角色的原型都是我在不同地方认识的真实存在的人物。"这部小说整体布局巧妙、语言精练,毛姆用"人性的冷漠"为线索,揭开了华丽面纱下隐藏的真实生活本色。

《面纱》以中国为背景,讲述了容貌姣好、爱慕虚荣的英国女子凯蒂,在世俗与家庭的压力下,草率地嫁给木讷无趣的细菌学家瓦尔特,随即又与风流倜傥的已婚男子唐生发生婚外情的故事。当瓦尔特发现凯蒂的出轨行为后,原本深爱妻子的他陷入了深深的痛苦中。出于对婚姻的厌倦和失望,瓦尔特带着凯蒂远赴中国一个霍乱肆虐的偏远城镇——湄潭府，同时采取冷漠、自我毁灭的方式报复妻子。

在异国僻壤的凶险环境中，瓦尔特和凯蒂无时无刻不面临着死亡的威胁，他们也由此经历了以前平静、舒适生活中无法想象和体验的情感波澜。就在两人的关系有一线转机时，毛姆笔锋一转，让故事的发展走向了另一个朝向。瓦尔特在救治病人的过程中染上了霍乱，不幸死亡。凯蒂对瓦尔特的死感到震惊和愧惜，内心深处却觉得自己得到了解脱。经历了一系列的遭遇和变迁后，凯特一点点与过往告别，辗转回到英国，重新认识自己的家人，开始思考人生的意义和自我的价值。

《面纱》是一部关于婚姻和爱情的小说。但它几乎集聚了爱情故事的所有构成因素——见钟情、背叛、报复、灾难、悔恨、死亡等，结局却与爱情无关。毛姆告诉人们，纯粹的爱情如此虚幻缥缈，一切爱情都是有条件的。他赫然揭开一层层遮羞布，将不加修饰、真实裸露的原色展现在人生面前，芸芸众生称之为——生活。毛姆的高明之处在于将一个女性细微的心理变化和惊人的思想改变毫无保留地展现出来。

经历了爱情幻想破灭和生死离别后，凯蒂从一个肤浅虚荣、贪图享乐的少女变成不再依赖男人、独立意识崛起的女性。其中包含了无数矛盾、挣扎、无奈、欲望和悔过。如果说爱情和婚姻让凯蒂看清生活的真相，浴火重生，那么故事的男主人公——瓦尔特和唐生却告诉人们，爱情在男人眼中，是另一番模样。

Day 2.
一百次感动，比不上一次心动

凯蒂此时比以前任何时候都更恨瓦尔特。如果瓦尔特大声咆哮，暴跳如雷，她可以针锋相对，以牙还牙。然而他非常沉着冷静，反而令人不知所措。

前天中午，她和唐生在家里偷偷约会，被临时返回的瓦尔特发现。一阵慌乱过后，凯蒂心想，这样也好，如果瓦尔特主动提出离婚，她巴不得尽快结束这段错误的婚姻。万般思绪不断翻涌，凯蒂疲惫的眼光落在一张照片上。她的母亲——贾斯汀夫人端坐在那里，像贵妇一般优雅端庄，表情却一如既往淡漠刻薄。凯蒂从小就是个美人坯子，积极钻营的贾斯汀夫人对老实平庸的丈夫彻底失望后，便把全部希望寄托在了凯蒂身上。然而，交际花凯蒂到了25岁，还是单身未嫁。

相反，相貌平凡、一向不受重视的妹妹多丽丝却和一位有钱外科医生的独生子订了婚，并且将会获得准男爵夫人的称号。这让贾斯汀夫人略感安慰，同时对凯蒂怒不可遏，毫不留情地给她脸色看。凯特一气之下，嫁给了瓦尔特。

这是个仓促的决定，在答应瓦尔特的求婚前，他们只见过几次面，凯蒂对此人几乎没什么印象。可以肯定的是，他根本不是她喜欢的那种类型。单看他的五官，勉强算得上英俊，可是他太呆板了，渐渐熟悉后，凯蒂觉得跟他待在一起浑身不自在。

和她同龄的姑娘们早都嫁了人，个个连孩子都有了，况且她早已受不了母亲那张冷嘲热讽的嘴。再说，瓦尔特只不过是不擅长交际罢了，其他方面还说得过去，中国的生活也很令人向往。答应求婚时，她对他的了解仅有一星半点，现在结婚将近两年了，这种了解却没能增进多少。

凯蒂天生活泼，爱说爱笑，瓦尔特却从不搭腔，常常用沉默浇灭她的热情。瓦尔特是一名细菌学家，在香港某处单位有一份工作。他喜欢阅读，那些书在凯蒂看来都无聊透了。他从来不会放松，除了工作外，不是忙于写论文，就是看有关中国或历史的书。她回想起大家对瓦尔特的评论，不免对他心生鄙视。

凯蒂在一次聚会上遇到了唐生，那时她刚来香港几个礼拜。他们一见如故，谈论了伦敦的剧院、聊起了爱斯科赛马场，一晚上有说不完的话。唐生梳着优雅的发型，穿着十分讲究，加上健美的身材、潇洒的动作，让人完全看不出他已经40岁了。作为香港布政司助理，唐生颇有交际手腕，魅力十足。凯蒂被迷住了，仅仅过了三个月，便沦陷在唐生温暖的怀抱。

刚开始，他们在外面偷偷摸摸地约会，最近几次，唐生趁着瓦尔特不在家时悄悄地潜入了凯蒂的房间。一天下午,两人正在缠绵时,卧室的门把手突然转动了一下。凯蒂吓得魂不守舍,唐生安慰她,可能是用人犯迷糊了。然而唐生离开后,凯蒂却发现了瓦尔特留下的纸条。

她确信转动门把手的人是瓦尔特,他一定知道了她和唐生在偷情。短暂的惊慌过后,凯蒂冷静下来,她想:倘若东窗事发,对大家来说都是个解脱。凯蒂相信瓦尔特会保持风度,选择退出。而唐生也会摆脱不幸的婚姻,恢复自由身。这样事情就简单多了。她和瓦尔特的结合根本是个错误,幸运的是现在发现还不晚,她衷心地希望他们能够祝福彼此、和平分手。

然而,瓦尔特的态度却让人捉摸不透,那天下午他话也没说就离开了,这让凯蒂有一种不祥的预感。

隔天,瓦尔特终于开口了,凯蒂的心脏猛地收缩了一下。

"你有没有听说过湄潭府?那个地方发生了严重的瘟疫,医生也感染病菌死了。我已经提出申请,准备过去接手。"瓦尔特的眼睛一动不动地凝视着她,表情十分严峻。

"你?有必要吗?那里很危险,你是个细菌学家,不是医生。"凯蒂有点结巴。

"我是一个医学博士,曾在医院做过很多医护工作。"瓦尔特不耐烦地说,"我们先坐船,再改坐轿子,就能到那里。"

"我们?"凯蒂怀疑自己听错了。

"对,你和我。"

凯蒂跳起来："如果我去那里就是疯了，那里是霍乱，我会死的。"

瓦尔特没有作声，凯蒂从他的眼睛里看到了憎恶："我想你把我当成了一个大傻瓜。我已经拿到了你和唐生足够的证据。"

凯蒂在紧张的氛围中忍不住哭了起来，索性提出了离婚。

瓦尔特的眼神分明是在挖苦："如果唐生夫人表明她将会和丈夫离婚，而唐生愿意在签订离婚协议后的一个礼拜内娶你，我会欣然同意。否则，后天你就要和我一起出发去湄潭府。"

凯蒂坚信唐生会与妻子离婚，就像自己一样，为了他们的爱情什么都可以牺牲。她似乎看到了自由在向她招手，也许很快，她就会获得期盼已久的幸福。

Day 3.
背叛又被背叛，她将自己送上绝路

凯蒂急匆匆地来到唐生的办公室，当屋子里只剩他们两个人时，唐生原本和蔼可亲的面容立即消失了。他责怪凯蒂太鲁莽，不该在工作时间找他，若给人留下把柄可就麻烦了。唐生搂着凯蒂的胳膊松开了一下，身体随即僵住不动了："你没承认吧？你什么也没承认吧？"

凯蒂的心一沉，隐约感到事情和她预想的不太一样。唐生焦躁地在办公室踱步，绞尽脑汁想办法撇清关系，对付瓦尔特。唐生沉默了片刻，重新温柔地握住凯蒂的手："你知道，我很乐意和你结婚，但是这是不可能的。我了解我的妻子，不管怎样她都不会和我离婚的。我也得为我的孩子想一想。"

凯蒂惊恐万分："我记得你说过，你根本不爱你的妻子。"

"没错，可是我十分信赖她，她是个贤妻良母，我们是极好的朋友。"

在良久的沉默中，凯蒂似乎突然领悟到了丈夫的阴谋——瓦尔特早就知道唐生是个爱慕虚荣、胆小怕事、自我钻营的二流货色。他之所以做此威胁，是要让凯蒂亲手揭开唐生的真面目,让她在残酷的事实面前幡然醒悟。

她在心里苦笑了一下,可悲的是,当她看清唐生自私自利、谎话连篇的本性后,竟然还不可自拔地爱着这个男人。她想起昨天和丈夫之间的谈话,瓦尔特用挖苦和讽刺的语气说:"我知道你愚蠢、轻佻、头脑空虚,然而我爱你。我知道你的企图、你的理想,你势利、庸俗,然而我爱你。我知道你是个二流货色,然而我爱你。我知道你仅仅为了一己之私跟我结婚,我爱你如此之深,所以毫不在意。"

短短一个中午,事情的发展远远超出了凯蒂的预料。她在神经崩溃之前戴上手套,准备离开唐生的办公室。唐生紧张地问道:"你准备怎么做?"

"别担心,不会伤到你一根毫毛的。"凯蒂的声音里没有一丝情绪。她背叛了丈夫,又被情人背叛。瓦尔特似乎早就料到了结果,他已经让用人备好了行李,容不得凯蒂逗留,次日晚上他们就启程了。

酷热的夏日,两人下船后被轿子抬着,没日没夜地在一条条狭窄的小道上前行。凯蒂无心欣赏中国的乡村风光,而是躲在轿子里流干了眼泪。瓦尔特对她异常冷淡,只有吃饭时间会跟她打声招呼,就好像她是旅途中邂逅的一位从未谋面的女士。

晚上在客栈过夜时,瓦尔特单独睡在一张行军床上,背朝着凯蒂,似乎在提醒她,他们之间隔着一道不可逾越的鸿沟。

凯蒂在瓦尔特的眼神里看到了鄙视和嫌弃，不仅是对她的，还有对她的情人的。她想不明白，如果瓦尔特已经不再爱她，为什么不放过她？难道带她到湄潭府，真的是想让她死于霍乱吗？想到这里，她忍不住打了个冷战。

又走了几日，一直默不作声赶路的轿夫们突然喧哗起来。凯蒂顺着他们的手势望去，看到远处的山坡上耸立着一座拱门，那里应该就是目的地了。通往拱门的山脚下到处都是长着野草的土包，它们一个个挨在一起，似乎具有某种特殊的意义。凯蒂知道那是一片坟场，这一路她经过了许多这样的地方。

凯蒂感到她的心脏猛烈地撞击着胸口，死亡就这样渐渐逼近。想到在27岁的芳龄就要香消玉殒，她忍不住握紧了拳头。她第一次想念妈妈，想念英国的那个家。可是，相比起以离婚者的身份回到娘家，未来将会受到的白眼和嘲讽，她宁可留在湄潭府，听天由命。凯蒂明白，对于妈妈来说，嫁出去的女儿如同泼出去的水，何况这个女儿曾经让她那么失望。

虽然婚姻不至于代表一个女人的一切，但婚姻始终是一个女人生活中的重要主题。凯蒂害怕成为剩女，草率地嫁人，走错了婚姻的第一步。之后一错再错，盲目地爱上不值得的人，将她推入万丈深渊。人生行到此处，她既没有前进的力气，也没有后退的余地。

Day 4.
人的一切痛苦，本质上都是对自己的无能感到愤怒

瓦尔特抵达湄潭府的第二天便投入了工作，他每天早出晚归，几乎见不到人影。凯蒂从用人那里听说，河对岸的城镇里，每天都有100多人死亡，无论是谁，一旦染上霍乱，就别想有活着的希望。因此，她宁可百无聊赖地待着，也不愿往城镇踏足一步。幸好新朋友韦丁顿能经常陪她聊天解闷。

韦丁顿是住在不远处的海关助理，一个在中国待了20年的英国人。虽然韦丁顿否认自己是个"中国通"，但是他能说一口流利的中国话，并且经常讲一些中国历史和小说里的故事，生动有趣。一次闲聊中，韦丁顿说起香港，并意外地提到了布政司助理——唐生。听到这个名字，凯蒂的心脏扑通扑通直跳。她假装毫不在意，委婉地问起唐生是个怎样的人。

韦丁顿的回答让她万分苦涩。原来在世人眼中，唐生不过是个自私圆滑、虚荣肤浅的普通官员罢了。只因爱情的障眼法，让唐生的形象在凯蒂的心中异常高大。更可悲的是，凯蒂从韦丁顿那里听说了唐生的许多风流韵事。而唐生的妻子对外声称，只有二流货色才会爱上自己的丈夫，这真是一件不光彩的事情。

凯蒂白天装作若无其事，晚上却悄悄以泪洗面。到现在，她才明白自己曾经拿下半生作为赌注的爱情是多么可笑、多么愚蠢！

韦丁顿一忙完白天的事儿，就会到山坡上逛逛。刚过了一个礼拜，凯蒂和他的熟悉程度就像交往一年的老朋友了。有一次，韦丁顿笑着说："你跟我是这块地方仅有的脚踏实地说明白话的人。而你的丈夫，活在地狱里。"

凯蒂没听透这话的意思，却感到有点不安。韦丁顿为人精明，恐怕对她和瓦尔特的关系早有洞察。这对夫妻之间的相处，就像一场拙劣生硬的表演。

凯蒂住的房子外面是一片广袤的原野。或许是日子太过单调，或许是韦丁顿的描述充满了吸引力，凯蒂终于下定决心到河对岸的城镇走一走，拜访来自法国的修女们。修女们的工作繁重辛苦，几乎全年无休，但是她们始终保持着愉悦平和的神态，温柔耐心地对待每一个肮脏、瘦弱的病人。在这个瘟疫肆虐的中心地带，修道院的工作如此有条不紊，简直就是对这场劫难的嘲讽。

当修道院的大门关上的一刹那，凯蒂忽然感到前所未有的孤独，她在心中哀叹自己每日无所事事，实在是一个无足轻重的人。最让凯蒂感到意外的，是修道院院长和修女们对瓦尔特的赞扬。在修道院，瓦尔特似乎是神一般的存在，他善良勇敢、温柔和善，备受好评。当听到人们夸奖瓦尔特时，凯蒂竟然会感到一阵骄傲。回忆起她曾经那么鄙视瓦尔特，现在她只想鄙视自己。她不得不承认他的身上有出众的优点，但她却对他的价值视而不见，反而爱上了一个不值当的人，实在是令人费解。

当天晚上，瓦尔特像平时一样，吃过晚饭后到实验室继续工作。这类事情，即使在婚姻美满时期，他也从来不和凯蒂交流。凯蒂望着瓦尔特疏离的背影，觉得自己对这个男人了解甚少。如今，他像一座大山一般横亘在她的眼前，压迫着她的神经，在他眼里，自己是不是已经成为累赘了？

她脱口而出，问道："你真的那么看不起我吗，瓦尔特？"

瓦尔特整个人似乎僵住了，过了许久才回答："不，我看不起我自己。"

"为什么？"

"因为我爱你。"

凯蒂脸红了，她明白瓦尔特的意思。

当真相豁然摆在眼前的时候，他的生活其实就已经完了。较真和幻想将他的灵魂撕裂成两半，在爱与恨的边缘不断拉扯。假如这场瘟疫结束后，他们两人都还活着，又该用什么态度面对以后的生活呢？

"人的一切痛苦，本质上都是对自己的无能感到愤怒。"

Day 5.
安宁在工作中是找不到的

和瓦尔特的心如死灰不同，凯蒂逐渐适应了湄潭府的生活，并对那所修道院提起了极大兴趣，很快再次登门拜访。这一次，修道院院长过了许久才出来迎接，繁杂的工作让她一点都抽不开身。在交谈中，凯蒂听到一位追随院长多年的修女不幸离世的消息，感到十分遗憾。她主动提出愿意到修道院帮忙，贡献自己的一点绵薄之力。耐不住央求，善良的院长同意了凯蒂的请求。她察觉到凯蒂焦急、恳切的神情，似乎看穿了她心中隐藏的秘密。

"你知道，我亲爱的孩子，安宁，在工作中是找不到的，它也不在欢乐中，也不在这个世界上或者这所修道院中，它仅仅存在于人的灵魂里。"

院长意味深长的一番话令凯蒂心中一惊，她如此急切地想加入修道院的工作中，究竟是善意驱使还是隐藏不安呢？对此，她也深感疑惑。但是，繁忙的工作的确让凯蒂的精神焕然一新。每天清晨太阳刚刚升起，她就风风火火地赶到修道院，直到夕阳西沉才回到房子。

起初，对于瘦黄丑陋的中国女孩，凯蒂心中微微厌恶，不愿意与她们有肢体接触。后来，她用胳膊轻轻地搂住那些孤儿，将脸颊贴在她们的小脸上，竟然感到有一丝温暖。更让人惊奇的是，她已经习惯待在这块瘟疫肆虐的中心地带了，她不再害怕，反而比以前更健康，甚至时常开怀大笑。这样的变化，让她感到无比兴奋和快乐。然而，不久后意外发生了。

一天，凯蒂像往常一样，一大早来到修道院开始工作。突然，她感到一阵恶心，只觉得天旋地转，不断呕吐。是霍乱！旁边的女孩大声朝门外呼救，一瞬间，死亡的恐惧将凯蒂攥住，她害怕极了，眼前一黑昏了过去。她清醒时，发现修道院院长跪在她身边，旁边的修女们一脸惊恐之色。

院长十分镇定，她问了凯蒂几个问题，听到回答后脸上露出了温柔的笑容："亲爱的孩子，你怀孕了。"

凯蒂大吃一惊，从头到脚战栗了一下，她重新躺回到椅子里，心里一片冰冷。瓦尔特比平时提前回家。他敲了敲凯蒂的房门，问起发生了什么事。

"我怀孕了。"凯蒂面无表情。

瓦尔特似乎被冻住了，他颤抖着嘴唇，用了很大力气从嘴角挤出一句话："孩子的父亲是我吗？"

凯蒂猛吸了一口气，攥紧了手。她知道如果她说了是，对瓦尔特来说就意味着一个新世界来临了。可是，最近经历过的一切苦难仿佛在凯蒂身上留下了痕迹，她感到灵魂深处有一群旁观者在注视着自己，除了说真话，她别无选择。

"我不知道。"

瓦尔特笑了，笑声像幽灵一样诡异。凯蒂咬住嘴唇，竭力不让自己哭出声来。

瓦尔特在长长的房间里徘徊，终于开口了："我觉得离开这儿对你来说更合适一些，现在强求你留在这里是不公平的。"

凯蒂摇了摇头，现在她反而不想离开修道院了。她突然想起一个问题："瓦尔特，当初你坚持要我来这里，是不是想杀了我？"

"起初是。"

这是瓦尔特第一次承认他的企图，凯蒂颤抖了一下，却没有恨意。这段时间，他们一起经历了很多。

凯蒂拒绝离开，她想继续留在修道院，那里的生活让她感到充实和快乐。瓦尔特皱紧眉头，疲惫不堪地走了。

第二天，凯蒂重新回到修道院，乐此不疲地投入到工作中。她现在唯一能做的，就是通过工作来获取心灵上的宁静。她后悔曾经对唐生投怀送抱，希望瓦尔特有一天能够释怀，原谅她，也放过自己。如果瓦尔特能原谅她，她一定不惜任何代价来弥补她犯下的过错。凯蒂常常在脑海中想象，或许未来有一天她和瓦尔特能重归于好，并为他们曾经的自寻烦恼而哈哈大笑。

一天夜里，凯蒂被一阵吵闹的敲门声惊醒了。

"费恩夫人，你的丈夫病倒了，我们想让你立即去看看。"来者是一位军官，旁边陪同的韦丁顿一脸惶恐。

凯蒂嘴唇颤抖得厉害，她害怕听到那个可怕的消息。

"是霍乱吗？"她终于问道。

"恐怕是的，你必须做好最坏的打算。"

凯蒂被带到城里一间低矮的屋子，昏黄的灯光下，她看到了毯子下蜷缩的瓦尔特。瓦尔特两眼紧闭，脸上一片死灰，短短几个钟头里，他完全换了一副模样，几乎是死亡本身。凯蒂俯到床上，低声叫着瓦尔特的名字。她难以相信眼前的一切，当意识到瓦尔特就要死了，她只有一个想法，那就是消除他心里郁积的怨恨，让他平静地离开。

"瓦尔特，我恳求你的原谅。我为我所做过的对不起你的事情感到抱歉，我现在追悔莫及。"瓦尔特黯淡干瘪的脸上微微动了一下，凯蒂屏住呼吸看着他，急切地等着他的回答。

"死的却是狗。"瓦尔特缓缓吐出这句话，慢慢停止了呼吸。

凯蒂像石头一样僵住了，她不明白瓦尔特的话是什么意思，而眼前的景象更让她感到迷惑。人的生命竟是如此脆弱，一转眼，就像一缕青烟，在空气里盘旋过后，便消失不见了。可太阳却照常升起，明天又是新的一天。

Day 6.
我要把女儿养大,让她成为一个自由、自立的人

瓦尔特的葬礼简单仓促,整个过程中,凯蒂始终没有哭。修女们对她泰然处之的态度和克制悲痛的勇气赞叹有加。其实,凯蒂是被惊呆了。瓦尔特曾经是个活生生的人,现在竟然从这个世界消失了,她一时难以相信这个事实。虽然凯蒂始终不曾爱上瓦尔特,但她承认瓦尔特确实有着让人钦佩的人品和智慧。

她为瓦尔特的死感到遗憾和难过,如果可以用一句话让他复活,她会毫不犹豫地说出口。可是当葬礼结束,一切归于平静后,凯蒂的内心深处竟然感到一丝舒畅和轻松。如今,一个念头始终潜伏在她的心里,就好像一支交响乐曲不断敲打着心房。那个纠缠于她左右的身影永远地消失了,死亡的威胁烟消云散,别扭苦涩的爱情随风而去,取而代之的是自由和奔放的灵魂。

几天后,修道院院长温柔地表示,为了肚子里的孩子,凯蒂应该早日启程,回到亲人身边。韦丁顿陪着凯蒂下山,为她打点妥当,挥手告别。

汽船在香港的码头靠了岸，凯蒂望着熙来攘往的船只，思绪此起彼伏。幸亏黑色的丧服可以稍做遮掩，掩盖住她内心翻涌的情感。

"费恩夫人。"

凯蒂转过头，心脏猛地跳动了一下，瞬间红了脸。来者是唐生的妻子——多萝茜。多萝茜走进舱内，张开手臂将凯蒂搂在怀里，情感真切地表达了同情和安慰。

"你是特意来接我的？"凯蒂对这个曾经疏远、冷漠的女人做出这种亲密举动感到诧异。

多萝茜回答是韦丁顿发的电报，告诉她凯蒂的归期。她由衷地钦佩凯蒂，敢于和丈夫一起涉足瘟疫肆虐的危险地带，做出自己的贡献。她连声赞扬凯蒂的勇气和品德，不由分说地将后者的行李搬到了自己家。

唐生的家坐落在山顶的一座临海公寓，可以看得出多萝茜有着极好的品位，家里每一处都布置得华而不奢，优雅温馨。凯蒂想起在湄潭府居住的那座平房，空无一物，粗陋不堪，不禁微微缩了一下身体。不得不说，她更适应眼下舒适的环境。至于唐生，既然早晚都要见面，她倒想看看这个虚荣肤浅的男人会上演一场什么好戏。

晚饭时间，唐生登场了。他从容不迫地来到凯蒂面前，十分绅士地捧住她的双手，表达了对她的欢迎和对瓦尔特的怀念。接着，唐生淡定自如，像对待平常客人一样闲聊，任谁也看不出来他和凯蒂曾经是一对难舍难分的情人。凯蒂在这场由唐生和多萝茜主导的聚会中，逐渐恢复活力。她似乎并非经历了人生变故的未亡人，倒像是做了阑尾炎手术后很快恢复的病人。不久，她就加入聊天，开始打探熟人们的消息和最近的新闻，觥筹交错间，宾主尽欢。

在唐生家安顿下来后，凯蒂忽然感到了前所未有的疲惫。之前的生活让她的神经紧绷，如今到了舒适的环境，又受到了不曾有过的礼遇，人一下子松弛起来了。原来自由自在、不受羁绊是如此令人愉快，成为众人瞩目的焦点让她心满意足。凯蒂很快就忘乎所以，尽情沉醉在东方世界的奢华秀丽中。

一天下午，多萝茜外出参加宴会，凯蒂一个人在家里看书。突然，唐生出现在她面前。凯蒂立刻从沙发上跳了起来，奔回自己房间。出于本能的谨慎，她一进屋就拉上了窗帘，屋子里顿时一片漆黑。唐生跟进来，紧紧地将凯蒂抱在怀里，不断地亲吻她："不要如此恶意对我，凯蒂，请你原谅我。"

凯蒂全身颤抖，忍不住抽泣起来。她想推开唐生，但是他强有力的胳膊却渐渐给了她一种莫名的抚慰。她太渴望爱了，一瞬间，她对瓦尔特的悲痛就变成了对自己的怜悯。她感觉自己像个迷路的小孩，现在终于安全地回到了家。

唐生抱起凯蒂，挣扎间，她心中的防线逐渐坍塌，身体里只留下了膨胀的欲望。短暂的放纵之后，凯蒂的脑子里一片空白。她本以为，在湄潭府经历了一番洗礼后，自己彻底变了，变得坚强理智，不再会受到低贱的欲望诱惑。可是没想到，她根本就是个荡妇。唐生稍做引诱，她便屈服沉沦，将曾经幻想的洁净、单纯的精神世界抛诸脑后。

凯蒂无法理解自己的行为，她狠狠地鄙视自己，逃离般地离开了香港。汽船缓缓地驶入马赛港，圣母玛利亚金色的雕像在阳光下闪烁出微光。凯蒂站在甲板上，读着父亲发来的电报：深痛告知你的母亲已于今晨去世。

再次见到父亲时，凯蒂吃了一惊。这两年，她早已学会了看透人心思的本事，从父亲躲闪的神情中，凯蒂没有看到一个丈夫该表现出的丧妻之痛，而是看到了一种解脱后发自内心的轻松。凯蒂并没有为母亲感到难过。回忆起成长经历，她明白自己肤浅的性格、世俗的价值观……一切都是母亲一手造成的。假如母亲知道自己一辈子费尽心机、苦心经营，最后却失去了丈夫和女儿的爱，该多么讽刺！

父亲告诉凯蒂，他将处理掉房子，到巴哈马群岛工作。凯蒂请求可以跟随，她激动地说："父亲，当我想到我们一辈子都在靠您养活，可是却没有回报您一点东西，我感到非常愧疚。您的一生是不幸福的，能让我对过去做出一些弥补吗？"

父亲对她突如其来的情绪感到有些尴尬："我不明白你的意思，我从来没有抱怨过你们。"

凯蒂悲痛欲绝地哭了起来，像个小女孩一样依偎在父亲身边："父亲，以后的日子让我们善待彼此，开始幸福的生活吧。"

不善言辞的父亲颇有感触，拿出手帕擦干了眼泪："别忘了，你很快将会有个孩子。"

"我希望是个女孩，我想把她养大，使她不会犯我曾经犯过的错误。当我回首我是个什么样的女孩时，我非常恨我自己，但我无能为力。我要把女儿养大，让她成为一个自由的、自立的人。我把她带到这个世界上来，爱她、养育她，不是为了让她将来和哪个男人睡觉，从此把这辈子依附于他。"

父亲的身体僵住了，显然没想到凯蒂会说出这番话。凯蒂慢慢地露出了微笑，她不清楚未来会发生什么，但逝去的人已经逝去，新的生活还将继续。或许她之前做过的错事、经受的磨难并不是毫无意义的，那些经历将一一沉淀，转化为智慧，指引她在未来的生活中找到内心的充实与安宁。

Day 7.
一段无爱婚姻，为所有人揭开人生的面纱

《面纱》讲述的故事，是一个个无爱婚姻带来的灾难。于是，一场动机不纯、根基不稳的婚姻，在面临生活的考验时，很快就土崩瓦解。凯蒂出轨的对象——唐生，是另一种无爱婚姻的代表。唐生和妻子多萝茜结婚多年，看似儿女双全、家庭美满，其实他们之间的感情早被日复一日的平淡生活吞噬。

这对貌合神离的夫妻一个在外面拈花惹草，四处留情；一个忙于钻营社交，只关心另一半的升迁和前途，对丈夫出轨的行为心知肚明却置之不理。这种在外人看起来稳固美满的婚姻，实际上是自欺欺人。当婚姻中没有了感情作为支撑，只剩下利益牵绊时，家庭的意义早已不复存在。

爱情是一种很私人且复杂的情感，对此，每个人的理解和感受都不相同。比起凯蒂的轻浮和冲动，瓦尔特的爱显得格外含蓄和深沉。瓦尔特和凯蒂实际上是完全不同的两种人，他知识渊博，心地善良，不喜欢交际，一心沉醉在枯燥的医学研究上。认识凯蒂是瓦尔特人生中的意外，她那么光鲜亮丽、活泼迷人，一下子就攥住了他的心。然而，性格的差异让他们的内心始终无法贴近。凯蒂的出轨和背叛如同一个巴掌，打醒了沉

醉在自己世界中的瓦尔特。

毛姆在另一部作品《月亮和六便士》里曾经提到：卑鄙与伟大、恶毒与善良、仇恨和热爱是可以互不排斥地并存在同一颗心里的。有时候，爱情在人性面前不堪一击。瓦尔特爱凯蒂，但是更爱自己。因此，他走不出凯蒂背叛的阴影，解不开内心的魔障，将自己送上了绝路。

揭开披在爱情身上美好的面纱，现实生活里赤裸裸的真相令人无限感慨。

《面纱》之所以被誉为"女性精神觉醒经典之作"，是因为在故事的结尾，凯蒂经历了人生的巨大变动之后，开始思考人生的意义。凯蒂从一开始就暴露了身上很多缺点：愚蠢虚荣，肤浅任性，天真冲动，禁不住诱惑。她在母亲强势的打压下，被培养成一个交际花，在她的世界观里，如果没有光鲜亮丽的婚姻和纸醉金迷的生活，人生就是毫无意义的。后来在修女身上，凯蒂看到了诚挚的信仰和坚定的信念，看到了她从未见过的独立而自由的灵魂，从一个爱情至上的浅薄女孩，变成一个明白不应该只依附男人，在爱里失去自我的独立女性。

凯蒂由被动化主动的心路历程令人惊叹，也让人们看到生命的无限可能。欲望的力量是无穷尽的，每个人心中都住着一头野兽，贪图享乐，爱慕虚荣。有时候，我们任由它操纵着人生的方向，并沾沾自喜。所幸的是，许多人最终都会揭开生活华丽的面纱，打败野兽，找到那个真正有着独立灵魂的自己，勇敢地去面对未知的挑战。

《我们仨》

我们只有死别，没有生离

杨绛

一本母亲的回忆，对女儿和丈夫的想念，以及白发人送黑发人的无奈。就如同封面上所写：我一个人，思念我们仨。

杨绛先生以其一贯的慧心、独特的笔法，用梦境的形式讲述了在一起生活的最后几年中，一家三口相依为命的情感体验。杨先生的文字含蓄节制，字里行间弥漫着难以言表的亲情和忧伤，读来令人动容。

生命的意义，不会因为躯体的生灭而有所改变，那安定于无常世事之上的温暖亲情，已经把他们仨永远联结在一起了。

Day 1.
我们仨,藏着平凡生活中最暖的爱

杨绛祖籍江苏无锡,1911年出生于北京。小时候读书很好,但非常顽皮,曾因为上课说话被罚站示众,却因不服两人说话只罚一人而大哭到下课。1932年初,杨绛借读于清华大学。当年3月,初识钱锺书。两人初见便如老友相逢,侃侃而谈;又因为恰好都在文学上有共同的爱好和追求,他们一见钟情。三年后的7月13日,钱锺书和杨绛在苏州举行了结婚仪式。

杨绛曾回忆道:"《围城》里,结婚穿黑色礼服、白硬领圈给汗水浸得又黄又软的那位新郎不是别人,正是锺书自己。因为我们结婚的黄道吉日是一年里最热的日子。我们的结婚照上,新人、伴娘、提花篮的女孩子、提纱的男孩子,一个个都像刚被警察拿获的扒手。"

很多人都会好奇,杨绛明明是一位女士,却为何被称作先生。殊不知,杨绛并不是第一位被冠以"先生"尊称的女性。无论是我们读书时背过的李清照,还是毕业后翻阅的张爱玲,都曾被人称为"先生"。《我们仨》是先生最后一部作品,从一个梦境开始,回忆了一家三口最后相聚的时光。

有一晚,我做了一个梦。我和锺书一同散步,走到了不知什么地方。太阳已经下山,黄昏薄暮,苍苍茫茫中,忽然锺书不见了。我四处寻找,不见他的影踪。喊他,没人应。只我一人,站在荒郊野地里,锺书不知到哪里去了。我大声地呼喊,喊声落在旷野里,没留下一点依稀仿佛的音响。

锺书自顾自先回家了吗?我也得回家呀。我正待寻觅归路,忽见一个老人拉着一辆空的黄包车,忙拦住他。他倒也停了车。可我却怎么也说不出要到哪里去,惶急中忽然醒了。锺书就在我旁边的床上,睡得正酣呢!

我辗转了半夜等锺书醒来,就告诉他我做了一个梦,如此这般;于是埋怨他,怎么一声不响撇下我自顾自走了。锺书并不为我梦中的他辩护,只安慰我说:那是老人的梦,他也常做。这类的梦我做过好多次,梦境不同而情味总相似。梦中恓恓惶惶,好像只要能找到他,就能一同回家。锺书大概是记着我的埋怨,叫我做一个长达万里的梦。

这场万里梦的开始,是在那次晚饭之后。锺书在阿圆的房间里做坏事,我走进阿圆的房间一看究竟,只见她床头枕上垒着高高一沓大辞典,上面放着一只四脚朝天的小板凳,凳脚上端端正正地站着一双沾满尘土的皮鞋——显然是阿圆回家后刚脱下的,一只鞋里塞一个笔筒,里面有阿圆的毛笔、画笔、铅笔、圆珠笔等,另一只鞋里塞一个扫床的笤帚把。沿着枕头是阿圆带回家的大书包。接着是横放着一本本大小各式的书,后面拖着我给阿圆的长把"鞋拔",大概算是尾巴。

阿圆站在床和书桌间的夹道里,把爸爸拦在书桌和钢琴之间。锺书把自己缩得不能更小,笑得都站不直了。我忍不住也笑了,三个人都在笑,连客厅里电话都是响了好几声方才听到。

锺书和阿圆都听到了我讲电话。我讲明了电话那边传来的话,对锺书说:"明天车来,我代你去报到。"锺书也并不怪我不问问明白,一声不响地起身到卧房,取出出门时穿的衣服,挂在衣架上。他是准备亲自去报到,不需要代表——他也许知道我也并不能代表。

第二天早上,阿圆做了自己的早饭,吃完到学校上课去了。将近9点,开来一辆大黑汽车,车里出来一个穿制服的司机,问明了身份,就开了车门让他上车。随即关上车门,好像是防我跟上去似的。我不认识汽车什么牌子,也没留意车牌号码。

第二天锺书便来了电话,阿圆高兴地喊:"爸爸!"但我听到她只是"嗯……嗯……"都是"嗯",然后挂了电话,急急忙忙地挂了皮包出门。我直等到将近下午4点阿圆才回家,只她一人。我的心直往下沉。阿圆却得意地交代了原委,原来第二天要去古驿道与锺书见面。今天是打听如何去办理手续。

第二天早餐后,阿圆为我提了手提包,肩上挂着自己的皮包,两人乘一辆出租车,到了老远的一个公交车站。挤上公交车走了老远的路。下车后在荒僻的路上又走了一小段路,路旁有旧木板做成的一个大牌子,牌子上是小篆体的三个大字:"古驿道"。

阿圆很快把手一点说:"到了,妈妈,你只管找号头,311,就是爸爸的号。"找到了311,阿圆出示证件,窗口关上,门就开了。我们走入一家客栈的后门,那后门也随即关上。

Day 2.
杨绛与锺钟书：从此只有死别，再无生离

我们从客栈的前门出来，顿觉换了一个天地。那里烟雾迷蒙，五百步外就看不清楚了，门外是自东向西的一条长堤，相当宽，可容纳两辆大车。阿圆扶着我说："妈妈小心，看着脚下。"

我知道要小心，因为我病后刚能独自行走，我步步着实地走，省得阿圆搀扶，她已经够累的了。

阿圆站定了说："妈妈，看那只船艄有号码，311，是爸爸的船。"

我们两人小心翼翼地上了船，船很安静，前舱铺着一张干净整洁的床，雪白的床单、雪白的枕头，简直像是在医院。锺书侧身卧着，睡得很安静。我在他耳边轻唤"锺书、锺书"，他立即睁开眼，放心地叫了声"季康、阿圆"，声音很微弱，然后是断断续续地诉苦："他们把我带到了很高的不知哪里，又把我弄下来，转了很多路。我累得睁不开眼，又不敢睡。我只愁你们找不到我了。"

我说："阿圆带着我，没走一步冤枉路。你睁不开眼，就闭上，放心睡会儿吧。"他疲劳得支撑不住，就缓缓闭上眼睛睡去。他从被子里伸出半只手，动着指头，阿圆坐在床边抱着他的脚，他还故意把脚动一动。我们三人又相聚了，不用说话，都觉得心上舒坦。

阿圆忽然说今天有课，明天还得去学校一趟。阿圆要走，就剩我一个人住客栈了，我往常自以为很独立，这时才觉得自己像一株爬藤草。我叹口气说："你该提早退休。"阿圆却说，只怕再过三年五年也退不成。我默然。

钟书忽然睁开眼睛，像是安慰自己似的，念着我们的名字。我们忙告诉他，太阳照进前舱，我们就得回客栈。钟书说："都听见了。"他看着我说："绛，还做梦么？"我愣了一下，茫然地回答他："我这回来找你，就好像在做梦呢。"

这时已经到了该走的时间，回到客栈，阿圆心里舍不得撇下我，我虽然心上没着落，却不忍拖累阿圆。我说："你放心去吧，我走得很稳了。"

我们一进客栈的门，大门就上了闩。阿圆说："妈妈，你走路小心，宁可慢。"我说："放心，你回去早点睡。"她答应了一声，匆匆地从后门出去，后门也立即关上了。

楼上，我的客房连着一个盥洗室，很干净。我的手提包已经在客房里了，我走得很累，上床就睡着了。

我睡着后就变成了一个梦，我想到高处去看看河边的船。驿道那边的河看不见，停在河边的船当然也看不见。船上并没有灯火。转念间，我已在家门外，我在窗前的柏树顶上看到，全屋都是黑的。阿圆刚放下电话听筒,过来坐在桌前,她婆婆就坐她旁边,这时女婿问阿圆:"我能去看看他们吗?"

阿圆说:"不能,只能我们两个。"我听着他们谈话,随阿圆上车回到三里河。她洗完澡还不睡,备课到夜深。我这个梦虽然万般轻灵,却也是万般无能,我都没法催圆圆早睡。

我睁开眼,身在客栈的床上,手脚倒是都休息过来了。吃过早饭,我开始忙着赶路,指望早些上船去陪锺书,可是斜坡下面的船却是没有了。这下我可慌了,身边没有一个可以商量的人,一个人怯怯地,生怕走快了绊倒了,错失了河里的船,更怕走慢了赶不上那船。幸好不多远就望见驿道右边的斜坡,311号的船,照模照样地停在坡下。锺书半坐半躺地靠在枕上等我呢。

他说:"我等了你好半天了。"我告诉他走路怕跌倒,走不快。我把自己昨晚变了梦所看到的,当作真事告诉他,他很关心地听着,并不问我怎会知道。他等我已经等累了,疲倦地闭上眼睛。我也闭上眼,把头枕在他的枕边。这样陪着他,心里很安稳。到了该下船的时候,他说:"明天见,别着急,走路小心。"

有一天,饭后洗手,忽听得阿圆叫娘,她连挂在肩上的包都没带,我梦里看见她整理好了书包才睡的。我不敢问,只说:"你没带书包。"她说不用书包,便拉着我一同上了船。我又惊讶,又佩服。不知阿圆是怎么找来的。阿圆说:"算得出来的。"古驿道办事处的人曾给她一张行船表，可以按照日程找。看见我们一同上了船，锺书很高兴，虽然疲倦，也不肯闭上眼睛。我虽然劳累，心里也很兴奋，我们在船上又团聚了。

我只在阿圆和我分别时郑重叮嘱，晚上早些睡。阿圆说："妈妈，梦想为劳，想累了要梦魇的。"可我心里老想着和阿圆设法把锺书驮下船、溜回家去，这怎么可能呢？

我的梦不复轻灵，梦得很劳累，沉重得很。堤上的杨柳开始黄落，渐渐地落成一棵棵秃柳。我每天在驿站道上一脚一脚地走，带着自己的影子，踏着落叶。有一个星期天，我走来船上，锺书已经没有精力半坐半躺，他只平躺着。他日渐消瘦，好像老不吃饭。再下一天，他眼睛也睁不开了，只捏捏我的手。我握住他的手，他就沉沉地睡。我的梦已变得沉重，但圆圆出差回来，我每晚还是跟着她转。我看见女婿在我家打电话，安排阿圆做核磁共振、做CT。我连夜梦魇。一个晚上，我的女婿在我家连连打电话，为阿圆托这人、托那人，请代挂专家号。后来总算挂上了。

我在古驿道上，一脚一脚地，走了一年多。倘若身在梦中，却不知是梦，又或是知道却舍不得醒来，即使在梦里辛苦劳累，深一脚浅一脚地走在驿道上，只期盼着这相聚的梦能千秋万载地做下去，一家人永远团聚。

在先生写下的这本书里，她提到，锺书发愿说："从此以后，我们只有死别，没有生离。"

Day 3.
最让父母牵肠挂肚的，是你在外是否安好

这天很冷，我在饭后又特地上楼去，戴上阿圆为我织的巴掌手套。下楼忽见阿圆靠着客栈的柜门站着。她叫一声"娘"，比往常更加温柔亲热。

她说："娘，我请长假了，医生说我旧病复发。"她动动自己的右手食指，她小时候得过指骨节结核，休养了近一年，"这回在腰椎，我得住院。"

她靠在我身上说："我想去看看爸爸，可我腰痛得不能弯，不能走动。现在老伟送我住院去，医院就在西山脚下。医生说，休养半年到一年，就能完全好，我特来告诉你一声，叫爸爸放心。老伟就在后门口等着我呢，车就在外面。"（老伟，即阿圆的丈夫，杨绛先生的女婿。）

店家为我们拉开后门，我扶着阿圆慢慢地走。站在后门口看着他们的车慢慢地去远了，我退回客栈，后门即刻关上。我茫茫然一个人从前面走上驿道。驿道上铺满落叶，看不清路，得小心走。我想，是该告诉锺书，还是瞒着他。瞒是瞒不住的，我得告诉，圆圆特地来叫我告诉爸爸的。

锺书已经在等我了，我照常盘腿坐下来，把阿圆的话向他委婉地传达,强调医生说的"休养半年到一年就能完全养好"的话。锺书听了好久不说话,之后,他抬头望着我说:"坏事变好事,她可以好好地休息一下了。等完全好了,也可以卸下担子。"

这话出乎我意料,也给我很大安慰。我们静静地回忆着往事,我握着锺书的手,他也捏捏我的手,叫我别愁。

回客栈的路上,我心事重重,没吃几口饭就上床睡了,变成了一个很沉重的梦。

西山是在黑地里也望得见的,我一路找去。我念着"阿圆、阿圆",那只告别时的小小的白手一直在我眼前挥着。我终于找到了她在的医院。我透过门,透过窗,进了阿圆的病房。她平躺在一张铺着白单子的床上,盖着很厚的被子,没有枕头。有大夫和护士在她身旁忙碌着,我的女婿已经走了。我去她床边偎着她,我拍着她,她都不知觉。

我不嫌劳累,又来到西石槽,听到我女婿和他妈妈在谈话,说幸亏带了那床厚被,生活护理今晚托了清洁工来兼顾,已经约好了一位大妈。我又回到阿圆那里,她已经睡熟。我劳累得不想动,停在她床头,消失了。

我睁开眼,身在客栈的床上,我真的能变成一个梦,随着阿圆向我挥动的手,找到医院里的阿圆么?有这种事么?

我每晚做梦,每晚都在阿圆的病房里。那家医院的规格不高,不能和锺书动手术的医院相比,但是小医院里管理不严,也可以说比较自由。我因为每每到阿圆的医院总是在晚间,那时我的女婿已不在那里。我变成的梦,也总是不嫌劳累来回地跑,看了这边的圆圆,又去那边听女婿的谈话。

我拿不稳自己是否真的能变成一个梦,是否看到真的阿圆,但我切实记着驿站的警告,不敢向锺书提出任何问题,就把我梦里所看到的,讲给他听。我谈到亲戚朋友,注意锺书是否关切,但锺书漠无表情。

以前,每当阿圆到船上看望,他总是能强打精神,自从阿圆住院,他整个人干脆就放松了。他很倦怠,话也懒得说,只是听我讲。我虽然日日能见到他,但只觉得他离我很遥远。

过了半年,我接到女婿电话,说明天做完CT,让阿圆换软床。她穿上护腰,可以在床上打滚。但是阿圆很瘦弱,脱落大把大把的头发。这些我都没敢告诉锺书,他刚发过一次高烧,正渐渐退烧,人很虚弱。

我每晚都在阿圆的病房里。有一次,阿圆和老伟通着电话,阿圆说做了一个梦,梦见妈妈偎着我的脸,我使劲睁开眼,发现自己在做梦。她放下电话,闭上眼睛,眼角滴出了眼泪。她把听筒交给来护理的阿姨,阿姨接着说:"钱老师今天还要抽肺水,不让多说了。"

这时候,我的心上又绽出了几个血泡。想到我的阿圆在梦中醒来,看到自己孤零零地躺在医院里,连梦里的妈妈都不见了。而我的梦看着她,却是十分无能的,只像个影子。

我连夜地做噩梦，阿圆渐渐不进饮食，头顶上吊着一袋紫红色的血，一袋白色的什么蛋白，大夫在她身上打通了什么管子，输进她的身体。我不敢做梦了，可我又不敢不做梦。我疲劳得走不动了，坐在锺书床前，一再对自己说："梦是反的，梦是反的。"阿圆住院已超过一年，我太担心了。

我抬头忽见阿圆从斜坡上走来，走进船舱，温软亲热地叫了一声"娘"，然后挨着我坐下，叫一声"爸爸"。锺书睁开眼，看着她，有好长一会儿，转而对我说："叫阿圆回去。"

阿圆笑眯眯地说："我已经好了，我的病完全好了。"

我一手搂着阿圆，一面笑说："我叫她回三里河去看家。"锺书只是说着："回到她自己家里去。"

"嗯，回西石槽去。"

"西石槽究竟也不是她的家，叫她回到自己家里去。"

阿圆清澈的眼睛里泛出鲜花一般的微笑，她说："是的，爸爸，我就回去了。"

太阳照进船头，我和阿圆一起离开。她拉着我走上驿道，说："娘，你曾经有一个女儿，现在她要回去了。娘……娘……"她温软亲热的一声声"娘"还在我耳边，就在光天化日之下，一晃眼她就没有了。就在这一瞬间，我完全醒悟了。

我一手扶住柳树，一边低声说："阿圆，你走好，带着爸爸妈妈的祝福回去。"我的手撑在树上，胸中像是有热泪向上涌，我使劲咽住，可能是我使的劲太大，热泪把胸口挣裂了，只听得啪嗒一声，地上掉落一堆血肉模糊的东西，寒风直往我胸口里灌。我蹲下身,把那血肉模糊的东西往胸口里塞,一手抓紧裂口,另一手在上面护着奔回客栈。

我站在灯光下,发现自己身上并没有裂口。我上楼倒在床上,赶到西山脚下的医院。阿圆的床没有了。又赶到西石槽,我的女婿在自己屋里呆呆地坐着。驿道上的柳树又飘着嫩绿的长条,去年的落叶已经给北风扫尽。我赶到锺书的船上,他在等我。高烧退尽之后,又能稍稍恢复一些。

我们又聊了有关阿圆的事。我说,自从生了阿圆,永远牵心挂肚,以后就不用了。我说是这么说,心上却是被牵扯的痛。锺书点头,闭着眼睛。我知道他心上不仅痛惜阿圆,也在可怜我。

初到客栈时,我能轻快地变成一个梦。到这时,我的梦已经像沾了泥的杨花,飞不起来了。我忽然想起第一次在船上相聚时,锺书问我还做梦不做,我这时明白了。

我曾做过一个小梦,怪他一声不响地忽然走了,他现在故意慢慢地走,让我一程一程地送,把一个小梦拉成万里长梦。

杨柳又变成嫩绿的长条,又渐渐黄落。我出了客栈往前走,却找不到以往惯见的斜坡,一路找去,没有斜坡,也没有船,前面没有路了。我走上一个山坡,拦在面前的是一座乱山,太阳落到后山去了。

我只记得前一晚下船时,我对锺书说:"你倦了,闭上眼,睡吧。"他说:"绛,好生过。"我当时有没有说"明天见"呢?

晨光熹微，太阳又出来了。我站在乱山顶上，看着一叶小舟随着瀑布冲泻出来，冲入茫茫云海，变成了一个小点，看着看着，那个小点也不见了。我变成一片黄叶，被风扫落在古驿道上。我抚摸着一步步走过的驿道，一路上都是离情别绪。还没到客栈，一阵旋风把我卷入半空，我在空中打转，晕眩着闭上眼睛。再睁开眼，就落在了三里河卧房的床头。不过三里河的家，也已经不复是家，只是我的客栈了。

Day 4.
真正长久的爱情，是我们一起修炼得更好

三里河寓所，曾是我的家，因为有我们仨。我们仨失散了，家就没有了。剩下我一个人。尽管这么说，我却觉得我这一生并不空虚；我活得很充实，也很有意思，因为有我们仨。也可说，我们仨都没有虚度此生，因为是我们仨。

"我们仨"其实是最平凡不过的。谁家没有夫妻子女呢？只不过各家各样儿罢了。现在我们三个失散了。往者不可留，逝者不可追，剩下的这个我，再也找不到他们了。

1935年7月，锺书不足25岁，我24岁略欠几天，我们结了婚同到英国牛津求学。两人做伴，相依为命。锺书常自叹"拙手笨脚"。我只知道他不会打蝴蝶结，分不清左脚右脚，拿筷子只会像小孩儿那样一把抓。我并不知道其他方面他是怎样的笨、怎样的拙。

他初到牛津，就吻了牛津的地，磕掉大半个门牙。那时我们在老金家做房客，同寓所除了我们夫妇，还有住单身房的两位房客。锺书摔了跤，自己又走回来，用大手绢捂着嘴，满口鲜血。我急得不知怎样才能把断牙续上。幸好同寓住的几位都是医生。他们教我陪锺书赶快找牙医，拔去断牙，然后再镶假牙。

牛津大学的秋季始业在10月前后。当时还未开学，锺书已由官方为他安排停当，我打算进不供住宿的女子学院，但那里攻读文学的学额已满，要入学，只能修历史。我不愿意。我指望考入清华研究院，可以公费出国，居然考上了。

可是我们当时的系主任偏重戏剧。他说清华外文系研究生都没出息，外文系不设出国深造的公费学额。那时候我年纪小，不懂得造化弄人，只觉得很不服气。既然无缘公费出国，那么我就和锺书一同出国。借他的光，可省些生活费。

可是牛津的学费已较一般学校昂贵，还要另交导师费，房租伙食的费用也较高。不得已而求其次，我只好安于做一个旁听生，听几门课，再到大学图书馆自习。

老金家供一日四餐——早餐、午餐、午后茶和晚餐。我既然不是正式学生，就没有功课，全部时间都可自己支配。我从没享受过这等自由。学期开始后，锺书领得一件黑布背心，背上有两条黑布飘带。我看到满街都是穿学生装的人，大有种失学儿童的自卑感，直羡慕人家有份而我无份的那件黑布背心。我一个人穿着旗袍去上课，经常和两三位修女一起坐在课堂侧面的旁听座上，心上充满自卑感。

牛津大学的学生，多半是刚从贵族中学毕业的阔人家子弟，开学期间住在各个学院里，一到放假便四散旅游去了。他们晚间爱聚在酒店里喝酒，酒醉后淘气胡闹、犯校规是经常的事。所以锺书所在的学院里，每个学生有两位导师：一个是学业导师，另一个是品行导师。

当时在牛津的中国留学生，大多是获得奖学金或领取政府津贴的。他们假期中也离开牛津，别处走走。唯独锺书直到三个学期之后的暑假才离开。牛津的假期相当多，锺书把假期的全部时间都投入读书。

当时中国同学有俞大缜、俞大絪姊妹，向达、杨人等。我们家的常客是向达。他在牛津大学图书馆编中文书目。因牛津生活费用昂贵，他寄居休士牧师家。同学中还有杨宪益，大家称小杨。

老金家的伙食开始还可以，渐渐地愈来愈糟。两人生活在这间屋里很不方便。我就想出花样，想租一套备有家具的房间，伙食自理。一次我们散步"探险"时，偶见高级住宅区有一个招租告示，那里地段好，离学校和图书馆都近，过街就是大学公园。

锺书看了房子喜出望外。我们和房东达蕾女士订下租约，随即通知老金家，在老金家过了圣诞节，大约新年前后搬入新居。我们住进新居的第一个早晨，"拙手笨脚"的锺书大显身手。做好早餐，用一张床上用餐的小桌把早餐直端到我的床前。

我们第一次到伦敦时，锺书的堂弟钟韩带我们参观大英博物馆和几个有名的画廊以及蜡人馆等处。不记得是在伦敦还是在巴黎，锺书接到政府当局打来的电报，派他做1936年"世界青年大会"的代表。一位住在巴黎的中国共产党党员王海经请我们吃中国馆子，他请我当"世界青年大会"的共产党代表。我很得意，我和锺书同到瑞士去，有我自己的身份，不是跟去的。

"世界青年大会"开会期间，我们两位大代表遇到可溜的会，一概翘会。但重要的会，我们并不溜。例如中国青年向世界青年致辞的会，我们必定到会。我们从瑞士回巴黎，又在巴黎玩了一两星期。

达蕾女士这次租给我们的一套房间比上次的像样。我们的澡房有新式大澡盆，不再用那套古老的盘旋管儿。

我们这一暑假，算是远游了一趟。返回牛津，我怀上孩子了。锺书谆谆嘱咐我："我不要儿子，我要女儿——只要一个，像你的。"我对于"像我"并不满意。我要一个像锺书的女儿。

锺书很郑重其事，很早就陪我到产院去定下单人病房。我18日进产院，19日竭尽全力也无法叫她出世。大夫为我用了药，让我安然"死"去——也就是减轻生产的苦痛，孩子得以出世。

锺书这天来看了我四次……第四次是午茶之后，那时我已清醒。护士特别把娃娃从婴儿室里抱出来让爸爸看。锺书仔仔细细地看了又看，看了又看，然后得意地说："这是我的女儿，我喜欢的。"

锺书这段时间只一个人过日子，每天到产院探望，常苦着脸说:"我做坏事了。"他打翻了墨水瓶,把房东家的桌布染了。我说:"不要紧,我会洗。""墨水呀!""墨水也能洗。"他就放心回去。

然后他又做坏事了,把台灯砸了。我问明是怎样的灯,对他说:"不要紧,我会修。"他又放心回去。

我说"不要紧",他真的就放心了。因为他很相信我说的"不要紧"。我住产院那段日子他做的种种"坏事",我回来后,真的全都修好。

锺书叫了汽车接妻女出院。回到寓所,他炖了鸡汤,还剥了碧绿的嫩"蚕豆瓣",煮在汤里,盛在碗里,端给我吃。钱家的人若知道他们的"大阿官"能这般伺候产妇,不知该多么惊奇。

锺书顺利通过了论文口试,领到一张文学学士的文凭。他告别牛津好友,我们一家三口前往巴黎。

Day 5.
这样的父母，是孩子最大的福气

圆圆出生后的第一百天，随我们入法国境，乘火车到巴黎，住进了朋友为我们在巴黎近郊租下的公寓。公寓的主人咖淑夫人是一名退休的邮务员。她用退休金买下一幢房子出租，兼供部分房客的一日三餐。公寓近车站，坐车五分钟就到巴黎市中心了。

锺书通过了牛津的论文考试，如获重赦，他觉得为一个学位赔掉许多时间很不值当。我们虽然继续在巴黎大学交费入学，但只是各按自己定的课程目标读书。巴黎大学的学生很自由。

咖淑夫人家的伙食太丰富，一道接着一道上，一餐午饭可消磨两个小时。我们爱惜时间，伙食又不合脾胃，所以不久我们就自己做饭了。咖淑夫人教我做"出血牛肉"，我们把鲜红的血留给圆圆吃。

我在牛津产院时，还和父母通信，以后就没有收到家里的消息。迁居法国后，大姐姐来过几次信。我总觉得缺少了一个声音，妈妈怎么不说话了？过了年，大姐姐才告诉我，妈妈已于去年11月间逃难时去世。我自己才做了半年妈妈，就失去了自己的妈妈。常言道："女儿做母亲，便是报娘恩。"我虽然尝到做母亲的艰辛，却没有报得娘恩。

我们急着要回国了。当时巴黎已受战事影响，回国的船票很难买。我们辗转由里昂大学买得船票，坐三等舱回国。那是1938年的8月间。三等舱，伙食差多了。圆圆刚断奶两个月，船上20多天，几乎顿顿吃土豆泥。上船时圆圆算得一个肥硕的娃娃，下船时却成了个瘦弱的孩子。

锺书已有约——回清华教书，船到香港，他就上了岸。到上海后，我由锺书的弟弟和另一亲戚接到钱家。当时，钱家和我爸爸家都逃难避居上海孤岛，我和圆圆有时寄居钱家，有时寄居爸爸家。

我有个姨表姐，得知我爸爸租的房子不合适，就把她住的三楼让给我爸爸住，我爸爸搬家后，就接我和圆圆过去同住。我这才有了一个安身之处。

1939年暑假，锺书由西南联大回上海。我爸爸叫我大姐姐和小妹妹睡在他的屋里，腾出房间让锺书在来德坊过暑假。他住在爸爸这边很是开心。

锺书虽然住在来德坊，他每日清晨第一件事就是到辣斐德路去。当时，筹建中的振华分校将近开学。我的母校校长硬派我当校长，我只能勉为其难。开学前很忙，我不能陪锺书到钱家去。10月初旬，锺书就和蓝田师院的新同事结伴上路，到蓝田去，当英文系主任。他自己无限抱愧，清华破格任用他，他却有始无终，任职不满一年就离开了。两年以后，陈福田迟迟不发聘书，我们不免又想起那个遗失的电报。

钟书一路上"万苦千辛"，走了34天到达师院。钟书到了蓝田，经常亲自为爹爹炖鸡。有同事在我公公面前夸他儿子孝顺。我公公说："这是口体之养，不是养志。"钟书写信把这话告诉我时，想必是心上委屈。

钟书一路上想念女儿，女儿却好像还不懂得想念。1941年暑假，钟书回到上海。当时辣斐德路上——钱家的人口还在增加。一年前，我曾在辣斐德路弄堂里租到一间房。这回找不到房子，只好寄居钱家楼下客堂里。圆圆见到爸爸，很好奇地站在一边观看。两年不见，她好像已经不认识了。

晚饭后，圆圆对爸爸发话了。"这是我的妈妈，你的妈妈在那边。"她要赶爸爸走。钟书很窝囊地笑说："我倒问问你，是我先认识你妈妈，还是你先认识？"

"自然我先认识，我一生出来就认识，你是长大了认识的。"这是圆圆的原话，我当时非常惊奇，所以把她的话一字字记住了。

钟书这次回上海，只准备度个暑假。他获悉清华已决议聘他回校，所以辞去蓝田的职务，准备再回西南联大。钟书并不知道当时的系主任是陈福田。钟书满以为，不日就会收到清华的聘约。可却杳无消息。我问钟书：是不是弄错了，清华并没有聘你回校。钟书踌躇说，袁同礼曾和他有约。他后来曾告诉我，叶先生对袁同礼说，觉得他骄傲，但我也不知有何根据，反正清华和袁同礼都杳无音信。快开学了，锺书觉得两处落空，有失业的危险，只得接受了我爸爸让给他的——震旦女校两个钟点的课。

10月左右，陈福田有事来上海，以清华大学外文系主任的身份聘请钱锺书回校，但清华聘书迟迟不发，显然是不欢迎他。锺书这一辈子受到的排挤不算少，他从不和对方争执，总是乖乖退让。他客客气气地辞谢了聘请，陈福田完成任务就走了，他们没谈几句话。

我们寄居辣斐德路的钱家，一住就是八年。珍珠港事变后，振华分校也解散了。我接了另一个工作，做工部局半日小学的代课教师。锺书和震旦女子文理学院的负责人见面之后，校方立即为他增加了几个钟点。

锺书的妹妹到了爹爹身边后，锺书的二弟当时携家住汉口，来信报告说爹爹已将妹妹许配他的学生某某，但妹妹不愿意。我婆婆叮嘱锺书写信劝阻这门亲事。锺书代母亲委婉陈词，说生平只此一女，不愿她嫁外地人，希望爹爹再加考虑。私下又给妹妹写信给她打气，叫她抗拒。不料，妹妹不敢自己违抗父亲，就拿出哥哥的信来，代她说话。

爹爹见信很恼火。我记不清他回信是一封还是两封，只记得信中讥诮说，现在做父母的，要等待子女来教育了！于是，锺书的妹妹乖乖地于1945年8月结了婚。其实，锺书是爹爹最器重的儿子。爱之深，责之严，但严父的架势掩不没慈父的真情。爹爹对锺书的训诫，只是好文章，对锺书并无大补益。他们虽父慈子孝，但父子俩的志趣却并不接轨。

Day 6.
你的乐观，会成为应对艰难生活的盔甲

我们沦陷上海，最艰苦的日子是在珍珠港事变之后。日本人分配给市民吃的面粉是黑的，分配的米中间也是杂有白的、黄的、黑的沙子。听到沿街有卖米的，不论多贵，也得赶紧买。圆圆已三四岁了，总说没坐过电车，我以为她不懂事。一次我又抱她上了电车，坐下以后，我问她："这不是电车吗？"她坐在我身上，勾着我的脖子在我耳边悄悄地央求："屁股坐。"她要自己贴身坐在车座上，那样才是坐电车。我这才明白她为什么说自己从没坐过电车。

贫与病总是相连的。锺书在这段时期，每年生一场病。圆圆小学共六年，从未上足一个学期的课。胜利之后，1947年冬，她右手食指骨节肿大，查出是骨结核。

1948年夏，锺书的爷爷百岁冥寿，分散各地的一家人都回到无锡老家聚会。这时候，锺书、圆圆都不生病了，我心情愉快，随上海钱家人一起回到七尺场老家。这次家人相聚，我公公意外发现了他过去从未放在心上的"女孙健汝"，得意非凡。公公考问了她读的《少年》，又考考她别方面的学问，都对答如流，于是大为惊奇，从此健汝跃居心上第一位，"吾家

读书种子,惟健汝一人耳"。

1949年夏,我们夫妇得到清华母校的聘请。锺书教什么课我已忘记,主要是指导研究生。我是兼任教授,兼任就是按钟点计工资,工资很少。圆圆已有学名钱瑗。随我们到清华后,她打算在清华附中上学,可是学校一定要她从一年级读起。我因此就让她休学,功课由我自己教。我买了初中二、三年级的课本,教她数学、化学、物理、英文文法等。锺书每周末为她改中、英文作文。圆圆于1951年秋考取贝满女中高中一年级后,她就进城住校,家里剩下我一人,只在周末时家人团聚。

经过1952年的"院系调整",我和锺书两人都调任文学研究所外文组的研究员,并被告知限期搬家。搬家的时候,锺书和阿圆都在城里。我一个人搬了一个家。我们为了免得犯错误、惹是非,就离群索居,日常在家里工作,每月汇报工作进程。阿圆评上"三好学生",老师就叫她回家和妈妈谈谈感想。我问:"哪三好?"因为她身体明明不好。她笑着说:"荣誉是党给的。"果然,她的身体毕竟不好,读了三个学期,大有旧病复发的苗头。幸亏她非常听话,听从大夫建议休学一年。清华有一位白俄教授,院系调整后归属新北大。我聘请他的夫人教阿圆俄语。葛夫人对这个学生喜欢得逢人必夸,阿圆和她一家人都成了好朋友。

1955年秋,阿圆中学毕业,考取北京师范大学俄语系,毕业后留校当教师。钱瑗考取大学的那个暑假,也就是1956年夏,随锺书到武昌省亲。1957年11月,我公公在武汉去世,婆婆次年在无锡去世；公公的灵柩运回无锡，合葬梅山。

1959年5月，我家迁居东四头条一号文研所宿舍。"三年饥荒"开始，政治运动也随着安静下来。这时候，阿圆快毕业了，学校分配她留校当助教。这样，我们的阿圆可以永远在父母身边了。1962年的8月14日，我们迁居干面胡同新建的宿舍。其间，锺书因为和洋人一同为英译毛选定稿，常和洋人同吃高级饭。他和我又各有一份特殊供应。

1964年，所内同事下乡四清，我也报了名。但我这"老先生"并没有获准参加，留所为一小班"年轻人"修改文章。我偶尔听到讥诮声，觉得惴惴不安。1963年锺书结束了英译毛选四卷本的定稿工作，1964年又成为"毛主席诗词翻译五人小组"的成员。

阿圆1966年5月回校，随即由工作队员介绍，"火线入党"。阿圆由山西回京不久，"文化大革命"就开始了。任何革命团体都不要阿圆；而她也不能做"逍遥派"，不能做"游鱼"。很难为她，一个人，在这10年中没犯错误。一年之后，我和锺书两人相继"下楼"——也就是走出"牛棚"。但我们仍是最可欺负的人。我们不能与强邻相处，阿圆建议"逃走"，我们觉得不仅是上策，也是唯一的出路。1973年12月9日，我们逃到北师大。

艰苦日子里，需要相互扶持着共同走下去。

Day 7.
艰难的时刻里，品尝人生真滋味

阿圆带我和锺书去了她学生时期的宿舍，我们还没走进那间阴寒脏乱的房间，楼道里就已经有许多人出来看钱瑗的爸爸妈妈了。他们得知我们的情况都表示愿意伸出援助之手。阿圆这间宿舍，有三张上下铺的双层床。同屋的老同学都已分散开，她毕业后和两个同事中午饭后在这里歇息，谁也顾不到收拾。

我们收拾了房间，洗净了碗碟。三人同住一房，阿圆不用担心爸爸妈妈再受欺负，我们也不用心疼女儿每天挤车往返了。屋子虽然寒冷，我们仨心下却是温暖的。

阿圆有同事正要搬入小红楼。小红楼是教职员宿舍，比学生宿舍的条件要好很多。那位同事知道我们同住一间朝北的宿舍，就把小红楼的两间房让给我们，自己留住原处。那两间房一朝南、一朝东，阳光很好。搬家忙乱，锺书去扫那堆陈年积土。我看见了连忙阻止，但他已在清扫中吃下大量灰尘。连日天寒，他已着凉感冒，这一来就引发了近年来困扰他的哮喘。他每次发病就不能正常睡觉，有时甚至不能卧床，只能满地走，呼吸如呼啸。我不知轻重，戏称他为"呼啸山庄"。

1974年的1月18日下午,我听到锺书的呼吸和平时不同,急促得快连续不上了。阿圆恰好下班回家,急忙找到了校内的司机,又到医院去找大夫。到了医院,大夫给他打针又输氧。将近四小时的急救之后,锺书的呼吸才缓过来。

锺书的哮喘明显好转。但是我陪他到医院去,他还是需要我扶着,把全身都靠在我身上,渐渐地我也扶不动他了;渐渐地,他舌头也大了,话也说不清,我怕是他脑子里长了什么东西。

锺书分别到两个医院去看了病,做了脑电图。诊断相同:他因哮喘,大脑皮层缺氧硬化,无法医治,只能休息一年后再看能否恢复。但可以确定的是,大脑没有损伤,也没有什么瘤子。我放下半个心,悬着半个心。锺书得休养一段时期。那时候,各单位的房子都很紧张。我们在小红楼已经住过寒冬,天气回暖,不能老占着人家的房子不还。

我到学部向文学所的小战士求得一间办公室,这间房间也有意想不到的好处。锺书曾是文学研究所图书资料委员会主任,选书、买书是他的特长,而文学所的图书资料室就在前面的六号楼里。

我们在师大,有阿圆的许多朋友照顾,搬入学部七楼,又有文学所、外文所的许多年轻人照顾。所以我们在这间陋室里,也算安居乐业。锺书的"大舌头"最早恢复正常,渐渐手能写字,但两脚还不能走路。

钱瑗在我们两人都下放干校期间,曾偶然帮助过一位当时被红卫兵迫使扫街的老太太,她感激阿圆,和她结识后,就看中她做自己的儿媳妇，哄阿圆到她家去。哄不动阿圆，老太太就亲自登门找我。

我们都同意了。阿圆却对我说："妈妈，我不结婚了，我要陪着你和爸爸。"可是老太太那方努力不懈，终于在1974年，把阿圆娶进了她家。我们知道阿圆有了一个美好的小家，虽然身处陋室，心上也感觉安逸。

1975年国庆日，锺书收到国宴的请帖，他请了病假，反正钱锺书已不再是少不了的人，很多事，我们也只在事后听说而已。钱锺书的病随即完全好了。

阿圆1978年考取了留学英国的奖学金，出国一年。这段时期，锺书和我各随代表团出国访问过几次。锺书每和我分离，必详尽地记下所见所闻和思念之情。我们只愿日常相守，不愿再出国。

1982年6月间，社科院人事上略有变动。乔木同志忽发奇想，要夏鼐、钱锺书做社科院副院长。夏鼐同志已应允，锺书没什么说的，只好看老同学情面不再推辞。三里河寓所不但宽适，环境也优美，阿圆因这里和学校近，她的大量参考书都在我们这边，所以她也常住我们身边，只在周末回婆婆家去。自从迁居三里河寓所，我们好像跋涉长途之后，终于有了一个家，我们仨总算可以安顿下来了。我和锺书每日在起居室各据一方桌，静静地读书工作。

阿圆是我生平的杰作、锺书认为的"可造之材"、我公公心目中的"读书种子"。她上高中时背粪桶,大学时下乡下厂,毕业后又下放四清,九蒸九焙,却始终只是一粒种子,只发了一点芽芽。做父母的,心上定是不能舒坦。

人世间不会只有小说或童话故事那样单纯美好的结局,寻常生活里的快乐总是夹带着烦恼和忧虑。我们一生坎坷,直到暮年才有了一个可以安顿的居处。但老病相催,我们在人生道路上已走到尽头了。锺书于1994年夏住进医院。我每天去看他,为他送饭,送菜,送汤水水;阿圆于1995年冬住进医院,在西山脚下,我每晚和她通电话,每星期去看她,但医院相见,也只能匆匆一面。三人分居三处,我常常作为一个联络员,传递着各处的消息。

1997年早春,阿圆去世。1998年岁末,锺书去世。我们三人就此失散了,就这么轻易地失散了。"世间好物不坚牢,彩云易散琉璃脆。"现在,只剩下了我一人。

我清醒地看到以前当作"我们家"的寓所,也不过是旅途上的客栈而已。家在哪里,我不知道,我还在寻觅归途。

《洛丽塔》

人性在情爱中的多样化

［美］弗拉基米尔·纳博科夫

　　弗拉基米尔·纳博科夫是一位享誉世界的大师级作家，《洛丽塔》是他最著名，也是最受争议的一部小说。它淡化了传统意义上的社会价值与道德是非，描写了一个似乎与道德无关，却又令人精神备受折磨的悲情故事。

　　作为二战以来影响世界的100部书之一，《洛丽塔》的存在不仅证明了文学创作的众多可能性，也提醒了人们人性的复杂性与多面性。

MAI JIA READING WITH YOU

Day 1.
它是令人心碎的世界经典

1899年，弗拉基米尔·纳博科夫出生于俄国圣彼得堡，他的家族不仅富裕，而且十分显赫。作为一名贵族成员，纳博科夫从小接受了良好的教育，可谓德智体全面发展。纳博科夫18岁那年，俄国爆发二月革命，境内一片混乱。贵族的家庭背景使他们一家对革命惊恐不已，因此举家迁居到英国避难，又辗转到德国定居。

政治的动荡不安和生活带来的苦难，唤醒了纳博科夫骨子里深厚的文学根基，他拿起笔，开始进行文学创作，但是因为战乱，这些作品没有引起人们的注意。随着时局的发展，整个德国弥漫着浓重的反犹太人气息，纳博科夫的妻子薇拉就是一名犹太人，为了保护她，纳博科夫一家远渡重洋，移居美国。随后，他分别在韦尔斯利、斯坦福、康奈尔和哈佛大学执教，同时以小说家、诗人、批评家和翻译家的身份享誉文坛。

1955年，纳博科夫创作出了他最著名的作品——《洛丽塔》，这部小说使纳博科夫赚到了足够的金钱，免去生活之忧，随后他定居瑞士，专心写作。然而，《洛丽塔》的出版过程却并不顺利，当纳博科夫将他的心血之作送到出版社后，却屡遭拒绝，原因是该书的内容将很难通过出版机构的审查。

出版商声称，如果出版《洛丽塔》，大家都得坐牢。因此，有人建议纳博科夫匿名出版，他没有接受。为了不让自己的作品夭折，纳博科夫不得不将《洛丽塔》交给法国专门出版情色书籍的奥林比亚出版社，至此才得以出版。出乎所有人意料的是，《洛丽塔》上市后带来了巨大商机，英国和美国的出版商纷纷被征服，争先恐后地出高价将此书重新出版。

从此，《洛丽塔》成了一部奇书，赢得了美国兰登书屋"现代文库"编委会公布的"百年百部经典英语小说"第四名的位次。但是，洛丽塔这个人名，却消失在了美国现代社会的生活中。因为这本书，没有一个美国家庭愿意把自己的女儿取名为"洛丽塔"。

"洛丽塔，我的生命之光，我的欲念之火。我的罪恶，我的灵魂。洛——丽——塔：舌尖向上，分三步，从上颚往下轻轻落在牙齿上，洛——丽——塔。"

小说一开篇，这几句简洁而极具穿透力的语言瞬间就击中了读者的心。42岁的主人公亨伯特，以死囚的身份，用冷静舒缓的口吻缓缓诉说着他的故事，无畏主题的禁忌和对于传统道德的挑战。

在这部游走在"色情"与"艺术"边缘的小说中，亨伯特与其年仅12岁的继女洛丽塔之间的"不伦之恋"，接二连三地刺激着读者们的感情神经和理性判断。亨伯特为了拯救自己受伤的心灵，为自己的行为找出各种借口，他做出了一系列疯狂的行为，引起人们的鄙夷和愤怒。

而处于青春期的洛丽塔，美丽可爱，集清纯和邪恶于一身。这样的美丽，对于她来说既是幸运，更是一种不幸。她对性的早熟和无知，使她在懵懂中接受了继父与她的情人关系，因此为成长付出了残酷的代价。至于洛丽塔的母亲，黑兹太太，对洛丽塔缺乏关心，是造成洛丽塔性格缺陷的主要原因。更可悲的是，黑兹太太爱上了亨伯特，而亨伯特爱上了她的女儿。当她发现自己婚姻的真相时，毁灭的命运降临在了她的身上。

书中的另一个重要人物——奎蒂尔，一直到故事的结尾才显现真身。这个萎靡的艺术家，觊觎洛丽塔的美貌，引诱她走向堕落，他的死亡，倍显讽刺。在暗藏深意、类似迷宫的阅读中，人们起初总按捺不住心中的愤怒，想要提起铡刀，挥向丧心病狂的亨伯特。但是，纳博科夫像是会使用神奇的魔法，他一层一层地揭开人物隐秘的内心世界，让我们看到人性中交织的复杂和脆弱、甜美和罪恶、天真和残忍。

尽管《洛丽塔》涉及的主题是"恋童癖"，这是"人类所有行为中遭到普遍贬斥的行为，本质是无法原谅的邪恶"。但渐渐地，读者会发现自己像被催眠一样，在不知不觉间放弃了站在道德的制高点去批判亨伯特，甚至开始对他心怀同情，被他对洛丽塔的爱所感动。这样的改变都归功于作者高明的写作手法。

纳博科夫的文笔出人意料地干净,他高超的创作水平,使这部小说通过了严峻的考验,被公认为是具有极强学术性的当代欧美文学经典。当《洛丽塔》不再是禁书后,它曾先后四次被搬上银幕,这个故事似乎是一个永远都说不完的话题,备受瞩目。

成年后的洛丽塔陷于生活的困顿时,对来看望她的亨伯特说:"他毁了我一时,而你毁了我一生,可生活本来就是这样。"而亨伯特将所有的积蓄留给她,选择走向毁灭,留住永恒时,竟忍不住让人潸然。人性,是黑暗中一口深不可测的井。

Day 2.
他与不爱的人结婚，只为了掩饰自己的秘密

亨伯特出生于巴黎的一个富裕之家，作为独子，他享尽了丰厚的物质生活。亨伯特的母亲在他很小的时候因意外去世，自此，他明亮的生活便戛然而止。在美好的假象下，亨伯特长成了一个健康的孩子。在家里，他礼貌乖巧，听姨妈的话。在学校，他成绩优良，喜欢运动，跟老师和同学都相处得很好。要说少年时期有什么困惑，那就是男孩子们在青春期时，突如其来的性冲动和关于这个问题的探讨。

就在青春期躁动不安的那年夏天，少年亨伯特遇到了安娜贝尔。安娜贝尔比亨伯特小几个月，是个混血儿，她有一张可爱的脸庞，美丽得像一个披着自然色彩的小精灵。她的父母在亨伯特家附近租了一栋房子度假，大人们的聚会为亨伯特和安娜贝尔创造了见面机会。他们谈理想、谈爱好，一见如故。

亨伯特和安娜贝尔惊奇地发现，他们对大千世界的兴趣和探索如此一致！诸多巧合，让他们感到异常惊喜。爱情的种子迅速在两人之间发芽，他们青涩笨拙又疯狂地相爱了。安娜贝尔告诉亨伯特，她的理想是到亚洲一些闹饥荒的地方当护士，亨伯特则说他以后想当一名间谍。

精神的契合促进了肉体的冲动，他们背着父母，悄悄跑出去约会，花园、海滩……每一个地方都不安全，闲杂人等的脚步随时都会跟来。在爱情最狂热的时候，安娜贝尔感染伤寒，四个月后突然死亡，这段恋情被迫画上了句号。这对亨伯特来说是巨大的打击，他伤心过度，一蹶不振。这次挫折，成了亨伯特整个青春期的噩梦，也成了他一生追求幸福的障碍。

回顾自己的青年时代，亨伯特觉得大多数日子都是黯淡枯燥的。从表面上看，亨伯特学识渊博、富有修养、长相英俊、家境良好，符合"优秀青年"的一切标准。然而，只有他自己知道，他心中一直有一个无法修复的洞，这个洞里隐藏的秘密令他异常惶恐、寝食难安。这个秘密就是——亨伯特无法喜欢上成年女性，他的兴趣全部在九到十四岁的未成年少女身上！

这种发现，令亨伯特感到害怕。他去看精神医生，最终徒劳而返。亨伯特竭尽全力做到安分守己，他对纯洁的儿童十分尊重，不去玷污他们的纯真无邪。为了自身的安全，亨伯特准备结婚。他想，或许规律的作息时间、家里做的三餐、婚姻里的种种习惯，会让他逐渐丢掉那些丢脸、危险的欲念。经过相当仔细的考虑，亨伯特选择老姑娘瓦莱丽娅作为结婚对象。

亨伯特唯一能忍受的，是她不爱说话，两人可以各自在房间里工作，互不干涉。他们的婚姻维持了四年。一年夏天，亨伯特收到在美国的舅舅去世的消息，他给亨伯特留下了丰厚的遗产，并指定让他移居美国。亨伯特欣然接受了这笔馈赠，开始准备出国手续。

然而,瓦莱丽娅却对此感到焦躁不安,她告诉亨伯特自己不打算去美国,因为,她的生活中有其他男人了。虽然亨伯特不爱瓦莱丽娅,但还是被这个消息惊呆了,没想到看似老实的妻子,竟然早已背叛了他!愤怒的亨伯特抑制住想打人的冲动,迅速与瓦莱丽娅办理离婚,结束了这段平淡无奇的婚姻。

到了美国后,亨伯特全身心投入到工作中,以此来找寻生活的意义。他每天工作15个小时,剩下的时间用来失眠。遗憾的是,骚动的欲望和持续的失眠令亨伯特痛苦不堪,最后不得已,他住进了精神病医院。

在一些病历档案上,亨伯特发现医生们将他归为"潜在的同性恋"和"彻底阳痿"类型,这让他感到窃喜,说明他那难以启齿、违背道德的病,并没有被人发现。出院后,在舅舅朋友的帮助下,亨伯特来拉姆斯代尔散心。没想到,此地糟糕的环境和意外的事故,却让他感到来到这里是个错误的选择。朋友安排亨伯特临时寄住在黑兹太太家,那栋又脏又旧的房子让亨伯特提不起兴趣。

黑兹太太三十五六岁,容貌平凡。对于她礼貌的招待和攀谈,亨伯特相当敷衍,他暗自盘算着如何找一个借口,赶快离开此地。黑兹太太没有察觉到亨伯特的不耐烦,热情地带领他参观房间。"我向你保证,你在这里保管会住得很舒服的,我带你去看看花园。"黑兹太太欢快地朝前走,穿过饭厅,亨伯特眼前出现了一片苍翠。

突然，他的心底毫无预兆地涌起一片海浪——在一片布满阳光的草地上，亨伯特看到了他日思夜想的小情人。黑兹太太的女儿——洛丽塔，长得多像死去的安娜贝尔啊！同样的小麦肤色、同样的栗色头发、同样娇弱的身形、同样的深褐色雀斑……

亨伯特听到了自己咚咚的心跳声，他战栗着，一步一步地朝他的天使走去。他披着成年人的伪装，悄悄地观察洛丽塔的容貌，在细微之处与死去的安娜贝尔做比较。

"噢，这个花园看上去很美，很美，很美！"亨伯特瞬间爱上了拉姆斯代尔，爱上了这栋破旧的房子。

Day 3.
敌对的母女二人，同时对一个男人产生了好感

  在阳光明媚的5月，亨伯特搬进了黑兹太太家。黑兹太太是个寡妇，独自带着12岁的女儿洛丽塔生活。洛丽塔的一举一动，在亨伯特眼里都魅力十足，她喜欢和哪些朋友来往，他都了如指掌。洛丽塔的每一次靠近，都令亨伯特窃喜不已，洛丽塔的气息，让他感到热血澎湃、口干舌燥。天真的洛丽塔并没有察觉。而她的妈妈，黑兹太太则被自己的渴望蒙蔽了双眼。

  夏夜的晚上，黑兹太太坐在门廊上含情脉脉地与亨伯特聊天，她详细地讲述一部老电影的情节，期盼能和亨伯特有共同话题。然而，亨伯特的心思全在洛丽塔身上，顽皮的洛丽塔挤进妈妈和亨伯特中间，坐在那儿听他们聊天。

  黑兹太太不悦地说："现在我们认为你该上床睡觉了。"洛丽塔与母亲顶嘴："您真讨厌。"说罢就气呼呼地走了。

  黑兹太太向亨伯特抱怨，洛丽塔从小脾气就不好，如今12岁了，学习成绩不好，更成了一个十足的讨厌货！的确，洛丽塔并不是一个有教养的女孩，她举止粗鲁，亨伯特还曾多次听到她口出脏话。但这些细节，并不妨碍他对洛丽塔的爱。

  每当他从背后抓住洛丽塔的颈背假装吓唬她，都被洛丽塔

呵斥："快点松手！"对于这个小泼妇，亨伯特十分谦恭，不敢有半点顶撞。偶尔，他坐在椅子上想看一会儿书，洛丽塔会从后面蹑手蹑脚地靠近，用小手蒙住他的双眼。这样的玩闹让亨伯特十分享受。而这时，黑兹太太总会上前打断他们："先生，要是洛丽塔妨碍了你学术上的思考，就狠狠揍她好了。"

这样的对话，令亨伯特感到厌烦。

为了进一步接近亨伯特，黑兹太太借口要到市区买香水，邀请亨伯特一同前往。在他们就要发动汽车时，洛丽塔用尖锐的嗓音喊道："你们去哪儿？我也要去！等一下——"

"别理她！"黑兹太太叫喊着，急忙开车，但是洛丽塔已经爬上了汽车，一脸高兴。

"喂，挪挪你的屁股！"黑兹太太看了亨伯特一眼，说道，"这太过分了，一个孩子竟然这么没有礼貌，而且死乞白赖。"

而亨伯特的内心却狂喜，和黑兹太太单独逛街，是一种折磨。而洛丽塔的加入，让这段行程变成了甜蜜之旅。他的腿挨着洛丽塔的腿，而洛丽塔趁妈妈不注意的时候，悄悄地把手伸到了亨伯特的手里。亨伯特祈祷他们永远不要到达商店，这样的时刻是多么奇特和美妙！眼看着洛丽塔就在眼前，亨伯特却不敢轻举妄动。欲念的折磨让他忍不住幻想能发生什么可怕的灾难，比如地震，或者爆炸。

从市区回来后的那个周末，黑兹太太和洛丽塔之间又发生了一次激烈的争吵，洛丽塔大哭了一场，十分伤心。苦恼的黑兹太太下定决心，打算把洛丽塔送去参加为期两个月的夏令营，亨伯特自然不情愿，却无法阻拦。黑兹太太一大早开车送洛丽塔去营地，亨伯特听到动静，急忙从床上爬起来，冲出门外。洛丽塔回身一头扎进了亨伯特的怀里，这一举动，让亨伯特的心都快融化了。他的心中涌起一阵激动纷乱的情绪，失落不已。

女佣说黑兹太太有封信交给他，亨伯特神情恍惚地打开，"我爱你"三个字闯进眼帘。没错，这是一封求爱信，黑兹太太明确表示自己爱上了亨伯特，假如亨伯特对她没有感情，那么请他在晚饭之前立刻离开。如果回来时发现他还在家里，那就说明，亨伯特准备和她永远生活在一起，做她的丈夫，做洛丽塔的父亲。

亨伯特看完信的第一个念头是厌恶和逃避。很明显，他对黑兹太太没有好感，更没想过要和她结婚。但是很快，第二个念头一闪而过，告诉他不要性急。他走进洛丽塔的房间，打量着屋里的每一件物品，又拿出信来仔细看了一遍。亨伯特回到房间，左思右想，想象着离开洛丽塔是一件多么痛苦的事情。假如作为洛丽塔母亲的伴侣，是不是就可以不拘礼节地拥抱她，在她的脸上印上一个父亲般的吻？

亨伯特感到自己在刺眼的白光下汗流浃背，警察将他的良心扯出来扔在地上使劲踩。他喝了一杯又一杯酒，在家等候黑兹太太回来。他们很快举办了婚礼，黑兹太太恢复了本名——夏洛特，她对成为亨伯特的妻子感到开心，充满热情地重新布置家。

在他们的二人世界里,夏洛特很少提到洛丽塔。她对其他人温柔宽厚,唯独会对女儿洛丽塔显露出蛮横无理的态度。夏洛特告诉亨伯特,她已经安排好了,等洛丽塔从营地回来,就直接让她去一所纪律严格的寄宿学校就读,不会再当他们之间的电灯泡。

这个消息对于亨伯特来说简直是晴天霹雳!想到不能天天见到洛丽塔,他是多么痛苦!亨伯特想尽各种办法,试图说服夏洛特打消这个念头,但他突然发现,在夏洛特面前,自己是一位绅士,不会无缘无故地和她吵架。而插手洛丽塔的未来,他的继父身份,又显得如此缺乏说服力。

亨伯特突然对夏洛特起了恨意,这个一意孤行的女人,如果不存在该有多好!他的脑海中,慢慢浮现出一个邪恶的念头。

Day 4.
因欲望而生的谎言，会将人性一点点泯灭

亨伯特在脑海中想了许多说服夏洛特的方法，他突然发现，这个女人无比固执，说服她把洛丽塔留在家中的可能性几乎为零！那么该怎么办呢？可怕的念头一闪而过：除掉她吧！彻底清除这个挡在他和洛丽塔之间的障碍！亨伯特开始找机会，策划一场天衣无缝的谋杀。然而，犹豫了许久，亨伯特最终没能下手。

又一天晚上，夏洛特兴致勃勃地说："我有一个好消息要告诉你，秋天，我们俩到英国去。"

亨伯特阴沉着脸说道："即便在最和睦的家庭中，也不是所有的决定都由太太做。有些事情得由丈夫决定。我不喜欢欧洲，我有自己的发言权！"

夏洛特第一次看到亨伯特如此严肃，她立马屈服了，祈求他原谅。亨伯特颇为得意，抓住机会，冷落了夏洛特好几天。毫不知情的夏洛特依然每天讨好亨伯特，她走进亨伯特的房间，指着书桌的抽屉，问："为什么要把这个锁起来？钥匙呢？"

亨伯特简短地回答："藏起来了。"

夏洛特用受伤的眼神看了亨伯特一眼，俯身抱着他，说

道:"阁下是否愿意去东部度假?我知道有一家叫'着魔猎人'的旅馆,食物十分精美,而且很安静,谁也不打搅谁。"

亨伯特冷哼一声作为回答,丢下夏洛特,转身离开。他买了各种不同的安眠药,在大量服药的夏洛特身上做实验。可是无论夏洛特怎样昏睡,只要他亲一亲她,这个女人立马就会醒来。最后亨伯特找到医生,要到了一种"真正有效的"药。拿着一小瓶蓝紫色胶囊,亨伯特心满意足地回到家,推开门亲切地和夏洛特打招呼。夏洛特没有反应,她静静地坐在桌前写信,缓缓转过身来。她脸部抽搐,情绪激动地念道:"黑兹那个女人,那个大婊子,那个老娘们儿,那个讨厌的妈妈,那个——"

她满脸泪水和怨恨,瞪着亨伯特:"你是个恶魔,你是个讨厌、可恶、不道德的骗子!今晚我就会离开,这一切都是你的,只是你绝不会见到那个不要脸的小鬼啦。现在,你滚出这间房去!"

亨伯特走进自己的书房,相当沉静地站了一会儿。他发现自己的书桌抽屉被打开了,里面的日记本不翼而飞。看来秘密暴露了。他想和夏洛特聊聊,但对方不理他,只是飞快潦草地写着信。亨伯特走到饭厅拿出酒杯,调了两杯酒。这时,电话铃响了。

"先生,亨伯特太太被车撞了,你赶快过来。"电话那头的人急匆匆地说。

亨伯特握着听筒,朝客厅喊道:"喂,夏洛特,他们说你被车撞了，夏洛特，你在吗？"没有人回答，亨伯特放下电话冲出门去。门外的小路上，一辆又高又大的黑色汽车与人行道形成斜角，冲到了别人家的草地上。地上有一条毛毯，盖着夏洛特血肉模糊的遗体。

原来，夏洛特急匆匆地走出家门，到马路对面的邮筒寄信，没料到，没看路的她被汽车撞出了好几英尺，当场身亡。有个孩子将散落在地上的几封信捡起来，递给了亨伯特，亨伯特把信放在裤兜里，用手撕得粉碎。葬礼结束后，他喝得烂醉，第二天起床，急忙检查口袋里那三封信。从断断续续的片段中，亨伯特看出，夏洛特似乎要带着洛丽塔逃走，将她送到寄宿学校。他暗自庆幸，幸亏这些信没有寄出去。

没有人通知洛丽塔回来参加葬礼，亨伯特灵机一动，从夏洛特的遗物中找出一张她的旧照，拿给远房亲戚和邻居们看。他用谎言让大家相信，自己和夏洛特年轻的时候就认识了，他们很早就相爱了。后来因为种种原因，他和夏洛特不得已分开，各自成了家。狡猾的亨伯特暗示人们，他才是洛丽塔真正的父亲。或许是亨伯特太擅长演戏，善良的人们相信了这个谎言。

亨伯特决定亲自到营地接洛丽塔，带她离开令人伤心的环境，到加利福尼亚或墨西哥散散心，以忘却失去母亲的痛苦。其实，去旅行散心只是幌子，亨伯特不让洛丽塔回家的真正原因，是想避开邻居和朋友们无处不在的眼睛。他想和洛丽塔单独相处,这一刻他盼望许久了!亨伯特默念:"夏洛特,原谅我吧。洛丽塔,我来了。"

亨伯特一边朝营地开去,一边思索着自己的计划是否周全。怀着紧张不安的心情,亨伯特终于见到了洛丽塔。亨伯特告诉营地的老师,洛丽塔的妈妈生病住院了,他将以父亲的身份带走洛丽塔。

"妈妈怎么样了?"洛丽塔颇为孝顺地问。

亨伯特回答说大夫们还没有查清是什么毛病,但是比较严重,夏洛特需要在乡下静养,因此,洛丽塔需要在附近先住一段时间。洛丽塔对此毫不怀疑,大咧咧地跟随亨伯特踏上了他安排好的旅程。他们穿过一个个寂静无声的小镇,顽劣的洛丽塔时常讽刺亨伯特,反而弄得他招架不住。

"哎呀,要是妈妈发现我俩是情人,她会不会大发雷霆?"

"天哪,洛丽塔,我们别这样说话。"

亨伯特小心翼翼地和洛丽塔相处,发现这个姑娘似乎很早熟,甚至有几分主动挑逗他的意思。而另一方面,她仍然是个天真幼稚的小姑娘,只需一些糖果和零用钱,便能让她乖乖听话。

在天黑时分,他们到达一家老旅馆,老板告诉亨伯特,只剩下一个双人床房间了。亨伯特假惺惺地做了一番交涉,表现出要努力为女儿争取到一张单独小床的模样,最后无奈地妥协了。

"洛丽塔,听着,实际上我是你的父亲,我对你有一种慈爱的亲情。你妈妈不在的时候,我要对你的幸福负责,我们并不阔绰，外出旅行的时候，我们不得已常常会两人合住一个房间，希望你能理解，那个，该怎么说呢，呃……"亨伯特努力说服洛丽塔。

"那个词是'乱伦'。"洛丽塔接过话，咯咯地笑着，钻进了浴室。

天哪，亨伯特感到十分诧异，洛丽塔，远比他想象的复杂。他该怎么和这个鬼精灵相处呢？

Day 5.
他强烈的占有欲,演变成了卑微的爱

眼看猎物唾手可得,亨伯特既紧张又激动,衬衣都湿透了。他带洛丽塔到餐厅吃晚饭,洛丽塔突然低声问:"角落里坐的那个人是不是很像奎尔蒂?"亨伯特顺着她的目光望去,没有看清有什么特别的人物:"奎尔蒂,是那个牙医吗?""不是,是骆驼牌香烟广告上的那个剧作家。"洛丽塔回答。

亨伯特听后放心了,原来是小姑娘虚荣心作祟,追星呢!只要不是熟人就好。他拿起之前医生给开的神奇"紫色胶囊",吞下一粒,洛丽塔误以为是什么维生素,也要吃,这正合亨伯特的心意。

用过晚饭后,洛丽塔回房间睡觉,而亨伯特假意在大厅散步,他估摸着药已起作用,才起身回到房间。黑暗中,洛丽塔传出轻微的呼吸声。亨伯特刚小心翼翼地挪到床边,她就立刻抬起头,目瞪口呆地望着他。亨伯特十分纳闷,这药竟然对洛丽塔不起作用。后来他才知道,那大夫是个精明的老骗子,卖给他的是假药。面对随时都会醒的洛丽塔,亨伯特不敢再轻举妄动。

亨伯特满脑子胡思乱想，痛苦地熬过了一夜，他不断琢磨该如何在洛丽塔不知情的情况下占有她。令亨伯特万万没想到的是，洛丽塔竟然主动勾引了他！没错，第二天早晨醒来，洛丽塔滚到亨伯特身边，轻轻吻了他。她好奇地向亨伯特提出许多男欢女爱的问题，并告诉亨伯特，她的同学已教给她许多经验。而在营地上，她和一位女同学一起，分别和另一个男同学发生了关系。

亨伯特不断安抚自己的良心，告诉自己，他不是洛丽塔的头一个情人，这个姑娘的堕落不是他造成的。接下来的日子，他们继续开车向前走。在各种各样的汽车旅馆和饭店里，亨伯特疯狂地实现了他变态的欲望。起初，洛丽塔对性仅仅是怀着一份好奇，后来，当她发现自己不小心跌入深渊时，已无法逃脱。

无耻的亨伯特先用漂亮衣服、美好的礼物来诱惑洛丽塔，当她渐渐厌烦时，他干脆向洛丽塔承认，她的妈妈已经去世，亨伯特是她的继父，是她唯一的依靠。这个说法果然起到了作用，洛丽塔虽然对亨伯特心怀怨气，但为了生存却也无可奈何。

此后的一年，亨伯特和洛丽塔开始了穿越大半个美国的旅行。对于洛丽塔性格上的小毛病，亨伯特虽然不喜欢，却依然无比宠爱她。他教洛丽塔打网球，付了十分高昂的费用，让她跟一个著名的网球教练上课。

一年后，亨伯特的收入告急，只好在东部一座学校教课，安顿下来。他将洛丽塔安排在一所收费昂贵的私立走读学校,并在学校对面租下一栋房子,扮演起一对正常的父女。心虚的亨伯特不断用金钱收买洛丽塔,千叮咛万嘱咐,让她不要说漏嘴,将他们之间的秘密告知于人。

随着年龄的增长,洛丽塔对这种龌龊的关系也感到难以启齿。亨伯特牢牢地监控着洛丽塔,只允许她和学校的女同学进行简单的交往,至于男生,无疑是禁区。对于亨伯特的爱抚,洛丽塔越来越排斥,亨伯特只好用提高零花钱的方式,让她屈服。亨伯特最担心的,是有一天洛丽塔会积攒足够的钱,悄悄跑掉。在这份担忧还没有解决时,校长通知亨伯特到学校去谈一谈。亨伯特感到心虚,慢吞吞地走进校长办公室。

女校长试探地问了亨伯特一些问题,终于开口:"洛丽塔是个可爱的孩子,但性成熟的突然到来好像给她带来了许多麻烦。她对两性问题病态地不感兴趣,或许你应该多让她和男同学相处。"

亨伯特耸耸肩膀:"我一向认为,自己是一个十分通情达理的父亲。""噢,当然。"女校长说,"只是大家都不知道你为什么那么坚决地反对一个正常孩子的所有自然娱乐活动。"亨伯特感觉自己无言以对,发出了一声疲惫的叹息。他真的想把眼前这个咄咄逼人的女校长掐死。

圣诞节后,亨伯特立马在家举行了一场有男孩子参加的晚会,对此,洛丽塔表示出极度的厌恶。直到亨伯特同意她参加学校的戏剧演出,小姑娘才高兴起来。洛丽塔参加的这出短剧叫《着魔的猎人》,她全心全意地投入表演,为此特意每周去学两小时钢琴。

而亨伯特因为工作繁忙,稍微放松对了洛丽塔的监管。一天晚上,洛丽塔照常出去上课。但是教钢琴的埃姆佩罗小姐却打电话来,说她本周都没有去上课。挂掉电话后,亨伯特满心忧伤。他明白,洛丽塔撒了谎,在那些借口出去上课的日子,她不知道和谁在一起,干了些什么事。亨伯特努力克制住自己的情绪,准备找洛丽塔问清楚。

洛丽塔似乎猜到了亨伯特的来意,她挑衅地看着亨伯特,一副满不在乎的表情。那一瞬间,亨伯特突然发现洛丽塔长大了,她的腿变得健壮有力,曾经的天真表情不复存在,取而代之的是一张涂了口红、略显俗气的脸。他愣了愣,对眼前的姑娘斥责不起来:"好吧,这种情况必须停止。我准备一收拾好手提箱就带你走,否则什么事情都会发生。"

很快,亨伯特带着洛丽塔,再一次开始了长途旅行。这次旅行中,亨伯特总感觉似乎有人在跟踪他们。因此,每到一个加油站、厕所、电话亭、商店,亨伯特都万分紧张,很担心洛丽塔随时会消失。随后几天,亨伯特都看到不同的汽车在跟随他们。他慢慢地将手枪移到口袋里,心想,如果哪一天他真的失去了理智,也许会冲出去,以杀人来终结自己的命运。

世界上的爱有很多种,有的爱会使人变得更好,有的爱能让人发狂。此时此刻的亨伯特,已然变成了一个神经兮兮、可怜可憎的疯子。

Day 6.
他们畸形的感情,死于一封信

亨伯特继续开车向前,他们将前往加利福尼亚州,开往墨西哥边境。亨伯特幻想着:他带着洛丽塔到墨西哥定居,等她成年后,他们就结婚,在新环境中不受干扰地过幸福的生活。他这不幸的爱情终究是不会被传统道德允许的,改变环境似乎是解决问题的唯一方式。

在接近目的地的一个汽车旅馆里,洛丽塔突然生病了。为了让生病的小姑娘开心起来,他步行60英里买来了洛丽塔喜欢看的书,且不顾别人的眼光,捧着一束花推开病房的门。洛丽塔脸色红润,显然刚刚涂过口红,头发梳得光亮。看到亨伯特走进来,她叫道:"多么讨厌的葬礼上用的花儿!"

亨伯特却感觉似乎经历了一场生离死别,他哑着嗓子,静静地望着他的情人说:"我的宝贝,等你好了,我们就离开这个阴冷、恼人的城镇。因为,待在这儿毫无意义。"

"待在随便什么地方都毫无意义。"洛丽塔回答。

探望时间结束,亨伯特离开时,洛丽塔对他喊道:"明天把那个新的灰色小手提箱和妈妈的大箱子带给我!"

谁知道,经过几天的折腾,亨伯特也病倒了。他躺在旅馆的床上浑身打战，只好请了一个身强力壮的司机把那两个箱子给洛丽塔送去。

隔天清晨，亨伯特一瘸一拐地走到办公室，拨通了医院的电话。一个护士用欢快的语调告诉亨伯特，他女儿前一天下午已经付清账单出院了。她的舅舅牵着一条小狗，开着一辆小汽车来接她，他们还拜托护士转告亨伯特不要担心。接下来的日子，可怜鬼亨伯特踏上了寻找洛丽塔的道路。他假装漫不经心，一家一家翻阅旅馆的住宿登记本，但是没有任何线索。绝望的他甚至在一条偏僻的街上，拦住曾在医院照顾洛丽塔的护士，跪下祈求对方告诉自己洛丽塔的去向。

失去洛丽塔带来的打击，治好了亨伯特对少女的反常性欲。虽然他的眼睛依然不受控制，不自觉地会盯着性感少女看，但心中却不再有任何幻想。他感到无比孤独，需要有人陪伴和照料。于是，里塔出现在了亨伯特的生活里。里塔是个随和开朗的成年女性，刚和第三任丈夫离婚，她给了亨伯特贴心的安慰。倘若没有里塔，亨伯特很有可能会落入疯人院。渐渐地，亨伯特放弃了搜寻，他被邀请到坎特里普学院执教，日子似乎进入了一个新的阶段。

一日，亨伯特收到了两封信。他打开第一封，来信人告诉他这几年来一直租用黑兹家房子的那家人想把房子买下来。对方听说洛丽塔失踪了，建议赶快找到她。

亨伯特一边开门走进公寓，一边拆开第二封信：

亲爱的爹爹：

一切都好吗？我已结婚，就要生孩子了。我们没有足够的钱还债……请给我们寄一张支票来吧，爹爹。有三四百元，或再少一些，我们就能对付过去……请给我写信。

我经历了许多困苦和忧伤。

等着你的回音。

末尾署名后的括号里是理查德·弗·希勒太太。

这封信给亨伯特带来了巨大的痛苦，他做了极大的心理斗争，最终选择撇下里塔，再次驾着那辆旧轿车独自上路了。是独自上路吗？不，亨伯特还有一个黑色、冰冷的伙伴陪着他。一路上，他多次练习开枪，又重新给枪装好子弹。

亨伯特根据信寄出的邮局地址，多方打听，终于来到一个距离纽约大约800英里的工业小镇。他带着一位绅士要去决斗的气势，找到了洛丽塔和她丈夫的家。那是一幢用护墙板搭起的小木屋，四周是一片充满干枯的野草的荒地，屋后传来一阵丁丁当当的捶打声。

亨伯特按了门铃，一阵忙乱的脚步声后，门吱呀一声打开，他日思夜想的洛丽塔出现了。洛丽塔的脑袋很小，怀了孕的肚子很大，脸蛋干瘪，戴了一副粉红色框架的眼镜，随意地穿着拖鞋，显得很邋遢。亨伯特僵立在那儿，心想，这三年来他一直想象着的死亡竟是如此简单。洛丽塔从一个鲜活健壮的少女变成了一块干枯的木柴,他的心撕裂般疼痛。

"哎呀!"洛丽塔带着惊讶又欢快的语调喊道,"进来吧!"

在见到洛丽塔这一刻,亨伯特才发现,他是真的爱洛丽塔,是一见钟情的爱、矢志不渝的爱、刻骨铭心的爱。无论她对自己做过什么,亨伯特都不忍心怪罪她。

"你丈夫在家吗?"亨伯特用嘶哑的声音问道。

"狄克就在那儿。"洛丽塔用手一指,亨伯特的目光穿过后门,一直到外面一片简陋的工地上。那里有个陌生的年轻人,穿着工装裤,站在一把梯子上钉东西。

"他不是我要找的那个家伙,那个人在哪儿?快告诉我!"亨伯特握了握口袋中的枪。

"什么那个人?听着,那件事你就不要再提了。"洛丽塔紧皱着眉,说那实在无关紧要。

亨伯特准备转身离开,洛丽塔只好无奈地坦白。当初从医院带走洛丽塔的人是奎尔蒂——那个剧作家,在亨伯特和洛丽塔踏上旅程的那一刻,就紧跟着他们。洛丽塔和他离开后,奎尔蒂打算带她去好莱坞,安排她在一部电影中演一个小角色。可惜,他没有实现诺言,反而让洛丽塔拍不堪入目的三级片。

因为接受不了那些疯狂龌龊的勾当,洛丽塔不干了,接着就被奎尔蒂轰了出来。后来,她四处漂泊,遇见了狄克。老实的狄克对她的过去一无所知，误认为洛丽塔是个离家出走的富家女，而亨伯特就是她高贵的父亲。

亨伯特看着被生活折磨得失去光彩的洛丽塔，缓缓说道："洛丽塔，人生十分短暂，从这儿到那辆你熟悉的汽车只有25步的距离。现在，就这样过去吧，从今往后，我们一起快乐地生活。"

"这根本不可能，"洛丽塔微微抬起身来，"我宁愿回到奎尔蒂那里去——"她搜索着合适的词，"他毁了我一时，而你毁了我一生。"

亨伯特用手捂着脸，流下了滚烫炽热的泪水，他的洛丽塔，自始至终都不会爱他、不会原谅他。

"噢，别哭了，"洛丽塔安慰道，"我很抱歉，欺骗了你那么多次，可生活就是这样。"

亨伯特不敢再待下去了，他递给洛丽塔400元现金，还有一张3600元的支票，并将洛丽塔母亲的那栋房子的租金和一些证券交代清楚，又留下一笔500元的汽车抵价款，便转身离开了。亨伯特不停地擦着脸，却对那持续涌出的泪水无力应付。他活着的价值，已经到了尽头。

亨伯特一路开车赶到拉姆斯代尔，找到了奎尔蒂的家。在那栋酒杯散乱的房子里，他开枪打死了奎尔蒂，一路目空一切地向市区开去。在一阵阵惊呼声中，不停地有人朝他按喇叭，后来，警车也跟来了。亨伯特像个病人一样，两眼空洞、懒散地任由警察摆布。

从精神病院到隔离室，亨伯特一直在写一本叫《洛丽塔》的书，他希望这部回忆录可以在他和洛丽塔都离世后再出版。痴情的亨伯特一笔一画地写道：

务必忠实于你的狄克。不要让别的家伙碰你。不要跟陌生人谈话。我希望你会爱你的孩子。我希望他是个男孩。

我希望你的那个丈夫会永远待你好，否则，我的鬼魂就会去找他算账，会像黑烟，会像一个疯狂的巨人，把他撕成碎片。不要可怜奎尔蒂。上帝必须在他和亨伯特之间做出选择，上帝让亨伯特多活上两三个月，好让他使你活在后代人们的心里。我现在想到欧洲野牛和天使，想到颜料持久的秘密，想到预言性的十四行诗，想到艺术的庇护所。这就是你和我可以共享的唯一不朽的事物，我的洛丽塔。

然而，亨伯特不知道的是，几个月后，洛丽塔因为难产，也离开了人世。他和洛丽塔的故事，究竟是上天对于那些打开罪恶潘多拉魔盒之人的惩罚，还是一场高于一切主义的拯救？是非对错，只能留给后人评说。

Day 7.
人性的多样化，不是一两句简单的话可以概括的

《洛丽塔》整本书都是主人公亨伯特在狱中写下的忏悔录。天真美丽的洛丽塔，被亨伯特视为安娜贝尔的替身，和她的相遇，让潜伏在亨伯特体内的少年苏醒了。为了接近洛丽塔，亨伯特不惜付出任何代价，他违背初心，先和洛丽塔的母亲结婚，又带着成为孤儿的洛丽塔在美国流浪。

尽管我们知道亨伯特的爱违背了世俗意义上的道德观，但他对洛丽塔的深情，竟令人有一丝感动，不忍多加指责。亨伯特对洛丽塔的爱，不仅是一厢情愿，更偏离了方向，爱得再深，也只能剩下绝望。涉世未深的洛丽塔，喜欢成熟的男人，同龄男孩子在她眼中幼稚无聊。在旅行路上，她带着孩子气的游戏态度，诱惑了亨伯特，对扑面而来的危险一无所知。

经历了一系列流浪生活后，洛丽塔嫁给了患有耳疾的退役兵——狄克。虽然亨伯特留下了大笔金钱，但命运并没有给洛丽塔重新来过的机会，洛丽塔的堕落，是多重原因造成的，失败的家庭和社会教育，使这个聪明美丽的女孩走入深渊，如同一朵美丽的花骨朵，尚未开放就已凋零。

洛丽塔的母亲夏洛特，既是生活的受害者，也是造成洛丽

塔悲剧命运的推动者。因为丈夫早逝，夏洛特的生活变得很艰辛。物质匮乏、情感空虚，双重压力让她无暇顾及洛丽塔的身心成长，更对逐渐恶化的母女关系视而不见。亨伯特的出现，让夏洛特看到了一线希望，她渴望追求幸福，不断制造机会与亨伯特单独相处，对于洛丽塔的打扰，她总是表现出厌烦，粗暴对待。

在夏洛特眼里，亨伯特这个男人似乎比叛逆、讨人厌的洛丽塔更重要。被情感蒙蔽双眼的她，在缺乏对亨伯特深入了解的情况下，主动表白，并嫁给了他。婚后，出于好奇心，她偷看了亨伯特的日记，知晓了亨伯特令人发指的秘密。崩溃的夏洛特在震怒中写下几封信，准备结束这种荒谬的生活。但是，她还没有来得及对任何人说出真相，就将生命断送在了寄信的路上。

夏洛特悲剧的一生结束了，不幸却延伸到了女儿洛丽塔身上，令人惋惜。

书中的另一个关键人物奎尔蒂，一直到最后才露出真面目。他与亨伯特有许多相似之处，两人都有恋童癖，都喜欢文学，从事文学创作工作。他与亨伯特看似对立，又像是一枚硬币的两面，紧密相连。狡猾的奎尔蒂在尾随亨伯特和洛丽塔以及带走洛丽塔时，所选择的道路和旅馆、住店时编造的假名字，都暗留玄机，他的举动令亨伯特十分抓狂，倍显讽刺。

奎尔蒂象征了亨伯特人格分裂的另一半，亨伯特因无法忍受奎尔蒂将洛丽塔带走从而打破了他的美梦，开枪杀死了奎尔蒂。这一举动相当于他杀死了自己不受理智控制的双重人格，杀死了灵魂中的魔鬼，自己也得到了解脱。

《洛丽塔》这本书究竟给我们带来了什么思考？从出版以来，人们对它的评价就莫衷一是、褒贬不一。有人说，它是一部爱情小说；也有人说，它是一部关于道德的小说；更有人说，它是一部色情小说。据说，有一些颇为聪明的编辑，在翻阅《洛丽塔》的样稿后，把此书说成是"古老的欧洲诱奸了年轻的美国"或"年轻的美国诱奸了古老的欧洲"。

对于以上种种定论，纳博科夫没有给出标准答案。也许，人性的多样化，不是一两句简单的话就可以概括的。

但无论我们的思想停留在哪一层面，都不影响对这本书的解读。它的存在似乎有一种神奇的力量，在角落发出微弱的光，疯狂、唯美、如梦似幻，又留给人们沉重的思考和深深的叹息。

《小妇人》

书中的教育与婚恋智慧永不过时

[美]路易莎·梅·奥尔科特

　　《小妇人》是奥尔科特最负盛名的作品。她的父亲是一位作家兼教师，耳濡目染中，奥尔科特自然而然地爱上了写作，并于1868年和1869年出版了《小妇人》的上下两册。

　　小说以家庭生活为背景，将马奇一家的情感描写出来。四个姐妹命运各不相同，但联结彼此的一直是她们对家庭的爱与忠诚。

MAI JIA READING WITH YOU

扫码收听本书音频

Day 1.
从孩子的性格，能看出一个家庭的健康程度

故事的主人公们是居住在美国新英格兰地区的马奇一家。男主人马奇先生在前线打仗，马奇太太与四个女儿面对艰难的生活从不轻易低头，其中二女儿乔就是作者以自己为原型创造的人物。在美国南北战争的背景下，四姐妹坚强乐观地生活，她们勇敢追求爱情与梦想的故事使众多读者受到鼓舞。

马奇家四位女儿各具特色：大姐梅格美丽温柔，是一位幼儿家庭教师，以微薄的薪资来给贫穷的家庭减轻负担；乔则是一个大大咧咧的姑娘，不爱在学校上学，她平时去姨婆家照顾上了年纪的姨妈；三姐贝丝虽然乖顺，但因为性子太过胆小，不喜与人打交道，所以待在家里学习；唯一上学的12岁的小妹艾米言谈举止端庄，骨子里是藏不住的骄傲。性格迥异的四位少女有着不同的生活轨迹，但是她们对家庭的热爱，对家人的依赖，让人不得不为之动容。

圣诞前夜，乔和姐妹们为贫穷而伤神，贫穷意味着没有像样的圣诞礼物，懂事的她们也开不了口向妈妈要钱。自从家道中落，姐妹们的生活发生了翻天覆地的变化，她们忍不住有些怨言。

乔躺着嘟囔:"没有礼物,圣诞节就不算圣诞节了呀。"

梅格也叹了口气,说:"当个穷人好惨啊。"

艾米伤心地吸吸鼻子,说:"有些女孩子有好多漂亮东西,有些女孩什么都没有,我觉得很不公平。"

贝丝却说:"我们有爸爸妈妈和姐妹们呀。"四姐妹里她是最容易满足的小姑娘。

听了这话,四姐妹振作起来,虽说自己的积蓄不多,但她们都放弃了自己心仪已久的东西,并且决定每人用自己的钱给马奇太太准备一份圣诞惊喜。

善良的马奇一家不仅为自家人添置了礼物,马奇太太了解到附近一位单亲妈妈的艰难处境之后,还动员了四个女儿献出自己的早餐。她们帮单身妈妈家生起炉火,女孩儿们摆好桌子,和单身妈妈家的孩子们围坐在火边,她们像喂饥饿的小鸟一般喂他们吃饭,早餐时间是很快乐的,虽然她们一点东西都没吃。

梅格感叹道:"这就是爱邻人胜过爱自己了,我喜欢这样。"

善良总是会有回报的。晚上,她们收到了邻居劳伦斯家送来的丰盛晚餐,这让马奇一家既惊喜又感动。富裕的劳伦斯家一共只有两位家庭成员——年迈的劳伦斯老先生,和他体弱多病的小孙子劳里,他们都不常和邻居走动,所以人们对劳伦斯家的印象止步于"高不可攀"。

很意外地,乔和姐姐梅格在一场舞会上与劳伦斯家的小孙子成了好朋友,姑娘们发现,劳里并不像传言中的难以接近,他其实是个活泼逗趣的男孩,只是困于身体太过虚弱,所以不能随心所欲地出门与他人打交道。舞会上,乔和劳里的关系火速升温,两人发现彼此的兴趣爱好极为相似,舞会之后的一段时间,乔常去劳伦斯家做客,她从劳里口中得知,他很羡慕自己家的生活:

"我常听见你们彼此叫唤,当我独自一人在楼上时,我总是忍不住会拉开窗帘向你们家看去,请原谅我这么没礼貌,但有时候你们忘了拉下种着花的那扇窗户的窗帘,在你们家点灯时,就很像一幅画。我看到你们和母亲坐在桌子旁,你母亲的脸正对着我,她的脸好祥和,我会忍不住一直看。我没有母亲,你知道……"

劳里悲伤的气息扑面而来,善良的乔当即安慰他:"我们永远不会把窗帘拉上了,我们是邻居,你不要怕麻烦我们,可以多来做客。"

乔就是这么一个大大方方的女孩,她不会因为家里贫困而自卑,在交际方面她不卑不亢,虽然马奇家的孩子都有着各自生活中的困难,但她们在面对他人时,总是笑脸相迎。

在艰难的日子里,远道而来的家书分外珍贵,是父亲的来信:"代我给她们我全部的爱和亲吻。告诉她们我日日思念她们、夜夜为她们祈祷,我无时无刻不在她们的深情中找到最大的安慰。要见到她们还要一年的时间,似乎太久了,但提醒她们：我们要一边等待，一边工作，不要让这些艰苦的日子虚掷。我知道她们会牢记我说的话，做一个好孩子，也会尽力做好自己分内的事，勇敢地生活、战斗。等我回到她们身边的时候，我这些小妇人一定会变得更可爱、更令我骄傲。"

马奇一家有着充实的心灵，家中每个人都善良热情，接受着妈妈爱的教育，生活虽然清贫，但房子里总是能听见恣意欢笑。这样生机勃勃的家庭谁会不喜欢呢？而且马奇太太永远是温柔的，给人如沐春风的感觉。她极善良，即使自己的家庭生活拮据，也愿意帮助更加潦倒的人。

姑娘们出门时总会回头寻找母亲的目光，因为母亲总是会站在窗前点头微笑，并朝她们挥手。不知为何，她们如果不这样，就很难度过一天的时光，因为不论她们的心情如何，只要再看母亲一眼，就会收获一天的暖意，母亲对她们来说，就像发出和煦光芒的太阳。这份暖意提醒她们为人温和，所以就算她们吵架了，也会很快就能和好。

梅格是艾米的倾诉对象，乔是贝丝的领路人，这四个姐妹往往分成两对，也许是性格使然，两对中的姐姐都在妹妹们面前扮演着"妈妈"的角色，她们用母性本能照顾她们，所以两位姐姐——梅格和乔也被称为"小妇人"。

Day 2.
交友的细节,是你人格的显微镜

这是一个下过雪的午后,姐姐们都围在锅炉边打寒战,但早晨刚散完步的乔按捺不住自己的活泼劲儿,准备把门前花园的雪扫干净后出门探险。花园现在死气沉沉,同样看起来毫无生机的还有邻居劳伦斯家的房子———幢富丽堂皇的石制豪宅。

从窗户一隅便可窥见里面的奢华家具,可这样的生活对乔一点吸引力都没有,对她来说,没有母亲温暖的笑和姐妹时时刻刻的吵闹,一座房子就不能被称作家。况且劳伦斯家鲜少有人出没,就像一座魔宫,充满奇妙事物而无人享受的魔宫。

不过,一想到舞会上待人友善的劳里,乔忍不住想同他一块儿玩,她决定这座"魔宫"就是她今天冒险的地方,她朝劳里房间的窗户扔了一颗雪球,不出所料,劳里的小脑袋转过来了。劳里邀请乔上楼玩耍,他们相谈甚欢。但劳伦斯先生的到来让乔发怵,他长得很慈祥,但带着很强的压迫感,乔说劳伦斯先生没有她外公好看的话语被劳伦斯先生听见了,他打趣道:"这么说你不怕我喽?"

"不太怕了,先生。"

"你认为我没有你外公好看?"

"不太比得上,先生。"

"而我非常有主见是吗?"

"我只能说,我觉得如此。"

"不过你还是喜欢我就是了?"

"是的,先生。"

劳伦斯先生似乎对乔的回答十分满意,他用手指轻托起乔的下巴,点点头说:"就算你没有你外公的长相,你也有他的精神。他是个好人,亲爱的;但更好的是,他也是个勇敢且诚实的人,我很荣幸跟你外公做朋友。"

听完这话,原本感觉如芒在背的乔瞬间放松下来,原来劳伦斯先生说话这么温柔,对小辈呵护有加。劳伦斯先生也发现了乔这个小女孩身上的魔力,因为他注意到自家孙子一改往日的病容,变得活泼起来。让劳伦斯先生开心的还不只是马奇家的二小姐,马奇家的三小姐贝丝也和劳伦斯先生成了忘年之交。

将贝丝和劳伦斯先生紧密联系在一起的是钢琴。劳伦斯家有一架精美的钢琴,但是劳伦斯老先生从不弹奏,他也不许任何人弹奏那架钢琴。这都是因为劳里母亲的缘故,劳伦斯老先生和劳里的父亲就是因为她产生了隔阂——劳伦斯先生并不喜欢这个儿媳妇,而这个儿媳妇是个音乐家。

贝丝虽然胆小,但是她对音乐的热爱让她鼓起勇气和劳伦斯先生说话,在得知劳伦斯先生不但完全不介意她弹家里的钢琴,甚至保证不打扰她的时候,她内心的感激溢于言表。从此以后,贝丝每天都会去劳伦斯先生家弹钢琴,她并不知道劳伦斯先生每天都在书房聆听从她指间流淌出来的旋律，她也不知道琴谱是劳伦斯先生特意为她放在架子上的。

劳伦斯先生无声无息地给予贝丝细腻而柔软的爱，贝丝就像他早夭的小孙女，这也许是爱的一种转移，劳伦斯先生把她当作亲孙女般疼爱，聊以安慰自己缺少亲情的灵魂。

在贝丝报以感恩的亲吻时，他又感动又欢喜：他让她坐在他的膝头，用他布满皱纹的脸贴着她红润的脸蛋，他感觉自己的小孙女又回来了！从这一刻起，贝丝不再害怕他，她坐在那儿自在地同他说话，就像他们已经熟识一辈子。因为爱会逐走恐惧，而感激可以征服骄傲。

劳伦斯先生是典型的物质富足但内心空虚的人物。劳伦斯先生有精美的钢琴却不让劳里弹奏，自己成天待在一隅之地被寂寞吞噬。与他相反，马奇一家有着充实的心灵，家人的爱让马奇家的孩子有足够的自信，她们也不因贫穷自怨自艾，通过自己双手挣来的钱更让她们感到自豪。不过马奇家的孩子们并不是整天都挂着极富感染力的笑容，马奇家就如千千万万个普通家庭一样生活在痛苦与甜蜜交织而成的网中，她们也有自己的烦心事：

大姐会抱怨自己看上去毫无希望的人生；乔也会讨厌姨婆对她的训诫；贝丝困于社交障碍；艾米烦恼于学校琐事；大家都担心在前线的爸爸的生命安全。这一回，艾米的烦恼惊动了全家人。

艾米的学校里刮起的是"酸橙社交之风"——大家用橙子换取朋友的东西，比如我吃你的酸橙，我把我的发卡借你戴一下午。不过这让艾米很苦恼，因为她吃了别人的橙子但回请不起。

马奇家的姐妹都是互相帮衬的，大姐梅格为了维护妹妹的自尊心，贡献出自己攒下的一点工资，艾米用这些钱买了24个橙子去学校。孩子们的世界总是如此"势利"，同学们见艾米准备请大家吃橙子，便纷纷过来与她攀谈，而她班上的对头斯诺也想分一杯羹，她主动向艾米示好，但遭到拒绝。

斯诺为了报复艾米，便向他们最严格的老师告密，说艾米带了他明令禁止的酸橙进教室。风暴即将来临，戴维老师猛拍讲桌，这样重的力度把孩子们都吓坏了。

"马奇小姐，到讲桌这里来。"戴维老师发话了。

艾米不敢不从，她假装镇定地站起来。

"把你的酸橙拿过来。"艾米不知道要不要全盘托出，她犹豫着，只拿出六个酸橙。

"这些是全部吗？"戴维老师仿佛看穿了艾米的小把戏，逼着艾米把所有的酸橙都拿了出来。

戴维老师命令她把酸橙立即丢到窗外，这还不算，艾米扔完之后还被当众打了手心，最后还面对着全班，被罚站到下课。那短暂的十五分钟让她仿佛被凌迟，自尊心让她又羞又恼，她哪里受过这样子的羞辱？就连母亲也从来没对她们姐妹发过火说过重话。

回到家里，悲愤的艾米向家人们大吐苦水，妈妈见她这样，集合姐妹们召开了一个家庭会议，她用温软的话语安慰艾米，但艾米实在是怒火中烧，她逃学，还一直说着不得体的话。饶是母亲再宽容，也无法容忍艾米如此任性，她严肃地告诉艾米："你本身就违反了班级的规定带橙子去学校，老师的体罚与羞辱是不对的，但是严厉的教育方式反而对你更有益处。"

马奇太太不是无条件地包容溺爱孩子，也不会严厉、不留情面地说教。在批评艾米的时候，也不忘肯定她性格上的优点，这样的教育不仅不会打击孩子的自信，还会让孩子学会从自身找原因并改正自己的缺点。马奇太太的教育无疑是成功的，这样的教育值得家长们学习与思考。

Day 3.
内心富足，是真正的高贵

周六的休闲时光，乔和梅格兴致很高，像是要出门赴约的样子，这一幕被小妹艾米看见了。两位姐姐本不想告诉艾米更多细节，可她们受不了她打破砂锅问到底的劲儿，便承认自己要去戏院看戏，而且是和劳里一起。听了这话，本就对劳里有好感的艾米，更加坚定了追随两位姐姐去戏院的心，不过她眼睛受了伤，大姐梅格劝她下周再去，艾米不听劝，一意孤行地赶忙穿鞋。

一旁的乔早就想给不明事理的妹妹一个教训了，她火冒三丈地呵斥道："如果她去，我就不去；而如果我不去，劳里会不高兴的，况且他只邀请了我和梅格，把你拖去是一件很失礼的事情。"

艾米也被姐姐的态度激怒了，她大喊："我就是要去！"乔忍不住骂人："你不能和我们一起坐，因为我们的座位是预订的。而你又不能一个人坐，那么劳里就会把他的位子让给你，这就扫了大家的兴；要不他就会另外给你找个座位，这也不合适，因为人家原来并没有请你。你一步也别动，好生待着吧！"

艾米的眼泪说来就来，但乔和梅格来不及管她，劳里已经在楼下叫她们了，乔听见妹妹对她喊的最后一句话就是："你等着，乔，我会让你后悔的。"

经过艾米的这一闹，乔看戏的兴致都没有那么好了，她感到一丝愧疚，她其实可以好好和艾米讲道理，但还是被自己的脾气牵着走了。有些事，只有等看到后果了，才知道后悔。

乔回家后发现家里没有任何异样，艾米自顾自地在起居室看书，可是第二天乔才发现一件令她崩溃的事情：艾米把她辛苦写成的书给烧了。乔最大的爱好就是写作，她把几篇童话故事写成了一本书，并且把手稿撕了，所以艾米毁掉的是唯一一本誊抄本，可想而知艾米的行为对乔的打击有多大。

面对乔的质问，艾米不知悔改地说："我就是烧了！我告诉过你的，我会让你为昨天那件事付出代价！"看来她还没意识到事情的严重性，她还没反应过来，乔就甩了她一耳光，之后跑上阁楼生闷气。

艾米意识到了自己犯下的错，不停地乞求乔的原谅，但乔不为所动，什么也消解不了她的怒气，于是她找劳里去滑冰解闷。想要得到姐姐谅解的心情越来越焦急，艾米拿出自己的滑冰鞋跟着乔，她因穿不上鞋而大声喘气，乔也当作没听见，她也没有提醒妹妹尽量靠两边结实的冰滑，不知为何，乔心里升起一种报复的快感。本来就不擅长滑冰的艾米滑到中间的薄冰，猛地掉下冰冷的水中。

乔吓得双腿瘫软，她什么也来不及想就往回滑……虽然艾米最终获救，乔仍是惊魂未定。后怕、懊悔、自责等种种情绪让她泪流不止。伤害自己的亲人往往比伤害别人容易得多，因为你潜意识里知道，就算再怎么伤害他们，他们最后还是会选择原谅，并且不会离你而去。可是亲人受伤的同时，你也会难受，所以不要等自己感同身受之后，才明白伤害家人是最愚蠢的行为。

马奇太太通过这件事给乔和艾米上了一课。原来年轻时候的马奇太太也是个脾气火暴的人，没准艾米和乔其实是遗传了母亲的性格。面对女儿"如何控制脾气"的疑问，马奇太太给出了自己的答案："我学着克制那些差一点就脱口而出的话，当那些话快要脱口而出时，我就走开，让自己放松一段时间，反省自己的软弱和恶毒。"

除了自我调节，马奇先生对马奇太太的性格转变也起了举足轻重的作用。她说："你爸爸从来就不会没有耐心——只是永远怀抱希望、努力工作、欢欢喜喜地等待着，使你在他面前不得不照做。他帮助我，安慰我，让我知道我必须表现出我希望女儿拥有的所有德行，因为我就是她们的榜样……"

规范子女，父母先行。马奇太太有为人父母的榜样意识，她的行动比说教实用千百倍，经过这次的灾祸，乔从母亲那儿领悟到自制力的重要性，一个好姐姐不该如此暴躁任性，因为她也是妹妹的榜样，如同母亲是她的榜样。

大姐梅格面临的考验才刚开始。相比三个妹妹,她最早脱离学校,社会经验也最丰富,但有些场合也难倒了看似无所不能的大姐。梅格有一个意外的假期,她收到了一户有钱人家的宴会邀请,她兴高采烈地赴会,在兴奋劲儿过了之后对贫富差距感慨颇多。

有时候贫穷真的是生活最大的障碍,因为生活不只是自己的生活,你不能做只顾自己逍遥却不管家人幸福的事。梅格没法花大价钱给自己添置新裙子,她得分担全家的生活开销。她看着来赴约的小姐太太一个个花枝招展、光彩夺目,像五彩孔雀般张扬。明艳的华服暗中标好了穿着者的价码,这些上流社会的姑娘眼睛很毒辣,不自觉地就会把对等阶层的女孩子拉入她们的小团体。

梅格心里并不欣赏这些姑娘,认为她们的谈吐极其肤浅,对事情也没有自己的独立见解,每天都过着挑衣裙、做头发、参加宴会之类的虚浮生活。在这样的环境下,梅格也逐渐失去自我,她忘了自己对这些奢华泡沫的不屑,并妄图走入她们的圈子。"富人的世界是彩色的,穷人的世界是灰白的。"经历巨大落差的梅格心里产生了这种错误的想法。

梅格变了,那个谦逊质朴的女孩摇身一变成了装腔作势的小姐,变成了自不量力攀高枝的小丑,急于挤入上流社会的想法冲昏了她的头脑,初入名利场的她渐渐迷失在灯红酒绿的幻梦之中。圈子不同,不能硬融,别人眼中费尽心机的自己到头来可能只是个笑话。

打着玩笑旗号的太太小姐们把梅格当作玩偶一样打扮，梅格却没有意识到自己已经是个笑柄，反而对自己得到的夸赞沾沾自喜。直到她听见那些女孩儿在背地里对她的真正看法，那些掺杂着轻蔑、嘲弄的话语敲醒了梅格，愤怒过后更多的是羞愧——她不该陷入虚荣的陷阱。梅格逃回了家，逃到母亲身边，那儿是能无话不说的港湾。

马奇太太听完她的忏悔之后，并没有责怪梅格爱慕虚荣，她只是希望别人的话不要伤害到自己的女儿，她告诉梅格："你要学会认清并珍视值得拥有的赞美，除了美丽之外更要谦逊，这样才能得到品德高尚的人的赞颂。"

马奇太太说："我宁愿你们是穷人家的妻子，也不愿你们做一个没有自尊、没有安宁的皇后。"

梅格听了这番话，精神没有太大振奋，她叹息现实太残酷，如果她们不奋力向上爬，根本接触不到更高层次的人。母亲打消了她的疑虑，她告诉梅格，贫穷很少会吓退一个真正的爱人，应当把这些事情交给时间。你若盛开，清风自来。

母亲还给她们最大的依靠，她说："母亲会永远聆听你们的心事，父亲永远是你们的朋友，我们都相信并且希望，我们的女儿们成为我们生命中的骄傲和安慰，不管她们有没有结婚。"

家的支持是孩子前进的动力，也是孩子失意时的充电站。对孩子来说，最大的底气是父母，被爱的孩子在奋斗时往往能放手去拼。

Day 4.
在为家人挡风遮雨时，我们会变得勇敢

漫长的冬季终于过去了，白日渐长，姑娘们有足够的时间享受春光。晴天的时候她们在自家花园里打理属于各自的花田，悉心培育着自己种的花；雨天，她们在室内经营自己的"秘密社团"。这是一个出版周报的社团，自制报纸上是四位成员收集的诗歌、小故事、新闻、广告等有意思的文章，除此之外，还有一周内对彼此之间矛盾的反思以及心得。

每周六她们都会在阁楼共读报纸，乐此不疲，就像参加聚会那么开心。良好的交流氛围也让姐妹之间的情感更加浓厚。

在这回的聚会中，乔把劳里偷偷带来了，姐妹们并不十分乐意接受这位"空降兵"。劳里为了表示自己的诚意，特意在马奇家花园那儿设置了一个邮箱，如此一来，他们两家能互换读物，姑娘们听了都欢欣鼓舞。劳里还有备而来，他带来发表的稿件和演说都相当精彩，自然而然地加入了马奇姐妹的秘密社团。

暑气渐浓，假期如期而至。姐妹们商量着要好好休息一段时间，她们认为世界上最美好的事情就是不用工作，每天愉快地享受生活，但是母亲并不这么认为，于是她们决定做一个小

实验——用整整一周的时间体验单纯享乐的生活,谁也不用学习或者做家务。

这个有趣的实验在开始的第二天就让四姐妹无所适从,一天下来,过度赖床让人精神不佳;房间里乱成一团却无人打扫,只有马奇太太尽力维持整个家的整洁;每个人都感到一天的时光太过漫长……在实验进行到第五天的时候,她们完全厌倦了这样的生活。孩子们的状态马奇太太都看在眼里,她使了一个小计谋——装病。

第六天,得知母亲生病后,孩子们除了担忧就是兴奋,她们终于可以做一些不同的事情了:梅格动手打扫客厅,客厅勉强保持了应有的秩序,她打算请劳里来家里做客;乔决定给母亲烧饭,对厨艺一窍不通的她把厨房弄得乌烟瘴气,劳里用尽全力把乔做的食物咽下,以免让她失望;因为前几日的休息,贝丝没有及时给她的金丝雀喂食,她发现它的尸体之后泪流不止,全家人为之举行葬礼,大家都有些自责。

晚上,母亲问孩子们对实验的看法,逗弄她们:"你们还想再过一周这样的生活吗?"

乔坚定地喊道:"我不要!"

"我也不要。"其他人也应声。

看来大家都明白纯粹做一件事的生活是枯燥乏味的,而且很可能造成一些意外。马奇太太很欣慰,她给孩子们上的这一课是成功的。

她说:"我对这次的实验非常满意,可是也不要矫枉过正，把自己累得像奴隶。要定时工作和玩乐，把每一天过得既实用又愉快，善用时间，证明你们了解时间的价值。那么青春就会是令人快活的，老年时也不会懊悔，生活虽然贫困，也会是美好的成就。"

小孩子都是"不撞南墙不回头"的个性，马奇太太的教育撇开死板的说教，这个实验让孩子们亲身体验了生活的另一种可能，这样，得到的教训也会铭记于心。

盛夏，爱情随着邮箱寄到马奇家——梅格丢失的手套在邮箱里只剩一只，她并不知道那不知姓名的先生含蓄的爱意——私藏手套的爱意。那是劳里的家庭教师布鲁克偷藏的，在7月的一天，劳里邀请马奇家的姐妹与他的英国朋友们一同野营，大家一块儿打槌球、野餐，劳伦斯的营地绿草如茵，阳光下的少男少女开始做着年轻人的梦。

早在劳里到达四姐妹的秘密基地时，他们就开始畅想未来：乔希望当一个作家，还想要一屋子的阿拉伯马，以后住在乡下过喂养牲畜家禽的日子。她爱大自然，苍绿山峦和烂漫夕阳是她的一生所求。劳里想在德国定居，享受他喜爱的音乐，过着不用为生活奔波、随心所欲的日子。梅格的梦想比较现实，她想要的是奢华的生活，这大概是每个女人的梦想，有钱有爱。和大哥哥大姐姐相比，两个妹妹的愿望就要简单许多，艾米想要当一个画家，贝丝只要待在爸爸妈妈身边就很满足了。

不过乔追逐梦想的步伐比姐妹们都要快一步，她神秘兮兮地在报社与家之间往返数日，向报社投递了自己的作品。当她读给姐妹们听的时候，大家都没想过这样趣味横生的文章出自自家姐妹之手。

大家祝贺乔的时候，乔把头埋在报纸里，没忍住掉了泪，因为她心里最大的愿望就是能够独立，并赢得她深爱的人的称赞，以后她能够凭着纸笔养活自己和家人了。初登报纸是她写作生涯的一小步，也是她迈向独立的一大步。

11月，马奇家收到了父亲的电报，并不是父亲发的：

马奇太太：
　　你丈夫病重。速来。

黑尔
布兰科医院，华盛顿

读完电报，整个家被乌云笼罩，这个往日里充满欢笑的家静得可怕。世事无常，但马奇太太没有时间哭，她稳定住孩子们的情绪，张罗着赶往华盛顿的事情。买火车票、筹医药费、收拾行李……马奇太太打起十二分精神，她知道，自己现在是家里的顶梁柱，要是她先垮了，四个女儿不知道会慌成什么样。

在这个节骨眼上，乔还没有回家，从看完电报之后就没看见她的影子。等她再回来的时候，她头上戴了一顶帽子，手上攥着25块钱。

为了父亲，乔把自己最引以为傲的浓密长发卖了，她说："我急着要为爸爸做点事，我和妈妈同样讨厌向别人借钱。梅格把她每季的薪水都付了房租，我却拿来买衣服，所以我觉得自己很差劲，就想要赚点钱，就算卖了我的鼻子也要赚钱。"她还故作轻松地告诉妈妈以后不会留长发了，短发的感觉才舒服。坚强的乔虽然表面上对剪掉的头发不屑一顾，但是深夜里，她泣不成声。梅格摸到她潮湿的脸，才发现妹妹哭了。

"乔，你在为爸爸哭吗？"

"不是，是我的头发。不过我不后悔，今天不这么做的话，明天我仍然会做。像这样傻兮兮地哭，是我虚荣而又自私的部分……"

乔为爸爸放弃了自己的头发，爸爸在战事中为保卫国家而患病，他们都是当之无愧的英雄，教育也是一种传承，马奇家的奉献精神很好地传承了下来，这将是孩子们一生的财富。

Day 5.
细节能成就一个人，也能打败一个人

阴暗的客厅里，马奇太太的行李已经收拾得七七八八，她的眼神没有了往日的神采，间或一轮一轮地转动着，黑眼圈和耷拉的眼皮是她睡眠质量的最好说明，丈夫的情况不明朗，电报上的那几个字把所有家人的心都悬吊起来，谁都不敢往深处想父亲的情况。

"孩子们，我把你们托付给仆人照顾，请劳伦斯先生保护你们。我不担心你们的安全，我只希望你们能正确地对待这场变故。我走了以后不要忧伤畏惧，要像平时一样继续你们的工作，因为工作是让人愉快的安慰。要怀抱希望，保持忙碌，不论发生什么事，要记住你们绝对不会没有父亲的。"

一周内，家里每天都会收到同在华盛顿的布鲁克先生的快信，而且每次都是关于父亲的好消息——父亲的病情有所好转。大家悬着的心也逐渐放下，梅格很好地做到了母亲叮嘱的事情，她担起长姐的职责，不断鼓励妹妹们打起精神去工作、学习，她给妹妹们打气："要怀抱希望，保持忙碌。"

在忙碌的间隙，孩子们最积极的事就是给父母写信。信的内容大多是日常的小事，她们知道母亲看了她们轻松的日常一定会对她们放心，女仆汉娜和劳伦斯先生也写了安慰的信件。笼罩在马奇家上空的乌云正在散去，日子仿佛快好起来了。

母亲终于回来了，母女相会的场景太过煽情，马奇太太不在的这段时间，贝丝因为猩红热在鬼门关走了一遭，但每个人在磨难面前都不曾低头，她们度过了最黯淡的日子。

在华盛顿的那段时间，马奇太太已经摸透了布鲁克先生对梅格的情意，但是她也知道布鲁克不敢告诉梅格，是因为他目前给不了她富裕的生活。所以在梅格没有明确她自己的心意之前，马奇太太决定不插手两个人之间的事。

马奇太太曾说过，真爱是不会被贫穷吓跑的。布鲁克和梅格都不算富有，但是在能够选择有钱人结婚的条件下，梅格还是选择了布鲁克，因为他的真心打动了梅格。他真诚地对梅格表露心迹，他说："我可以等。"在爱情里，最能打动对方的是为他改变的决心和对他无条件的迁就。

布鲁克的真心换来了梅格的一句"我愿意"，梅格和布鲁克的婚礼在6月的清晨举行，苍穹下，他对她许下爱的承诺，婚礼不是这对恋人的终点，他们的故事才刚刚开始。

蜜月结束后，他们的生活回归到盘算柴米油盐的日子，因为贫穷，梅格不得不限制自己的花销，但是她骨子里仍然是个有着些许虚荣心的女子。这也是人之常情，谁不想要自己过得舒服一些呢？所以布鲁克向来不干涉妻子买那些不实用的小玩意儿，可布鲁克没想到，他的宠溺换来的是妻子变本加厉的挥霍。

梅格看中了一块50美元的衣料,她的朋友和布料商人那充满诱惑力的话语迷惑了失去理智的梅格,她狠下心买下了那块花布,却忘了50美元对她和布鲁克的小家庭来说是多么难以承受。布鲁克的气愤是意料之中的,但他对梅格的爱让他很好地克制着自己的情绪,梅格反而不想看到布鲁克就这么妥协的样子,她认为哪怕丈夫打她、骂她,都比原谅她让她心里更好受。

更让她良心不安的是,布鲁克在之后的日子里节衣缩食,甚至舍不得买一件看中了很久的大衣。这些事情被梅格看在眼里,也痛在心里。愧疚一层层叠加在小妇人心上,她不能辜负布鲁克对自己的一片深情。她把衣料卖出,给丈夫买了新大衣。

之后,她拾起作为一个妻子的责任,打起十二分精神操持他们的小日子。上帝不会辜负努力生活的人,梅格很幸运地顺利生下她和布鲁克的结晶———一对龙凤胎,劳里给他们分别取名为黛西和德米。夫妻之间最重要的就是相互体谅,在学习如何做一个称职妻子的路上,梅格马不停蹄。

乔的写作之路慢慢步入正轨,每隔几个星期,她就会把自己关进房间开始自己的创作。灵感带给她快乐,即使不是天赋型的作家,她也没有放弃写作。因创作废寝忘食的乔没有白白努力,她参加一个故事征集大赛竟然获奖了,奖金100美元。她是个多么慷慨的女孩儿啊,获得奖金做的第一件事是给身体不太好的妹妹还有辛劳的母亲安排一趟休闲之旅;父亲生病时，毅然卖掉自己引以为傲的长发给父亲力所能及的支持。她把对父母的感恩和对姐妹的关爱付诸行动，子女懂得感恩是父母最大的福气，也是最成功的教育。

她自由洒脱的个性赋予作品灵性，但是每件事都有它的两面性，就因为乔做事不拘小节和直来直去的个性，让她痛失了去法国的机会，代替她去法国的是艾米。乔没有艾米那么懂得人情世故，她对与亲戚们的交际也是随意为之。不过她明知道一点小事就能得到别人对她的好感，但她发自内心地不愿意把时间花在这上面。

艾米看不过去她对长辈社交的态度："妇女应该学会如何与人交往，特别是穷困的妇人，因为没有别的方法能报答别人的恩惠。如果你多加练习，会比我更招人喜爱，因为你有更优秀的品质。"

乔还是坚持自己的观点："我这人又守旧又怪，将来还是会这样，但是我承认你说得很对。只是我可以为一个人不顾惜自己的性命，但让我对一个自己不喜欢的人阿谀奉承，我办不到。我这样地爱憎分明，很可悲，是不是？"

艾米无奈道："……你没有必要因为他讨人厌，而连累自己也不讨人喜欢，这太不值得了。"

就是这样截然不同的人生观让她们走在不同的道路上。最终得到出国机会的是艾米，因为给他们这个恩惠的马奇婶婆欣赏艾米良好的社交礼仪和谈吐，这也给乔上了一课；直爽的性格并没什么不好，但是在不同的场合要懂得收敛自己的脾性。

Day 6.
幸福的生活，靠的不仅仅是爱，还有容忍与克制

乔的作家生涯越发红火，她热爱观察生活中的所有事物，把它们当作写作的素材，日复一日地专注于写作。可是在事业上过于集中并不是什么好事，她懒得去处理复杂的人际关系，交往在她看来就是在浪费时间。更重要的是，她习惯性地拒绝劳里的不断示爱，一方面，因为她自幼就把劳里当作最要好的朋友，并无他想；另一方面，她的妹妹——贝丝，默默地爱上了劳里。

劳里对乔的爱是炽热且卑微的，他根本不在乎为乔做出改变，就算是变成一个圣人也无所谓，可是乔压根儿就不给他这个机会。他在读大学的时候，每个月都有新恋情，在他人看来，也许他是个花心的纨绔子弟，可是他自己心里清楚，这只是失意的求爱路上给自己的一些慰藉罢了——得不到乔的回应使他痛苦，他只能在其他女孩子身边用她们的虚假情意麻痹自己。

贝丝对劳里的爱则是默默无闻的，她心里明白，这么多年，这位少年眼里只有自己的姐姐，就算她主动示爱也难以让他改变心意。除此之外，她还有一个最大的顾虑——她江河日下的身体状况。自打几年前那次差点夺走自己性命的猩红热开始,她的身体一直都很虚弱。

乔这几年常常有一笔保留的稿费,当作贝丝的旅行基金,乔每年都希望深山和海边良好的自然环境能让妹妹的身体有些起色,但是贝丝清楚,旅行治标不治本,因为身体原因,她不敢贸然说爱。

面对劳里和妹妹都爱而不得的状况,乔决定离开一段时间。她想要去母亲一位在纽约的朋友家当仆人,顺便累积更加丰富的写作素材;她更希望在她离开的这段时间,贝丝能和劳里有更多的独处时间,而劳里能把他对乔的迷恋降降温。

母亲的话更坚定了乔要离开的决心:"宝贝,我觉得你们两个并不合适,虽然作为朋友你们能快乐地相处,你们时常争吵却总能如过眼云烟般忘掉。然而我担心,倘若你俩终将在一起生活,两个人都会反抗。你们的个性十分相似,又过于喜欢自由,更不用说你们的犟脾气与坚强的个性。这不会让你们过上幸福的生活,真正幸福的生活需要的不仅仅是爱,还需要更多的容忍与克制。"

作为一个过来人,马奇太太尽可能地在婚恋方面给乔最全面的引导。对于一段和谐的夫妻关系来说,互相包容是最重要的。婚姻里,男女双方就像两个齿轮,需要不断磨合才能让整个家庭井然有序地运作。如果某一方或者双方都是倔强、自我的个性,那么两个齿轮就会相互摩擦,迸发火星,这样的婚姻一定走不长久。

乔去往纽约的日子里,生活并不只是雇主家的繁重家务,她一得空就把时间用在文学创作上,在文学探索的路上,虽然碰到了很多难题,但是她也遇见了将来会与她相守一生的伴侣——巴尔教授。来自德国的巴尔先生是被乔当写作素材来研究的人物之一,他是个语言学教授,深受认识他的人的喜爱,为人正直而且温柔体贴。在与巴尔先生相处的过程中,乔深深地被他吸引,她从巴尔先生身上明白"品格是比金钱、地位、才智或者美貌更好的财富"。

巴尔先生在写作方面给予乔许多实质性的帮助,他的学识使乔不得不钦佩,她对他的感情超出了师生界限,慢慢演化成仰慕,这种仰慕之情随着时间的推移越来越深。她渴望得到巴尔先生的尊重与好感,更希望自己能有资格成为他的好友。

次年6月,乔准备离开纽约回家了,她和巴尔先生告别,眼里是满满的不舍:"下个月是劳里的毕业典礼,到时候你可以来我家做客。"

巴尔先生不止一次在乔的嘴边听到劳里这个男孩的名字,他自认为已经知晓劳里和乔的关系,实际上,他误会了——误会乔对劳里的感情了。这位教授并没有看出乔对自己的爱慕,反而以为乔已经心有所属。不过他很快就能赢得她的芳心,因为爱是藏不住的。

随着乔的回乡,故事又回到了劳里与乔"剪不断,理还乱"的感情纠葛中。劳里的成绩比以往优秀很多,他顺利完成了学业,而他的努力都是为了乔能够对他刮目相看。现在学业结束了,劳里觉得时机已经成熟,是时候让乔做出决定了。

他的表白虽然直接但诚意十足:"从我结识你开始,我便爱上了你,似乎毫无办法,你待我那样好。我打算表示出来,可你不允许。如今你得听下去,给我个回答,因为我无法再这样下去了。"

"为了讨你的高兴,我刻苦学习。我不玩台球了,你不喜欢的事情我都不做。我期待着,也不会抱怨。我期望你会爱我,尽管我不够好……"说着说着劳里就哽咽了。

爱一个人,就算为她跨越千难万险,他也无怨无悔;不爱一个人,就算他的爱日月可鉴,她也无言以对。乔没法骗自己,更不愿意欺骗劳里,不爱就是不爱,这样的感情没有理由,也不会有结果。仿若失恋的劳里决定离开这片伤心之地,虽然他口口声声说不会再爱别人了,但是乔知道,这只是他人生必经的一个阶段,他的感情之路才刚开始。

劳里走后,最伤心的莫过于贝丝,她对劳里的爱始终未能说出口,心中的悲哀和孱弱的身体一次次冲击着小姑娘的精神,她仿佛预见了那一天的到来。家人们也清楚,贝丝所剩的时间不多了,她的脸颊一天比一天没有血色,身子也一天比一天瘦弱,和家人在一起的每分每秒她都很珍惜。

她不再接受姐姐的好意,拒绝去任何地方旅行,在最后的生命里,和父母姐妹待在家享受安宁是她最大的愿望。

春季一天天过去，贝丝攒够了倦意，在某天沉沉睡去。家中的炉火灭了，马奇家的花园毫无生机，悲痛的乔陷入了终日抑郁。所有人都因贝丝的离开而痛苦，但是沉浸在痛苦里走不出来的只有乔。

与此同时，远在瑞士的艾米很晚才得知姐姐的噩耗，她无心继续自己的旅行，在家人的一再坚持下，她才没有回家，可是抑郁的精神挥之不去，于是她写信给劳里，希望他能陪她消解忧愁。之所以写信给劳里，是因为前段时间他们已经在法国相遇，在那儿，他们对彼此有了新的认识，一种逐渐明晰的情愫在两个人心里渐渐升起。

在经过国外的历练之后，两个人的个性都发生了明显的变化，劳里更加内敛，艾米也不再傲慢，他们的个性都趋于温和，在面对彼此时，又藏不住喜欢。劳里已经完全对乔没有了感觉，他终于懂得他对乔的爱是年少冲动下不成熟的一次尝试。现在，清醒的他决定对艾米求爱。在一次同游过程中，他和艾米在一艘船上划着桨，劳里抓住时机询问道："我希望我们能永远在一条船上划桨，你愿意吗，艾米？"他的声音很柔和，和当年对乔的表白相比，这次对艾米所说的话完全是个成熟男性含蓄真挚的求爱。

艾米被他的真诚打动，她说："我非常愿意。"

湖水勾画出年轻人的朦胧爱意，这是人间的幸福画面。

Day 7.
懂得平衡，你会更加游刃有余

梅格与布鲁克的四口之家一如既往地甜蜜，当初梅格的人生规划是嫁给有钱人，过高贵夫人的生活，她最终没能如愿，但也过得无比幸福。因为幸福不仅源于金钱，一个体贴的丈夫、一颗以家庭为首的心，足以让她甘愿当布鲁克的妻子，满足于当下的生活。

艾米与劳里的爱情最终修成正果，这对善良的新人用他们的金钱回馈社会。他们不仅享受自己的生活，还愿意设置一个慈善机构，让更多有梦想的年轻人在奋斗路上减少对资本的顾虑。

贝丝去往天国，所有人都为她祝福，只有乔迟迟不愿承认妹妹已经离开的事实，在绝望的日子里，她光凭自己是走不出这个困境的。巴尔先生还挂念着这位让他魂牵梦萦的姑娘，他决定动身去找乔。他的登门让乔大吃一惊，乔觉得巴尔就是千万束阳光，照亮了她布满灰尘的世界，她因伤痛溃烂的心在见到巴尔的那一刻开始愈合。乔的胸口暖暖的，眼眶也一样。

之后，巴尔仍然不清楚乔对他的感情，也不明确劳里和乔的关系。他连续三天没有再造访马奇家，乔的世界因为他的离开又重归灰暗。可是对巴尔的爱驱使乔去找他，她没有办法接受这样的分离——她以为巴尔厌倦她，要回纽约了。她在大雨中找到了巴尔，眼泪不受控制地簌簌滚落："我以为你很快就要走了……"她叫了他的名——弗里德里克，而不是巴尔。

这个称呼一下就触到了巴尔心里最柔软的地方，在他前妻死后，从没人那么叫过他。气氛正好，巴尔顺势表达出自己压抑已久的感情："那次在纽约和你分离的时候我就想和你表白。但是，我以为你那漂亮的朋友（劳里）与你订婚了，所以我什么都没说。如果我那时说了，你会回答'好的'吗？"

乔没想到阻碍他们的居然是他对她与劳里的误会，她把事情一一解释清楚，巴尔又惊又喜："我相信你给了我所有的爱。我期待了那么长的时间，你会感觉到，我变得自私了，教授夫人。"

乔很激动，因为那四个字——教授夫人。至此，他们所有的心结都解开了，乔终于走出悲伤的阴影去拥抱新的爱人，开始了幸福的生活。

小说以马奇太太拥抱儿孙结尾，四个女儿的优秀，离不开母亲在人生各个方向对她们做出的指引。教育是全书的内核，作者描写马奇四姐妹的悲欢离合，最终的落脚点是教育。马奇太太在教育中扮演了最重要的角色，她既是母亲又是老师，她睿智、懂礼又坚强。

贫穷的家境很容易造成孩子的自卑心理，特别是像马奇家这种家道中落的家庭，更容易让孩子产生一种心理落差，但是在马奇太太的教育下，孩子们非但没有自卑，反而一个个出落得落落大方、不卑不亢。因为她们懂得家庭之爱比金钱更重要，金钱买不来母亲，更买不到温馨的家庭氛围。

除了教育，成长也是小说的一大主题。小说有十几年的时间跨度，主人公们在情感、事业和性格上都有各自的发展。

梅格爱慕虚荣的心因为丈夫而改变，她不再是那个初入名利场就被物质迷昏头的无知少女了，她完成了从"天真少女"到"持家母亲"的完美蜕变，在她身上，我们能看到美国传统妇女的美德。长大后的乔褪去了咋咋呼呼的那一面，她在写作上成就不算巨大，但她是四姐妹中最接近自己理想生活的人，因为她的人生目标非常明确，也因为她对文学的那份执着让她实现了自己的理想。贝丝的人生虽然短暂，却也绽放出了不一样的人生光彩，她给家人带来的温暖是让人难以忘怀的，她的善良在成长过程中一直留存着，她的初心至死不变；艾米嫁给劳里，不过她并不是因为钱而嫁，她在成长路途中明白了钱的"不重要性"，领悟到真心不是金钱能够衡量的。

在四姐妹的成长过程中，亲情、友情、爱情都引人深思。她们对家人是倾尽所有地关爱，艰难岁月里的相互扶持，成了最美好的回忆。

作者奥尔科特在小说中创造劳里这个角色，映射的是她内心的一种渴望。奥尔科特的家庭情况比马奇家更加窘迫，她内心也一定很渴望当时能有一位像劳里一般无话不谈的好朋友，能帮助自己排解心中的烦忧。她把这种渴望寄托在乔身上，也算对自己童年遗憾的弥补。

她还在书中阐述了超前的爱情观，在那个歧视"老小姐"的时代，奥尔科特利用马奇太太之口提出"宁缺毋滥"的爱情观："宁愿做老姑娘幸福快乐地生活，也不做不幸福的妻子或者不正经的女孩子，到处寻觅丈夫。情到深处的爱人很少有被贫困吓着的。我所了解的一些最优秀、最受人尊敬的女士原来也是出身寒门，然而爱神并没有忘记这些优秀可爱的姑娘。"爱情里，你不慌不忙的样子最美丽。

奥尔科特眼中的优秀女性应该是坚强独立的，她本人就是美国妇女选举运动和禁酒运动的参与者。那个时代的美国妇女在结婚之后就失去了自我，一心投身于孩子和丈夫，她们的地位也下降了。梅格就是这类妇女的典型代表。

对家庭过度的关注使她日渐憔悴，她没空打理自己，在丈夫眼里她不再是那个容光焕发的美人。作为一个新手妈妈，她对孩子的过分紧张让她的丈夫难以接受。梅格似乎陷入了某种焦虑之中，这种焦虑不是表面上的担忧，而是打心底里不自信——不能在自我和家庭之间游刃有余。

整部作品旨在强调真善美的重要性，是一部集教育与婚恋于一体的成长教科书，马奇太太生活的智慧在如今仍然适用，这也许就是《小妇人》畅销百年的原因。

《白夜》

用生命写下人性不可翻越的高峰

［俄］陀思妥耶夫斯基

  托尔斯泰代表俄罗斯文学的宽度，陀思妥耶夫斯基则代表俄罗斯文学的深度。他的《罪与罚》《卡拉马佐夫兄弟》《白痴》……每一本拿出来，都是旁人难以企及的高度。

  《白夜》讲述了一个浪漫单纯的姑娘与一位年轻房客的故事，他们原本约定两年之后在某座桥上相聚，可是房客爽约了，而本书的主人公却被姑娘吸引，每晚陪伴在姑娘身边，和她一起等待房客。

Day 1.
人是一个谜，我在研究这个谜，因为我想做一个人

1821年，陀思妥耶夫斯基出生于父亲就职的"穷人之家"，这是莫斯科最凄苦的地方之一，贫穷、疾病、痛苦、犯罪、流浪，如影随形。环境凄清悲惨，父亲性情暴躁，这似乎注定了陀思妥耶夫斯基成长过程中的不幸。好在他母亲心地善良，受过良好教育，这成了小陀思妥耶夫斯基黑暗中的一束暖光。

然而陀思妥耶夫斯基15岁时，母亲因肺病离世；17岁时，父亲被农奴打死。陀思妥耶夫斯基痛苦不已，引发了癫痫。这个病折磨了他一生，在他的多部小说中都有所体现。后来，陀思妥耶夫斯基从彼得堡军事工程学院毕业，从事文学翻译和创作。

24岁，他写了第一部小说《穷人》，获得了意想不到的成功，这也使得他在文坛崭露头角。连鲁迅都毫不吝啬地夸赞："读陀思妥耶夫斯基24岁时所作的《穷人》，吃惊于他那暮年似的孤寂。"但陀思妥耶夫斯基并没有因此功成名就，身价高涨，而是依旧贫困潦倒，债台高筑，寂寞孤独。

25岁，陀思妥耶夫斯基写下了《白夜》，小说中那个贫穷、孤僻、与现实生活格格不入的主人公，正是他本人的真实写照。28岁，陀思妥耶夫斯基因为参加了一个社会主义革命小

组，以"搞思想上的阴谋"这一罪名被逮捕。经过长达8个月的审讯后，陀思妥耶夫斯基被判处死刑。上天垂怜，行刑那天，在枪口对准他的那一刻，沙皇传来了赦免的命令。

然而死罪可免，活罪难逃，他被发配到西伯利亚，坐了四年牢，服了六年苦役，开始了长达十年的流放生涯。流放生活极其艰苦，吃不饱、穿不暖是常事，蟑螂、跳蚤、老鼠四处乱窜，囚犯们天天都要戴着镣铐枷锁，看守们无缘无故就会打人……但就在这样艰难的环境下，陀思妥耶夫斯基坚持阅读、写作，创作了《死屋手记》。一切痛苦与折磨，最终只化成了他的一句："我只担心一件事，我怕我配不上所遭受的苦难。"

正如博尔赫斯曾说："发现陀思妥耶夫斯基就像发现爱情、发现大海那样，是我们生活中一个值得纪念的日子。"

对于人性的挖掘与解读，是陀思妥耶夫斯基为俄罗斯乃至世界文学立下的一座高峰！他是个用生命写作的作家，他笔下的故事，有太多是他的亲身经历。

1859年，38岁的陀思妥耶夫斯基结束了流放生涯，从西伯利亚回到彼得堡，继续小说创作。可惜天意弄人，哥哥离世并留下的巨额债务，使本就不富裕的家庭雪上加霜。但陀思妥耶夫斯基主动接下债务，并全心抚养哥哥的孩子。借钱、还钱、为钱赌博、多病缠身，成了他生命中的恶性循环。

因为癫痫，他在小说《卡拉马佐夫兄弟》和《白痴》中，对癫痫病人进行了生动的刻画；因为嗜赌，他写出了将"赌徒心理"描写得入木三分的小说《赌徒》；因为经历了太多不幸，看过太多人情冷暖，见证过太多社会和人心的阴暗面，他写出了主人公因杀人而被流放西伯利亚的小说《罪与罚》，这为他赢得了世界性的声誉……

通过阅读，我们不难发现，陀思妥耶夫斯基作品的主题大致可归结为三个方面：一是描写被欺辱者，揭露隐藏在贫民窟阴暗角落里"小人物"的不幸；二是描写自我分裂者，揭示多重人格；三是表现人性的复归。这一切的背景，都来源于19世纪中期矛盾重重、危机四伏的俄国社会。

他说："人是一个谜，需要解开它，如果你一辈子都在解这个谜，那你就不要说浪费了时间；我在研究这个谜，因为我想做一个人。"

Day 2.
你的孤独，从深夜的胡思乱想开始

故事男主人公是一名默默无闻的小职员，也是一位幻想家，他住在彼得堡八年，没有结识过任何人。从大清早起，他就会受到一种莫名其妙的苦恼折磨。他总觉得自己孤零零的，正在被所有人抛弃。他熟悉彼得堡的每一栋房屋，每当他走在大街上，便幻想着每一栋房子都在对他打招呼："您好啊！您身体怎么样？托上帝的福，我很健康，到5月份，我又要加高一层了。"或者在说"我差点全被烧光了，可把我吓死啦！"等。

这日，幻想家同往常一样，漫无目的地在大街上走着。突然，他遇见了一位女子，头戴一顶可爱的黄色小帽，身披一件精美的黑色大披肩，聚精会神地望着运河混浊的河水，她在哭。这令幻想家的心紧缩起来，他朝姑娘走去，正想着要如何开口，姑娘却垂下脑袋，从他身旁匆匆地走了过去，走上了沿河大道。幻想家鬼使神差地跟着姑娘，这时，出现了一位身着燕尾服的先生。他看到姑娘后拔腿就跑，脚不点地地向前飞奔，拼命追赶。

姑娘走得匆匆忙忙，非常胆怯，眼看就要被追上了，姑娘大叫一声……幻想家立刻跟上来,伸出手对姑娘说:"快把您的手伸给我,这样他就不敢再来纠缠您了!"

姑娘默默地把手伸了过去,那只小手由于激动和惊恐,还在不停地抖动。燕尾服先生看到这一情景,停住了脚步。姑娘的嘴角终于露出了笑容,她偷偷地看了幻想家一眼,脸一红,把头垂了下去。

"英雄救美"后,出于担心,幻想家送姑娘回家。他心情很激动,坦率地说:"您知道吗,我已年过26岁,但从未结交过一个女人。我只是天天在幻想,幻想有朝一日我会碰上一个什么女人。刚才我发现您在哭,也为您感到伤心难过,于是身不由己地跟随您……"

"够啦,您别再说下去啦!"姑娘低下头,握着幻想家的手说,"我就要到家了,往小巷里一拐,再走两步就行了,再见吧,我非常感谢您……"

幻想家问道:"莫非我们永远不再见面了吗?难道就这么分手永别吗?"

姑娘笑着说:"看您说到哪里去了!或许我们还会再见面的……"

幻想家请求明晚10点钟在这里碰面。他说:"我是一个靠梦想过日子的幻想家,我的生活中很少有像现在这样的时刻。我会整夜、整个星期都想您,成年成月地想您。明天我一定到这里来,想起今晚的情景,我会感到无比幸福……"

姑娘答应跟幻想家见面，但提了两个条件："第一，您不能爱上我，我只准备和您建立友谊，但恋爱不行；第二，我没有什么可以交心的人，没有人给我出主意、提意见。遇见您，好像遇见了20多年的老朋友，我决定把心事统统告诉您……"

于是，两人分手作别，幻想家依依不舍，无比期待着第二天的到来。

第二天见面后，姑娘首先提出了要求："我对您还很不了解，您得向我把一切经历都讲清楚，比如您是一个什么样的人。"

幻想家表示："我根本没有任何经历！我孤身一人，孤零零地、自由自在地活着。从严格意义上讲，我从未跟任何人说过话。或许，您知道什么是幻想家吗？"

姑娘说："我有时也会胡思乱想，什么稀奇古怪的想法都冒出来了，我有时做梦会梦到和中国一个王子结婚了……"

"妙极了！那您一定会理解我的意思。"交谈中，幻想家得知姑娘叫娜丝晶卡，并向她讲述了关于幻想家的世界。

如果要给"幻想家"下一个详细的定义，应该说，幻想家不是人，而是某种中性的东西。他们多半住在人迹罕至的角落里，甚至害怕见到白昼的阳光。他们的熟人很少，在接待某个来访的熟人时，他们神色窘迫，脸色突变，好像刚刚在自己的房内犯过罪似的，一整天都手足无措，神情慌乱。每到夜晚，房间里黑下来，他们心里既感到空虚，又感到悲哀。幻想的王国坍塌了,坍塌得无声无息、毫无痕迹,像梦一样消失得无影无踪。这会使他们的心隐隐作痛,无法平静下来……

听罢,娜丝晶卡轻轻握了握幻想家的手,胆怯而又关切地问道:"难道您的一生真是这样过来的吗?"

幻想家回答:"对,我整个一生都是这么度过的,看来,我也会这样结束我的一生!"

"不,这不行!"娜丝晶卡惶恐地说道,"这样活下去是非常不好的!"

幻想家说:"我知道,我白白葬送了自己全部的大好年华。但上帝亲自把您,我善良的天使,派到我身边来,可以说,我一生之中至少痛快地过了两个夜晚!"

"不,不!"娜丝晶卡叫了起来,两眼闪着泪花,"这种情况再也不会有了,我们就这样不再分离!两个晚上算什么呢?"幻想家勾起了娜丝晶卡对他的怜悯,就这样你来我往地,娜丝晶卡也向幻想家讲述了自己的故事……

娜丝晶卡父母去世得早,她很小的时候就来到了奶奶身边生活。奶奶过去很富裕,她教娜丝晶卡学法文,请老师给她讲课,直到她15岁。如今娜丝晶卡17岁了,但两年前的她还是很淘气的。有一天早晨,奶奶把娜丝晶卡叫到身边,因为奶奶双目失明,看不见她,于是拿起一枚别针,把娜丝晶卡的衣服别在了她的衣服上。

奶奶说:"如果你不学好的话,我们就这样一辈子坐在一起。"

最初一个时期，娜丝晶卡怎么也走不开，干活也好，念书学习也好，都得在奶奶身旁。有一次，她试着耍了个花招，说服了家里的女工坐到自己的位子上，自己则跑出去找朋友玩耍。奶奶醒来后，问起一件什么事情来，女工耳朵听不见，不知道怎么回答，一着急，解开别针，撒腿跑开了……

娜丝晶卡回来后，吃了大苦头，她被安排到位子上守着奶奶，一点也不能动弹了。

奶奶有一幢小房子，房子顶上有个小阁楼租出去了，祖孙二人就靠奶奶的养老金和房租过日子。后来，阁楼搬来了一位年轻的男房客，是个外地人，长得很漂亮。奶奶得知后，提醒娜丝晶卡说："糟糕，这简直是遭罪！小孙女，你可别偷看他。现在是什么年月啊，这么个小小的房客居然长相漂亮，从前可不是这样啊！"

对奶奶来讲，什么都不如从前！从前她比现在年轻，从前的太阳比现在暖和，从前的乳酪也不像现在这样酸得快。总之，从前的一切都比现在好！娜丝晶卡感到很奇怪，她心里寻思："奶奶干吗要提醒我，问房客年轻不年轻，长相漂亮不漂亮呢？"不过，她也只是想想而已，马上就又开始数针数、织袜子去了，后来就完全忘记了这件事。

Day 3.
深爱一个人,是藏不住的

有一天早晨,房客过来问些事情,奶奶叫娜丝晶卡去她卧室把账单拿来。娜丝晶卡一时忘记她的衣服被别针别住了,一起身,把奶奶的围椅也带动了。这被房客看得一清二楚,娜丝晶卡又羞又恼,满脸通红,放声大哭起来。房客见状,欠身鞠躬,马上走开了。从此,只要过道里有声响,娜丝晶卡就吓得要死,以为是房客来了,就悄悄地解开别针,以防万一。

过了两个星期,房客叫人传话,说他有很多法文书,问奶奶想不想让娜丝晶卡给她念一念,免得闲着无聊。奶奶答应了,表示了谢意,但却总问这些书是否正经。她对娜丝晶卡说:"如果是一些不正经的书,那千万别读,读了你会学坏的!"

娜丝晶卡告诉奶奶,房客送来的是瓦尔特·司各特的长篇小说,没有不正经。奶奶又问:"你看看,他在书里塞没塞情书?"得到"没有"的答案后,她们就开始读司各特的小说了,一个月就读完了一半。之后,房客一次又一次地送书来,极大地丰富了娜丝晶卡的生活,她再也不做跟中国王子结婚的梦了。

一次,娜丝晶卡在楼梯上遇到了房客,两人双双红了脸。

房客问:"那些书您都读完了吗?"

娜丝晶卡说:"都读完了。"

房客继续问道:"您最喜欢哪些书?"

娜丝晶卡回答说:"最喜欢司各特的小说《艾凡赫》和普希金的作品。"

那一次,谈话进行到这里就结束了。

一个星期后,娜丝晶卡又在楼梯上碰到了房客,不过这一次,她是故意往那边去的。房客问她:"您成天和奶奶坐在一起不无聊吗?"

娜丝晶卡唰的一下红了脸。房客继续说:"您是一位善良的姑娘!请您相信,我比您奶奶更希望您好!您想同我一起去剧院看戏吗?"

娜丝晶卡问:"去剧院?那奶奶怎么办呢?"

房客回答:"您偷偷背着奶奶……"

娜丝晶卡说:"不,我不想骗奶奶,再见吧,先生!"

几个月后,房客告诉奶奶说他在这儿的事已经忙完,准备离开去莫斯科住一年。得知这个消息后,娜丝晶卡扑通一下跌倒在椅子上,面色苍白,像死去了似的。奶奶一点也没有发觉。娜丝晶卡想了又想,下定决心要跟房客一起走!她把几件连衣裙和几件必要的内衣扎成一个包,双手捧着去阁楼找房客。

她坐到他身旁,两手捂着脸,大哭起来。房客瞬间明白了姑娘的来意,脸色惨白地、忧伤地望着娜丝晶卡。他开口说道:"您听我说,娜丝晶卡,我一点办法也没有。我是个穷光蛋，暂时连个像样的工作也没有。如果我和您结为夫妻，我们将来怎么活呢？"他们谈了很久，娜丝晶卡说她迟早要从奶奶身边跑走，她要和他一起去莫斯科，没有他，她就没法活了。

房客沉默了好几分钟，然后站起身来，抓住娜丝晶卡的一只手，噙着眼泪说道："我善良的、亲爱的娜丝晶卡，我向您发誓，如果有朝一日我有能力结婚，您肯定是我的结婚对象，只有您才是我的幸福。我这次要在莫斯科待上整整一年，回来的时候，如果您还爱我，我发誓，我们将成为幸福的一对。而现在，我什么也无权向您许诺。"

约定好后，第二天，房客就坐车离开了。

到现在，时间恰好过去了一整年。房客回来了，却没有联系娜丝晶卡，连一点消息也没有。讲完这一切，娜丝晶卡沉默了，她垂下脑袋，捂着脸大哭起来。

听完故事的幻想家，心都要碎了！他一边安慰娜丝晶卡，一边给她出主意，表示可以帮她送信给那位年轻人，约定时间见面。

娜丝晶卡感激地说："您一定是上帝派来对我好的，您是一位多么无私的人啊！"

约定时间到了，年轻人却没有来，娜丝晶卡等了他三天，却连一封信也没有等到。娜丝晶卡伏在沿河大街的栏杆上，大声痛哭起来："多么残忍无情啊，连一行字也不写！哪怕回答说他不要我了也好啊。他伤害、侮辱一个不能自卫的可怜姑娘有多轻松，而这个姑娘的过错就是不该爱他……"

见娜丝晶卡妄自菲薄，幻想家表白了心声："娜丝晶卡，您在折磨我，您简直在枪杀我！我无法保持沉默了，我爱您！起初是一般喜欢，可现在，我就像您带着包袱去找他的时候那样……"

娜丝晶卡心慌意乱，两颊绯红，垂下了双眼。或许是出于感同身受，或许是出于可怜与震惊，娜丝晶卡竟然答应和幻想家在一起。娜丝晶卡请幻想家等她："既然他已将我忘掉，尽管我还爱着他，但这会过去的，因为我恨他。当我们在这里一起哭泣的时候，他嘲笑过我，您不像他那样把我抛掉。我爱您，像您爱我一样爱您！因为您比他好，您比他高尚。"

娜丝晶卡坚定地说："您别以为我水性杨花、朝三暮四，不要认为我会那么轻率迅速地背信弃义。我爱过他整整一年，但他却嘲笑我，刺激我，伤害我……如果您能像现在这样永远爱我的话，我可以赌咒发誓，我对您的感激、对您的爱最终是会对得起您对我的爱的……"

幻想家高兴极了，他们一会儿哭，一会儿笑，说了上千句既无思想内容又互不连贯的话，一起憧憬着美好的未来。

回家路上，有位青年人从幻想家与娜丝晶卡身旁走过时突然停下脚步，盯着他们看。幻想家低声问娜丝晶卡，这个人是谁。

"是他！"娜丝晶卡悄悄回答，身子颤抖得厉害。

"娜丝晶卡！娜丝晶卡！原来是你呀！"身后传来一个声音，青年人走了过来……

娜丝晶卡浑身一抖，马上挣脱了幻想家的手，迎着年轻人扑了过去！在她刚要倒进他怀抱中时，她突然回转身子，朝幻想家走来，热情地吻了他一下。而后一句话也没说，便跑到年轻人身边，拖着他一起走了。幻想家在原地站了很久，直到两人的背影消失不见。

第二天，幻想家收到了娜丝晶卡的来信："我双膝跪着求您，请您原谅我，是我伤了您的心。下星期我就要和他结婚了，他是带着深深的恋情回来的，他从来没有忘记我……您将永远是我的朋友、兄弟，我会带他一起来看您的，请您原谅我们。请您记住和喜爱您的娜丝晶卡。"

这封信，幻想家翻来覆去看了好久，眼泪夺眶而出。他不愿记住娜丝晶卡带给他的伤痛，更不愿让她的幸福蒙上阴影。他在心里默默地说："愿您头顶的天空永远晴朗，愿您迷人的微笑永远平静，愿您幸福，因为您曾经把幸福给予过另一颗孤独的、满怀感激的心！"

Day 4.
人际关系中，潜藏着人性的考验

人性是矛盾的、复杂的，陀思妥耶夫斯基的短篇小说集《白夜》中的《诚实的小偷》里，便有一个十分矛盾的人物。

故事的开始，房主在女佣的建议下，把家里的小房间租给了一位老实平和、上了年纪、饱经风霜的房客。他叫伊凡诺维奇，是一名退伍士兵，很爱讲他一生中的各种遭遇。

一天，房主独自在家，家里突然来了一个陌生人，他个子矮小，穿着一件单薄的礼服。不速之客说自己是来找人的，但这里并没有他要找的人。第二天，这位陌生人又来了，他竟然当着所有人的面，大摇大摆地从衣架上取下房主的一件紧身大衣，夹在腋下离开了。大家震惊了，房客伊凡诺维奇最先反应过来，跑去追赶那个骗子。10分钟后，他气喘吁吁地回来，两手空空，那个人已经走得无影无踪了！伊凡诺维奇见房主并没有很激动，问道："先生，您对自己的财物被偷怎么不感到可惜呢？"

房主说："怎么不可惜呢！就是东西烧掉，也比小偷偷去强嘛！"伊凡诺维奇说．"谁愿意看到这种场面呢？不过，小偷与小偷也不一样……先生，我曾经就碰到过一个诚实的小偷。"

这引起了房主的好奇，于是，伊凡诺维奇开始讲述那个诚实小偷的故事……

事情发生在两年前，当时，伊凡诺维奇结识了穷困潦倒的叶麦利扬。叶麦利扬是个"寄生虫"，嗜酒，整天穿着破破烂烂的衣服，一旦有钱之后，就会立即去小酒店喝酒，直到把钱花光。不过他性格随和，善良亲切，并不惹是生非，从不求人施舍，每每看到他那可怜的模样，人们就很想给他送上一杯酒！

就因为这出于好心的一杯酒，伊凡诺维奇被叶麦利扬缠上了，给他吃，给他喝，还留他过夜。伊凡诺维奇这样一个穷光蛋，还得养一个吃白食的食客，想想也是有点可笑。在此之前，叶麦利扬曾缠过一个小职员，经常上他家吃喝。职员受到影响，也变成了酒鬼，后来不知道为了什么事而气死了。

伊凡诺维奇想把叶麦利扬赶走，但又觉得他可怜，因为他总是不言不语，在一旁坐着，像条小狗一样盯着你的眼睛看。伊凡诺维奇心想：酗酒可以把人糟蹋成什么样子啊！他终究还是收留了叶麦利扬，管他吃住，也提出了条件：让他做点能干的工作。

叶麦利扬却说："我有什么活可干呢？我老是醉醺醺的，什么用也没有！只是让您，我的恩人，白操心了……"说完这话，他发青的嘴唇突然抖动起来，一颗泪珠滚到他灰白的面颊上，放声大哭，泪如泉涌……着实让人可怜。

就这样，叶麦利扬依旧白天在外游荡，傍晚喝得醉醺醺回来。至于谁给他喝的，酒钱是从哪儿来的，只有上帝知道了！

伊凡诺维奇劝他："别喝啦，你非把老命送掉不可！下一次如果再醉着回来，你就在楼梯上睡觉吧，我决不放你进屋里来！"

第二天早晨，叶麦利扬竟真的睡在过道里，脑袋在台阶上躺着，全身都快冻僵了。他说："前些天您生气，心情不好，要我睡在过道里，所以我没敢进房里来……"

真是让人又气恼，又可怜！

伊凡诺维奇有一条很好的裤子，蓝色的，带格子，是一个地主让给他的，大概可以卖整整五个卢布，很珍贵。可突然有一天，那条裤子不见了！伊凡诺维奇跑去骂房东老太太，老太太却说："我要您的裤子干什么？我能穿得出去吗？前不久我的一条裙子，还被您的那个好兄弟拿走了呢……"

得知除了叶麦利扬，没有任何人来过这里，伊凡诺维奇便去问叶麦利扬，对方却否认说："我没拿您的裤子。"

见伊凡诺维奇不相信，叶麦利扬激动地表示："您可能以为是我拿了，可是我没拿，先生，我根本没见过！"

伊凡诺维奇问："这么说，裤子自己会跑啰？"叶麦利扬回答："也许是这样吧。"

见对方不承认，伊凡诺维奇点上油灯，坐下来工作，但他心里十分憋闷。

这时，叶麦利扬站起身来，走到床前跪下，在地上爬来爬去，在床边摸了很久，不停念叨："这鬼东西到底跑哪里去了呢？"原来他在找裤子。

伊凡诺维奇更生气了,说道:"先生,您何必为一个像我这样普普通通的穷汉费心劳神,白白磨破您的膝盖呢!难道不是您把它偷去的吗?你是小偷,是骗子,我好好地待你,你竟如此对我!"

叶麦利扬脸色惨白,浑身颤抖,用抖动的手指指着胸脯,否认道:"您的裤子我没拿……"更夸张的是,他竟彻夜未眠,一连两个星期没说一句话,只是不停地喝酒,一大早出去,深夜才回来。

后来他突然停止喝酒了,默默地坐了三个昼夜,而且在哭!像是一口枯井,让人察觉不到他在簌簌地流泪。在留下一句"您的裤子我确实没拿"后,叶麦利扬不辞而别了!

叶麦利扬三天没有回来!

第四天,伊凡诺维奇很担心,便出去找他,四处打听,却毫无所得,他开始埋怨自己,为什么没有相信叶麦利扬。第五天,他又去寻找,仍一无所获。第六天天刚亮,房门吱吱作响,是叶麦利扬回来了!他脸色发青,头发上全是脏物,好像睡在大街上,骨瘦如柴。他三天没吃没喝了,端上来食物后狼吞虎咽,却不肯再喝酒了。

伊凡诺维奇问:"你怎么啦,是不是病了?

叶麦利扬说:"是的,我觉得很不舒服。"

他确实不太好,发烧,浑身打战,到夜里情况更坏。伊凡诺维奇找来医生,医生看过后表示:"情况确实不妙,已经没必要找我了。"

叶麦利扬快要死去了！他望着伊凡诺维奇，从大清早起，就一直硬撑着，想说什么，又不敢说。

叶麦利扬让伊凡诺维奇把他那不值钱的破大衣卖掉，换几个钱，他说："大衣是呢子做的，顶值钱的，您也用得着。"

而后，叶麦利扬支支吾吾地表示："那条裤子，当时是我从您这里拿去的……"

伊凡诺维奇说："算啦！上帝会饶恕你的，你的命好苦啊！"

叶麦利扬似乎还想说些什么，他稍稍抬起身子，使尽力气，脸色却突然变白了，刹那间完全失去了血色。他的头向后一仰，嘘了一口气，然后离开了人世。就这样，这个因为酗酒沦落为小偷但良心并没有完全泯灭的人，在临终前承认了自己犯下的错误。

叶麦利扬是当时俄国社会的典型人物，失去了经济来源，被迫放弃尊严，挣扎在社会最底层。这样的人，也是陀思妥耶夫斯基重点关注的对象。陀思妥耶夫斯基通过这个充满戏剧性的故事，引导读者追问社会、追问人性。

Day 5.
你压抑的情绪，正在悄悄消耗你

过度的感恩会导致什么后果？且看陀思妥耶夫斯基的《脆弱的心》。

在同一个屋顶之下、同一套房子之中，住着两个年轻的同事：一个叫阿尔卡季，另一个叫瓦夏·舒姆科夫。除夕那天晚上，约莫6点钟的时候，瓦夏回到家，神神秘秘地要告诉阿尔卡季一个好消息。

瓦夏告诉阿尔卡季，他订婚了！姑娘叫丽扎卡，曾有过一个未婚夫。

阿尔卡季考虑到现实的问题，问瓦夏："你将来靠什么生活呢？"

丽扎卡家境贫寒，瓦夏收入也不多，但他写得一手好字，还受到了上司尤利安·马斯塔科维奇的器重，让他帮忙抄写一个长篇手稿，给了他一笔数目不小的钱。

阿尔卡季问："那些文件你写完了没有？"

"还没写完，没关系，还有两天期限，来得及……"瓦夏回答。见阿尔卡季一直担心催促，瓦夏也急了："我现在就坐下来写，没什么了不起的！我今夜坐一整夜，明天再坐一个通宵，后天再坐一个通宵，一定能写完的！"阿尔卡季问："还剩下很多吗？"瓦夏嚷道："看在上帝的面上，你别妨碍我，给我闭嘴吧！"

不怪阿尔卡季着急，你看，瓦夏刚写了几个字，就写不下去了。他一会儿说笔尖不好用，气得用笔尖敲桌子；一会儿又转移话题，提出要带阿尔卡季去未婚妻丽扎卡家拜访。

阿尔卡季问："说实话，你还有许多没抄吧？"

瓦夏指了指一个笔记本："瞧吧！就这么多！"

阿尔卡季同意一起去拜访，因为他从未见过瓦夏如此幸福，如此光彩照人。到了姑娘家，丽扎卡完全没料到他们会来，开门时高兴地抱住了瓦夏的脖子，突然，丽扎卡发现阿尔卡季也在场，一时惊慌失措，满脸绯红。他们受到了热情的招待，老太太还把丽扎卡为瓦夏准备的新年礼物——一个用小珠子和金丝线缝成的钱包，偷偷拿给瓦夏看。

美好的时光总是短暂的，必须动身的时候到了，瓦夏不得不回去抄写文件了。

回到家后，瓦夏开始了抄写，但很快，他就不太对劲儿了。他的脸庞逐渐变白，眼睛发红，手也在抖动，每个动作都透露着焦躁与不安。阿尔卡季建议他睡一会儿，瓦夏却说："我不想睡觉，我要一直写下去。"

第二天是拜年的日子，瓦夏觉得尤利安·马斯塔科维奇是他的恩人，他想亲自去拜访，否则良心上过意不去。但繁重的抄写工作简直要把他压垮了，阿尔卡季安慰道："你一定会写完的！

即便写不完也没关系啊,难道写不完就是犯下滔天大罪么!"

瓦夏只留下一句:"我从来不是忘恩负义的人。"然后继续抄写。

第二天早上,丽扎卡的弟弟来拜年了,还带来了丽扎卡的问候和礼物———一小撮头发。瓦夏为了不辜负女友的关心,决定留下来把手稿抄完,让阿尔卡季替他去拜年。可当阿尔卡季来到尤利安家签下名字时,却看到了瓦夏·舒姆科夫的亲笔签名!他终究还是来了。

回到家后,瓦夏的状态更差了,他说不出话,连气都喘不过来了。他的双唇不停抖动,双手冰冷,泪水像雨点一样从眼里涌出。他说:"我欺骗了你,阿尔卡季!请你原谅我。瞧——"瓦夏把六个厚厚的本子从抽屉里扔到桌面上,这是他后天前必须抄完的东西,如今却连四分之一都没有完成。由于沉浸在爱情的喜悦中,他把这项工作忘在了脑后,白白浪费了三个星期时间。

说完这一切,瓦夏两腿发颤,指着胸口,晕了过去。当他苏醒后,阿尔卡季想强迫他睡一会儿,让他不要毁了自己。瓦夏不同意,他开始哭,拧着自己的双手,并表示一定要把手稿抄完。可他却好像灵魂出窍了似的,叫他不应,目光呆滞,甚至用一支没有蘸墨水的笔,在纸上写来写去,把根本没有写字的白纸一页一页翻过去……

瓦夏终于崩溃了,他的脸上流露出无穷的痛苦,悄悄问道:"为什么对我这样呢?我到底干了什么坏事?为什么要送我去当兵？"

阿尔卡季去找医生，回来时瓦夏却不见了。他去单位，打算向上司禀报瓦夏的情况，结果刚赶到他就被同事们围住，异口同声地问他，瓦夏出了什么事？他们说瓦夏已经疯了，因为瓦夏不断表示有人要将他送去当兵，因为他没有好好完成工作任务。

听说瓦夏在尤利安的办公室，大家都拥到那里。阿尔卡季看到了瓦夏，胸口顿时发堵。瓦夏站在那里，脸色苍白，昂着头，身子挺得笔直，两手紧贴着裤侧缝，两眼直勾勾地望着尤利安，左脚向前跨出三步，尽量走得灵活一些，然后像士兵一样用右靴子喀的一声靠了上去，断断续续地说道：

"我生理上有缺陷，大人，气力弱，个子小，我不适合当兵。"

瓦夏的确是疯了。被问到原因时，阿尔卡季回答："他是为了报恩！"

听完解释，尤利安表示："天哪，多可惜！其实，交给他的那件工作并不重要，而且根本不急。一个人就这么给毁了……"

瓦夏坐在接待室，等马车来送他上医院。他默默地坐着，认出一个人来，就向那人频频点头，好像要同那人告别似的。

他四周围了一圈人，他们或摇头叹息，或惋惜赞叹，说瓦夏是一位谦虚、文静的青年，前程不可限量；说他学习刻苦，待人彬彬有礼，是个努力上进的人。有人开始解释他发疯的原因，为什么瓦夏想到没完成工作任务，就会被送去当兵呢？有人说他不久前才从纳税人变为小职员，全靠尤利安发现了他的才华……

大家议论纷纷，这时，医院里来了一名护士，要把瓦夏带走。瓦夏跳起来，左顾右盼，一直在找什么人。

"瓦夏！瓦夏！"阿尔卡季一边痛哭号啕，一边大声叫喊。瓦夏停下脚步，他们最后一次相互拥抱，紧紧搂在一起。瓦夏把一个小纸包塞到阿尔卡季手里，请他好好保存。打开纸包一看，原来是丽扎卡的那撮黑发……

两年后，阿尔卡季在教堂遇见了丽扎卡。她已经结婚，抱着一个吃奶的婴儿。丽扎卡说，谢天谢地，她丈夫为人善良，她很爱他……突然，她的眼里噙满了泪水，声音低了下去，她赶紧转过身去，不让人看到她的痛苦……

Day 6.
拉开人与人差距的，是……

陀思妥耶夫斯基的《圣诞树和婚礼》则带我们走进一个隐藏在华丽之下的悲剧。

"几天前看到的一场婚礼，让我想起了一棵圣诞树。"

那是五年前的除夕，"我"应邀参加了一次儿童晚会。主人是一位有名的人物，跟一些有权势的人关系很深，手腕高明。这样的儿童晚会，不过是让家长们聚在一起谈论感兴趣话题的一个借口而已。

那天，有位先生引起了"我"的注意。他看上去无亲无故，身世不明，神态严肃，穿着得体。可以看出，他对这种欢乐的家庭盛会压根儿不感兴趣。在整个晚会上，除了主人，他没有一个熟人。"我"后来了解到他来自省城，是拿着介绍信来求晚会主人办事的。人们大都以貌取人，既不邀他打牌，也不向他敬烟，甚至没有一个人和他交谈，大概是看出了他身份的缘故吧。

除了他，还有一位先生引起了"我"的注意，他跟前者的待遇大不相同。他叫尤利安·马斯塔科维奇，被尊为上宾，主人对他恭维不已，殷勤款待，关怀备至。但他对主人的态度，就像主人对刚才那位求他办事的先生一样。这位尤利安，便是《脆弱的心》里瓦夏的上司。和这群拜高踩低的人在一起，"我"感到毛骨悚然，便躲进了一间没人的小客厅。

"我"看到了很多小孩子，他们都非常可爱。他们绝不会仿效成年人的繁文缛节，而是一下子就把圣诞树上的礼品抢了个精光，连一颗糖都不剩。其中有一个约莫11岁的小姑娘，像小天使一样美丽可爱。她面容苍白，长着一双饱满的、沉思着的大眼睛。孩子们好像惹她生了气，她便也跑到了"我"所在的那个客厅，在一个墙角玩起了洋娃娃。

宾客们怀着崇敬的心情，不时对一个富有的承包商，即女孩的父亲指指点点。有人说，女孩名下已经有30万卢布的陪嫁了。无意中，"我"注意到了尤利安·马斯塔科维奇。他背着手，头微微侧向一边，认真聆听着这些先生的聊天。

要发礼物了！"我"对主人分发儿童礼品时所表现出来的智慧，感到无比惊讶。已经有30万卢布嫁妆的小姑娘得到了最好的洋娃娃，之后的礼物逐步降级，与孩子父母的级别完全适应。临了，排在末尾的一个小男孩，约10岁光景，一头棕黄色的头发，长得又瘦又小，脸上布满雀斑，只拿到了一本简单的故事书。

他是这家的家庭教师———一个穷寡妇的儿子，是个怯弱、受到欺凌不敢吭声的小男孩。他穿着用劣等粗布缝制的短袄，他想跟别的孩子一起玩耍，却不敢去，显然他已经感受到并理解了自己的地位。他竭力讨好别人,微笑着向其他小孩献媚。

他把自己的苹果送给一个胖乎乎的男孩,虽然这孩子身上已经挂了满满一包好吃的;他甚至甘愿让人家当马骑,被人揍了,也不敢哭出声来。

这时,家庭女教师——他的妈妈来了,嘱咐他不要妨碍其他孩子玩耍,失落的小男孩便也走进了小姑娘所在的客厅。小姑娘跟小男孩玩了起来,两人专心致志地打扮起了华贵的洋娃娃。

"我"在小客厅里坐了将近半小时,听着小男孩和拥有30万嫁妆的美人儿细声谈话,昏昏欲睡。这时,尤利安·马斯塔科维奇悄悄从大厅走了进来,似乎在盘算着什么。

"30万,30万……"他絮絮地说,"11000,12000……12000×5,便是6万,6万还可以利上加利……这样五年后总数可达40万。哦!算得不对,不止40万哪,也许可以搞到80万或90万……"

这时,他看到了小姑娘,搓搓手,情绪激动到了顶点。由于隔着长满绿叶的花盆,他看不见"我"。他先向四周打量一番,然后踮起脚尖向小姑娘走去,面带笑容靠近她,俯下身吻了吻她的头。小姑娘对突如其来的袭击毫无准备,吓得大叫起来。

"您在这儿做什么,可爱的小东西?您手里拿的是什么,洋娃娃吗?"他悄悄地问,四下张望,抚摸着小姑娘的脸颊。

"是洋娃娃……"小姑娘皱着眉,有点害羞。

"你到大厅去,小家伙,找自己的同伴去。"尤利安狠狠地瞪了小男孩一眼,说道。小姑娘和小男孩哭丧着脸,手拉着手。他们不愿意分开。

"您知道为什么送给您这个洋娃娃吗?因为您伶俐可爱,讨人喜欢。"

尤利安激动得难以自制,他四面观看,压低嗓门,以听不清的且由于激动和焦躁而近乎窒息的声音问道:"您会喜欢我吗,亲爱的姑娘,要是我到您父母家里做客的话?"说完,尤利安想再次吻一吻可爱的小姑娘,但小男孩看到她快哭出来的样子,紧紧抓住她的两只手,跟着呜呜咽咽抽泣起来。这下可真使尤利安上了火,他对小男孩吼道:"滚,滚开!"

"不,不要去!您自己走开,别去惹他。"小姑娘几乎哭着说。

有人在门口发出响声。尤利安吓了一大跳,马上挺直了神气活现的身躯。为了避免引起怀疑,他向餐厅走去,脸红得像只煮熟了的虾,他对着镜子看了一眼,似乎为自己感到害臊。他竟然毫无顾忌地抓住自己将来的对象不放,虽然她还太小,要成为真正的对象起码还要再过五年。

"我"尾随这位贵宾到了餐厅,只见他气恼、发狠,脸涨成了猪肝色,正在吓唬小男孩,还抽出长长的手帕,抽打不敢动弹的小男孩。尤利安有点儿发福,他面色红润,大腹便便,冒着汗,喘着气,面孔涨得通红。这时,主人走了过来,尤利安急忙用那块手帕捂住了鼻子。

主人指着小男孩,向尤利安请求道:"这就是我之前向您提起的那个男孩,他的母亲是我家的家庭教师,可怜的女人,寡妇，一个诚实的官员的妻子，要是有可能……"

"嘿，不行，不行，"尤利安嚷嚷起来，"请您原谅，我打听过了，没有空额，非常遗憾……"

他们低声交谈着，离开了房间。

"我"回到大厅，看到尤利安被一群人围在中间，正大肆夸赞着小姑娘美丽、聪明、教养好。尽管在10分钟之前，他们之间有过不愉快的场面。

小姑娘的母亲听得几乎流下了感动的泪水，父亲也眉开眼笑，主人为大家流露的欢乐情绪而高兴，所有人看上去都喜气洋洋。

关于"圣诞树"的回忆到这里就结束了。

五年后，"我"经过某某教堂，人群和车马之多使"我"大为惊讶，大家都在议论婚礼。天色阴沉沉的，下起了毛毛细雨。"我"跟着人们挤进教堂，看到了新郎，小个子、白胖滚圆的，正是尤利安·马斯塔科维奇！这时，有人说新娘来了。"我"从人堆挤了进去，看到一个绝色美人，脸色苍白，面带愁容，一双眼睛由于刚哭过而显得红肿。

听人说她刚满16岁，很富有，有50万卢布的嫁妆，衣饰多得不可胜数……她正是当年那个玩洋娃娃的小姑娘！

"我"赶快挤出教堂，心想："我的天哪！算盘打得可真不错！"

Day 7.
在苦痛中开出绚丽的花,直击人心

在《圣诞树和婚礼》里,贵族尤利安·马斯塔科维奇觊觎小女孩30万卢布的天价嫁妆,精心设计接近女孩及其父母,筹谋五年终于得逞,让我们感受到了贵族的道貌岸然,手段卑劣,也看到了被利益驱动着的光鲜的上流社会,看到了等级制度下人与人之间生活的差距和残酷的真相。

出身虽低微的小男孩,被迫接受了等级赋予他的自卑。而小女孩出身好、家境好,得到了最好的圣诞礼物,但她并没有因此看不起小男孩,而是与其一起玩耍,甚至在尤利安想赶走小男孩时护着他。可惜,在当时的社会环境下,儿童式的纯真注定无处立足,这使得他们离真正的幸福越来越远,以至于女孩出嫁那天,还挂着悲伤的眼泪。

揭示社会真相,同情"小人物"的不幸,这是陀思妥耶夫斯基对人性探索的第一大高峰。

在《白夜》和《脆弱的心》里,陀思妥耶夫斯基刻画了一个与现实生活格格不入的幻想家,和一个兢兢业业因感恩而发疯的小职员,在不同程度上,他们都属于"自我分裂者"。对这类人细致的描述与刻画,是陀思妥耶夫斯基对人性探索的第二大高峰。

幻想家住在彼得堡八年，却没有结识过任何人，唯一的交流对象是大街上的一幢幢房屋，他幻想着房屋在跟他打招呼，跟他说话。遇到姑娘娜丝晶卡后，他才有了与现实生活接壤的途径，在与娜丝晶卡四个晚上的心灵沟通中，他得知了姑娘的身世与经历，并爱上了她。可惜娜丝晶卡与有情人终成眷属，那人却并非幻想家。尽管如此，从幻想家的诚挚祝福中，我们仍可一窥其对星空、对幸福的期盼，与姑娘四个夜晚心与心瞬间的碰撞，对他而言即是永恒。

在《脆弱的心》中，有先天缺陷的瓦夏为人努力、平和，写得一手好字，受到了领导尤利安·马斯塔科维奇的青睐，让他从一个纳税人变成了小职员，有了稳定的收入，获得了幸福的爱情和真挚的友情。他太感恩上司给他的机会了，以至于对无法按时完成上司交办的任务产生了极重的负罪感。正是这种过度的感恩心理压垮了他，他的心里已经兵荒马乱了，但对于上司来说，那件工作根本就没有那么重要。或许很多人都不理解，瓦夏为何会突然疯掉。

然而压垮人心中最后一道防线的，便是一件又一件叠加的小事。

在《诚实的小偷》里，我们看到了陀思妥耶夫斯基笔下人性的复归——人的本质经过外物异化和异化的扬弃，重新得到了实现。叶麦利扬就是一个这样的人。在他身上，有两句谚语是最形象的写照。

第一句是：可怜之人，必有可恨之处。他之所以让人觉得可恨，是因为他恩将仇报。别人管他吃，管他住，关心他，他却偷人家值钱的裤子去买酒,嗜酒如命,死性不改。在被怀疑后装模作样,极力否认,甚至一走了之。但同时,他也的确可怜,因为他也曾是一个诚实、正直、善良的人。

第二句话是:人之将死,其言也善。人都有两面性,矛盾、拧巴、复杂,但人性在最后的时刻并未完全泯灭。叶麦利扬在生命的最后一刻,承认了偷窃的事实,表达了歉意。同时出于感激,他提出把自己仅剩的一件大衣卖掉,那是件呢子大衣,他认为肯定可以卖一些钱的。可惜,那件大衣已经太破太旧,卖不出一分钱了,但他最后的那点感恩和善良,却令人感受到了温暖和人性本善。

陀思妥耶夫斯基以写"人性"而著称,就连一向犀利的作家毛姆都赞叹:"世上再没有比他更伟大的作家了。"

陀思妥耶夫斯基之所以写得深刻、动人,是因为绝大多数故事都是他的亲身经历,或是他身边人的真实经历。在苦痛中开出绚丽的花,语言字字泣血,直击人心。

1881年2月9日,陀思妥耶夫斯基在写《卡拉马佐夫兄弟》第二部时,笔筒掉到地上,滚到了柜子底下。他在搬柜子的过程中用力过大,导致血管破裂,当天便去世了,后葬于圣彼得堡。一代文豪就此陨落,但他留给我们的文字常青,历经岁月洗礼,仍能给一代一代的后人以启发。

正如他的墓碑上所刻的那句话:"我实实在在地告诉你们,一粒麦子落在地里如若不死,仍旧是一粒;若是死了,就结出许多籽粒来。"

《蒂凡尼的早餐》

寻找不受拘束的安全感

［美］杜鲁门·卡波特

杜鲁门·卡波特是美国20世纪最著名、最有明星效应，同时也最受争议、最受诋毁的作家。但1958年出版的《蒂凡尼的早餐》，奠定了他"战后一代最完美的作家"地位。

《蒂凡尼的早餐》讲述了出身贫苦的女孩，凭借勇气与美貌一个人来到纽约，一步步挤入上流社会的故事。

Day 1.
赫本：最能打动人的，是由内而外的魅力

也许你不熟悉卡波特，也许你没读过这本小说，但你一定知道奥黛丽·赫本最经典的小黑裙形象。这个造型，便出自根据卡波特同名小说改编的电影《蒂凡尼的早餐》。

与卡波特同时代的美国著名作家诺曼·梅勒曾如此赞赏："与我同辈的作家当中，卡波特是最接近完美的。他遴选一个个词语，节奏之间环环相扣，创造出美妙的句子。《蒂凡尼的早餐》没有一处用词可以替换，它应该会作为一部精妙的经典留存下去。"

诚如诺曼·梅勒预言的那样，完成于1958年春天的《蒂凡尼的早餐》，已经作为一部"绝妙的经典"流传至今。如今60多年过去了，让我们一起沿着雨后湿漉漉的街道，走进纽约东七十几号街那幢褐石楼房，走进郝莉·戈莱特利小姐的世界。

上星期二下午很晚的时候，乔·贝尔打电话给我，让我到他的酒吧去。他粗哑的声音中带着一丝激动。我知道他找我一定是和郝莉的事有关。我在10月的倾盆大雨中叫了一辆出租车，一路上想着，郝莉可能已经在那里了，我终于可以再见到

她了。谁知在酒吧里,除了老板乔·贝尔,没有别人。他一边和我寒暄,一边帮我调酒。

"还记得汤濑先生吗?"

"记得。他曾和我住一栋公寓。"

乔·贝尔提及的汤濑先生,是一家画报社的摄影师,曾是我的邻居,住在我曾住过的那栋公寓的顶层。乔·贝尔说,汤濑先生昨天来过了,带了三张从非洲拍回来的照片。他边说边将一个信封递给我。信封里的三张照片,多少有些相同,不过是从不同的角度照的:一个细高个的黑人男子,手中展示着一件古怪的木雕。乍看之下,这像是最原始的雕刻;再一细看,就不然了,因为,这是郝莉·戈莱特利惟妙惟肖的形象。我一脸的疑惑。

乔·贝尔激动地讲述了汤濑先生在非洲的见闻。圣诞节那天,汤濑先生在非洲时经过一个村子,看见有人在一根手杖上雕刻猴子。汤濑先生惊叹于他的手艺,便要求欣赏他其他的作品。在众多作品中,他发现了这个女人头像。这个黑人雕刻匠告诉他,有一年春天,有两男一女三个白人骑着马来到这里,那两个男人因为发高烧留下养病。不久,那个女人就走了,就像来时一样,骑着马走了。

"这是多少年来——我也不知道有多少年了,我听到的唯一确切的关于她的消息。"乔·贝尔感叹道,"我只希望,她如今有钱了。她一定有钱了——你得有钱才能去非洲到处转悠。"

"那么,她在哪儿?"我看着照片,问道。

"死了,或者在一家疯人院,或者结了婚。我想她很可能已经结了婚,安顿下来,也许就在咱们这个城市里。"乔·贝尔仿佛在喃喃自语。

有人走进酒吧,看来我该走了。临走时,乔·贝尔问我:"你相信她在非洲吗?"

此时的我,脑海中只有她骑马而去的形象。"反正,她已走了。"

"是啊,"他拉开门说,"走了。"

外面,雨已经停了。我拐过弯儿,向着那条熟悉的街道走去。

这是纽约东部的一条街道。街两旁有树,一到夏天就在街道上投下凉爽的阴影;但如今树叶都已发黄,大多数已经凋落,雨水浇湿了落叶,踩在脚下发滑。街区中央有一幢褐石楼房,是公寓,隔壁是教堂,钟楼上有个蓝色的时钟,按点报时。

这幢褐石楼房,是我在纽约的第一套住房,尽管房间陈旧,毕竟是属于我自己的地方,我的书在这里,还有几筒没有削的铅笔,我觉得成为作家所需的一切全都在这里。记得我住的那个屋子只有一扇窗,往外望出去是一条防火梯。那时,汤濑先生住在这里的顶层,郝莉·戈莱特利住在我的楼下。

如今,我认识的人大都已不住在这里了,只剩下斯班涅拉太太。我之所以知道她还住在这儿,是因为我上台阶看了那排信箱。就是其中一个信箱，当初使我知道了郝莉·戈莱特利的存在。当然喽，这都是很久以前的事情了。故事发生在1943年的纽约。那年春末夏初，我搬到这幢褐石楼房，住了大概一个星期，就注意到二号公寓的信箱名片换了。是一张用正经八百的方式印刷的卡片，中间的字样是"郝莉黛·戈莱特利小姐"；下面的角落上写着"在旅行中"。从此，这两行字就像一支歌曲似的跟着我："郝莉黛·戈莱特利小姐在旅行中。"

一天夜里，早已过了12点，我被汤濑先生愤怒的喊声吵醒。是有人忘记带钥匙，拼命地按他家门铃请他帮忙开门。这时，我听见一个年轻女人的声音从下面的楼梯口传上来，娇嫩的声音里透着自我打趣的意味："哦，亲爱的，真是很抱歉。我把倒霉的钥匙弄丢了。"

为了安抚盛怒的汤濑先生，这位姑娘答应有空时到他的公寓去拍照。我站在过道，向栏杆下探身望去。我看见她在楼梯转角的地方，她的男式头发的颜色像百衲布一样，褐色中间夹着一绺绺白金色和黄色，反射着楼道的灯光。一张已经过了童年时代的脸，但还不属于成年妇女。她就是郝莉·戈莱特利，此时的她，只差2个月就到19岁生日了。

那晚以后，郝莉不再按汤濑先生家的门铃，改按我家的，时间几乎都是下半夜。最初我以为是有电报或者其他什么的，总会紧张一下，渐渐地就彻底习惯了。当然，我们没见过面。不过实际上，我们常常在楼梯上、街上，面对面地碰到，但她总像是没看见我这个人似的。

　　出太阳的日子，她就洗头发，然后同那只猫———一只像老虎那样长着红条纹的公猫——一起坐在防火梯上弹吉他，等待头发晾干。她弹得很好，有时还唱，用青春期男孩子那种粗哑的破嗓子唱："不想睡，也不想死，只想到天际的草原上去漫游。"

　　她似乎很喜欢这首歌，常常在头发干了很久以后，在太阳下山以后，在暮霭中，万家灯火亮了以后，还继续在唱。

Day 2.
内心的安全感,源于对自己生活的底气

9月间一个秋寒初降的晚上,临睡前的我正在床上看侦探小说,窗户上忽然一阵拍打,我瞥见一个灰色的人影。过了一会儿,才鼓起勇气去开窗户,原来是郝莉。

"很抱歉让你受惊了。"她一边说,一边从防火梯上爬进窗户。她说她的房间里有个烂醉如泥的男人,发起酒疯便会咬人,她害怕,所以逃了出来。

"要是你想撵我出去,就撵好了。我这么闯进来打扰你,实在没有办法。因为防火梯太冷了。"

她继续说道:"你看上去那么令人宽心,就像我的哥哥弗雷德。"她说,"让我叫你弗雷德好不好?"

郝莉现在完全进了屋,站在那里望着我。

"我可习惯不了,我什么都习惯不了。谁能习惯,谁还不如早死。"郝莉那不加赞许的目光继续巡视着整个屋子,"你一天到晚在这里干的是什么?"

我指一指堆满书和纸的桌子:"写作。"

"我原以为作家都是年纪很老的。"她向我打听海明威和毛姆的年纪,又说自己认识一些作家。她问我是否有人愿意出

钱买我写的东西，得到否定的答案后，她说愿意帮我。

"我认识不少有门道的人。我要帮你，是因为你像我的哥哥弗雷德。我14岁以后——也就是我离家出走以后，就再没见过他。"我问她为什么这么年轻就离家出走。她面无表情地看着我，只是擦一擦鼻子，像是鼻子发痒似的。这个姿态，我后来见到她经常重复，才明白这是一个信号，警告你别多管闲事。

我们俩一边喝酒，一边讨论我那些还未发表过的作品。无意间，郝莉发现桌上的闹钟已经指向4点30分了。窗外已经发蓝。日出时的微风轻拂着窗帘。我困意袭来，爬回了床上。郝莉告诉我，今天是星期四，是个可怕的日子。因为每个星期四，她都要去辛辛监狱探监，去探望被捕入狱的黑手党首领萨利·托马托。她告诉我，以前老萨利经常来乔·贝尔的酒吧，却从不同人搭讪。

"他入狱后，他的律师奥肖纳赛找到我，说老萨利一直悄悄地爱慕我。如果我愿意每周去探视他一次，就等于做好事。我没办法拒绝：这太罗曼蒂克了。何况，每次探视都有100元的报酬。"

我很怀疑这件事的动机与风险："就这么简单？讲一个小时的话，他给你100元？"

"我要帮忙转达气象报告，奥肖纳赛先生听到气象报告就给我寄来现款。"

她拍拍打呵欠的嘴唇："气象报告都是萨利教我的，比如说'古巴起了飓风',或者'巴勒莫在下雪'之类。别担心,亲爱的,我照顾自己已经很长时间了。"

她走到床边,在我身边躺下:"你不在乎吧?我只要休息一会儿就行了。咱们别说话了,睡吧。"

我假装睡着了,呼吸重而有规律。隔壁教堂钟楼上的钟按半点、整点报时。6点钟的时候,她的手放在了我的胳膊上。"可怜的弗雷德,"她轻声说,好像是在同我说话,其实不是,"你在哪儿,弗雷德?现在真冷,风里飘着雪。"她的脸颊靠到了我的肩膀上,又烫又湿。

"你为什么哭?"

她猛缩回去,坐了起来。"哦,我的天,"她说,向窗户和防火梯走去,"我讨厌人家偷听。"

星期五,我外出回来,看见家门口放着郝莉送的高级花篮,在她的名片背面,有一行拙劣、幼稚的字体:"上帝保佑你,亲爱的弗雷德。我不会再来打扰你了。"这次,她说话算话,我以后再也没有见到她或者听到她的消息。日子一久,我倒惦记起来,仿佛被自己最亲密的朋友冷落了。

到了星期三,我就不免想起郝莉,想起辛辛监狱和老萨利。晚上,我留了一张条子在她的信箱:"明天是星期四。"

第二天早晨,我收到回复:"谢谢你提醒我。今晚6点钟左右能来喝一杯吗?"当晚,我按时赴约。这是我第一次走进郝莉的房间,客厅空空荡荡,连坐的地方都没有;卧室只有一张华丽的双人床；仅有的家具就是手提箱和没有打开的木板箱。木板箱当作桌子使用。手提箱是收拾好的，随时可以动身，就像一个罪犯，心里明白警察已经盯在身后不远，因此只带一些随身衣服。

书架占了整整一面墙，只有半层架子的书，而一半的书又是关于养马的。在这个房间里，卧室和客厅一样，永远有一种露营的气氛。刚才给我开门的是个怪物，确切说是个侏儒，他叫O.J.贝尔曼，类似于郝莉的经纪人，是他如星探般，在马场发现了郝莉。那时郝莉15岁，带着浓重的乡下口音。

他改造郝莉，按照电影女演员的形象来训练她，让她有自己的特色。贝尔曼曾给郝莉争取到某部知名电影的试镜机会，但是郝莉放他鸽子，并未赴约。说到郝莉种种不识好歹的作为，贝尔曼很激动。"在我眼里，她就是个疯子。我曾问她，你到底想要干什么呢？她说，我也不知道。"

他挥开双臂，说："难道她要的就是这个？许许多多不请自来的角色？靠人家给的小费生活？跟瘪三们混在一起？"

参加酒会的人陆续到了，仿佛是一场单身男客的聚会。这些客人，除了缺失青春，没有任何共同特点，他们似乎互不相识；每个人进来时都竭力掩饰自己的懊丧神色。他们都以为女主人只邀请了自己，没想到却是一场发请帖似的酒会。

我和贝尔曼正聊着，郝莉走了过来。她把猫抱起来放在肩上。那猫像只鸟儿似的蹲在那里，爪子瞎抓着她的头发。尽管有这些亲昵的动作，这仍是一只阴沉的猫。

我问郝莉，为什么不去参加电影试镜。郝莉的回答让我很受触动。

"这件事，我应该感到对不起他。因为，我自己已经不再做梦了，却让他还在继续做梦。我明白自己永远成不了电影明星。要做明星太难了；要是你有头脑，你就觉得做明星也太难为情了。

"我的心理并不太自卑：既要做明星，又要有强烈的自尊心，这本来是可以同时做到的；但是实际上，你却必须放弃自尊心，放弃得一点儿也不剩。

"我并不是说，我不要钱，也不要名。这是我追求的主要目标，我总有一天会达到目的；但是在达到的时候，我愿意自己还保持着自尊心。我希望有一天早上醒来在蒂凡尼吃早餐时，我仍旧是我。"

她仍抱着猫。她管这只猫叫"可怜的懒鬼"。她没有给猫起名字，她说自己没有这个权利，这只猫只是她从街上捡回来的。"因为我们谁也不属于谁，它是独立的，我也是独立的。在我没找到安身立命的地方之前，不想要有什么东西。"

郝莉问我，知道她理想中的地方是什么样子吗？像蒂凡尼那样。

"你知道有的日子你感到心里发毛，你感到害怕，直冒冷汗，但是你又不知道怕的是什么。只知道反正有什么倒霉的事情要发生了。但是你又不知道究竟是什么事。你有过这样的感觉吗？"

"经常有。有的人把这叫作焦虑。"我回答说。为了摆脱这种焦虑、这种心里发毛的感觉,郝莉试过各种各样的方法,包括吸食大麻,但都无济于事。最后,她找到了最好的解决方法,那就是坐一辆出租车到蒂凡尼去。

"那里安静的气氛和高贵的气派,可以使我马上安静下来。你在那里就不会发生非常不幸的事儿,同那些穿着高级西装、和气的男人在一起,同那银餐具和鳄鱼皮夹好闻的气味在一起,是不会发生不幸的事儿的。要是我能够在实际生活中,找到一个和我在蒂凡尼感觉一样的地方,我就会买些家具,给这猫起个名字。"

在这场热闹不已的酒会上,郝莉向我袒露了心扉。也许,她真的把我当成她的哥哥了;也许,她真的需要找一个能够倾听她的人。郝莉钟情于蒂凡尼,并非喜欢那里的珠宝,而是在那里、在那种宁静美好的氛围里,她才能感受到心理上的安全。郝莉的"心里发毛",源自她没有安全感。正如她名片上印的那样"在旅行中",漂泊无依,不知道明天在哪儿。

Day 3.
有所期待，是最好的模样

星期四晚上的酒会进行得正热闹，一个人高马大的女人像一阵旋风似的推门进来，身上披着五颜六色的丝巾。"郝、郝、郝莉，你这个囤积居奇的奸商，藏了这么多讨人喜欢的男人在这里。"她说话时有些口吃。

她大方地自我介绍，说自己是郝莉的朋友："我叫玛格·维尔伍德，是个乡下姑娘。"维尔伍德是名模特，目前同楼上的汤濑先生一起工作，为杂志拍摄圣诞节照片。

郝莉发现，拉斯蒂对她很感兴趣。让我意外的是，酒会结束没几天，郝莉信箱上的名片有了修改，增加了一个名字：戈莱特利小姐和维尔伍德小姐如今在一起旅行了。是呢，维尔伍德小姐搬进了郝莉的公寓。对此，郝莉给出的解释是：我不会做家务，又请不起女用人，最好的解决方法就是找个会做家务又不是同性恋的女人同住。维尔伍德正好符合要求。

我曾听见郝莉和维尔伍德坐在防火梯上说话。维尔伍德羡慕郝莉身边有拉斯蒂，这个男人缺点再多，至少是个美国人。

"我为做一个美国人感到骄傲。"维尔伍德抱怨说，"可惜若泽是个巴西人，我也得做个巴西人，要远渡重洋。六千英里呢,而且语言又不通……"

若泽是她的男朋友,是位外交家,一星期须在华盛顿待几天。维尔伍德口中说的这个巴西人我昨天见过,他来找维尔伍德,但是误敲了我的房门。他有着棕色的脑袋和完美无缺的体魄,穿了一套英国西装,洒了高级香水,有一种腼腆的风度,完全不像拉丁人。

10月的那个星期一,天气很好。那天早晨我收到一家刊物的来信,他们愿意发表我的小说,只不过没钱付稿费。为了庆祝我的小说能发表,郝莉决定和我一起吃午饭。我们先去了乔·贝尔的酒吧小坐,然后到第五大道漫步;在公园的饭馆里吃了饭,饭后我们避开动物园,到湖边废弃的船库游玩。同郝莉一起坐在船库前廊的栏杆上,我想到了未来,谈到了过去,因为郝莉要知道我的童年。

经过百货商店,郝莉抓住我的胳膊,说:"咱们进去偷些什么东西。"她找到了一个堆满万圣节面具的柜台,趁售货员在招呼其他顾客时,拣起一个面具套在脸上,又挑了一个套在我的脸上;然后我们手拉手就离开了。就那么简单。

到了外面,我们跑了几个街口,我想此举的目的是使这个偷窃行动更具有冒险性;同时,我也发现偷东西成功容易使人兴奋。我不知道郝莉是否经常偷窃。

"我以前常常偷,"她说,"我的意思是不得不偷。如今我偶尔还偷,目的是别让我的手生疏了。"

我们一路戴着面具回家。

我记得同郝莉一起度过了许多东游西逛的日子；的确，我们有空的时候常常相会，但总的来说，这种记忆是虚假的。因为10月底我便找到了工作。作息时间的不一致，让我很难再与郝莉见面。现在，郝莉与拉斯蒂、维尔伍德、若泽组成了四人小组，经常一起出去。不过这个四人小组不太和谐，因为若泽同他们在一起显得格格不入。

有一天下午，我无意间在公共图书馆门口看见郝莉，不过她并未发现我。我很好奇她怎么会来图书馆，为一探究竟，便跟踪她进去。她戴着墨镜坐在一大堆找来的书籍前面，一本接一本地飞快翻着，有时会在某一页停留，有时会在纸上记着什么。待她离开，我到她留下书本的桌子前面，看到了《巴西侧影》《拉丁美洲的政治思想》，如此等等。

圣诞节前夕，郝莉叫我帮忙装饰圣诞树。忙碌完毕，她说为我准备了一份礼物。我也准备了一份礼物给她：揣在我的口袋里的一个迷你礼盒。但是，看到她用红绸带包扎好的那只美丽的鸟笼，我觉得自己口袋里的那个礼盒更小了。

"郝莉，你真是太胡来了。这个要350元！"

"我完全同意，可是我认为这是你想要的东西。"她让我承诺，永远不要在里面关一只活的东西。她伸出手，拍了拍我鼓鼓的口袋，示意我拿出自己的礼物。我给郝莉准备的礼物，是一枚旅行者守护神像章，从蒂凡尼购买的。

郝莉不是一个能存得住东西的姑娘，现在她肯定已把那枚像章丢了，不知会丢在哪一只手提箱里，还是哪一家旅馆的抽屉里。但是那只鸟笼仍是我的，我把它带到我曾去过的任何地方。有段时间，我曾刻意遗忘这只鸟笼是郝莉送的：因为我们曾大吵一架。

1944年2月的某个时候，郝莉的四人小组一起出去旅行。回来后，她兴奋地向我讲述旅途中的趣事。她又提起我那篇已经发表但无稿酬的小说，她说贝尔曼看过我的小说，认为写得不错，他愿意帮助我成名。不过，我的写作题材不是他喜欢的，我需要做出改变。

"你不想赚钱吗？"郝莉问。

"我还没有打算得那么长远。"

"你最好还是想办法赚钱。因为你的想象力很费钱，不会有很多人愿意给你买鸟笼的。"

听到郝莉这么说，我的手和我的心都颤抖得厉害。"很抱歉，让你在我身上浪费金钱了，从拉斯蒂那里挣钱太不容易了。"

她发火了："你从这里走到门口大约需要四秒钟时间，我给你两秒钟。"

我径直上楼，把鸟笼拿下来放在她门前。这一切就这样结束了。到了第二天早晨，我去上班时发现，鸟笼扔在人行道的垃圾箱上。我有些害臊地又把它捡了回来，这是一种屈服投降的行为，但并没有削弱我把郝莉完全从我生活中排除的决心。

在此，不得不提到郝莉的哥哥弗雷德。弗雷德在故事里，一直是以侧面描写出现的。郝莉说他喜欢马和花生酱，除了这两样，世界上没有什么是他关心的。他并不傻，只是脑子转得有些慢。目前，他在陆军军队当兵。

男主人公在郝莉家门口的垃圾桶里发现的军方来信，有些就是弗雷德写来的。

贝尔曼是在哪里发现郝莉的？是马场。郝莉家书架上的书写什么的？多半是关于养马的。郝莉说梦话时，叫的谁的名字？是哥哥弗雷德。郝莉花上一个下午的时间，一家接一家店铺搜罗花生酱吗？她做这一切，足以见得哥哥在她心目中的地位。

她从未向男主人公提起除了哥哥以外的亲人。

Day 4.
每个独当一面的人,都吃过孤立无援的苦

那天晚上,我出去吃晚饭,又见到那个男人。他站在马路对面,身子靠在一棵树上,眼睛死死地望着郝莉的窗口。我的脑袋里泛起了各种不祥的念头。他是个侦探?还是和辛辛监狱里的老萨利有关系的黑社会人物?这件事恢复了我对郝莉的关心;我想借着这件事,和郝莉重归于好。

去餐厅的路上,我明显感觉到那个男人在跟踪我。因为我可以听见他吹口哨,而他吹的调子,正是郝莉有时用吉他弹的那支如怨如诉的草原之歌:"不想睡,也不想死,只想到天际的草原上去漫游。"

他跟着我进了餐厅,点了杯咖啡坐在我旁边,我闻到了他身上汗臭与烟草混合的味道。

"您想怎么样?"我开门见山地问。

这个问题并没有使他为难,反而让他如释重负。他掏出一只破旧的皮夹子,递给我一张几乎被揉搓得模糊的照片。照片里有七个人,除了这个男人以外,其余的都是孩子。他的胳膊搂着一个胖胖的金发小姑娘。

男人指着照片上的自己说:"这就是我。"又指着胖女孩

说:"那是她。"还指着一个淡黄色头发的细高个男孩说:"这是她的哥哥弗雷德。"

我仔细看了一眼男人口中的"她",我认出来了,这个双颊胖乎乎的女孩就是郝莉。我十分肯定地说:"您是郝莉的父亲。"

他皱了下眉。"她的名字不叫郝莉。她叫露拉美。在嫁给我之前,她一直都叫露拉美。我是她的丈夫——戈莱特利大夫,我是个马医。我们住在得克萨斯州。喂,孩子,你笑什么?"

确切地说,这不是真正的笑,这是神经抽搐。我喝了一口水,呛了出来。

"孩子,这不是什么可笑的事。我已经找了我老婆五年了。我一从弗雷德那里知道她的消息,就赶来了。露拉美应该回家去和我,还有孩子一起生活。"戈莱特利大夫指着照片上其余四个孩子说:"他们都是露拉美的孩子。"我觉得这个男人已经神经错乱了。郝莉自己还是个孩子,怎么可能有四个比她年纪还要大的孩子。

戈莱特利大夫讲述了郝莉还叫露拉美时的故事。1938年12月,露拉美快满14岁,和同龄人相比,她很有自己的主见。所以当丧妻两年、有着四个孩子的戈莱特利大夫向她求婚时,她并没拒绝,她完全清楚自己在做什么。

戈莱特利大夫说:"我每天早晨第一件事就是出去为她采花;我为她驯养了一只乌鸦,教会它叫露拉美的名字;我教她玩吉他。我实在不知道她为什么要逃走。我们都宠她，所有家务都由我们的女儿做。她除了吃点心、对着镜子打扮、看杂志，什么都不用做。"

杂志，就是造成露拉美出走的祸根。看着杂志里那些装模作样的照片，读着那些白日梦，露拉美开始出走。她一天比一天走得远：开始是走了一里就回来；后来走了两里就回来；终于有一天，她一直走下去了。

露拉美走了，但是弗雷德留了下来，一直到入伍前，他都和戈莱特利大夫生活在一起。他知道了郝莉的下落，便告诉了戈莱特利大夫。戈莱特利大夫把手放在眼皮上，呼吸里有一种噪声。

"我给她的乌鸦野性发作，飞走了。整个夏天，你都可以听到它在哇哇叫：露拉美、露拉美。"

我答应了戈莱特利大夫的请求，带他去见郝莉。我按了门铃，戈莱特利大夫在楼梯下面等着。郝莉一个人在家，她刚打扮好自己，正准备外出，看见我站在门口，她开玩笑似的用钱包拍拍我："您好，傻瓜。咱们明天再讲和，怎么样？"

"当然可以，露拉美。"

她取下墨镜，眯着眼睛看我。她的眼睛像打碎了的多棱镜，蓝色、灰色、绿色的小点像火星的碎片一样。"是他告诉了你，"她声音颤抖着轻轻地说，"他在哪儿？"

她越过我跑到楼道上，"弗雷德！"她朝楼梯下面叫，"弗雷德！你在哪儿，亲爱的？"

250

我可以听到戈莱特利大夫爬上楼来的脚步声。他的脑袋先出现在栏杆上,郝莉看到他就往回缩,不像是吓坏了,而是像要缩进失望的硬壳中去。戈莱特利大夫已经站到了郝莉面前,自惭形秽的样子。"哦,露拉美。"他开口,迟迟疑疑地,"你这么瘦。就像我第一次见到你的时候。瞧你这饿慌了的神色。"

郝莉摸摸他的脸;她的手指试了试他的下巴、他的胡楂儿。"你好啊,大夫。你好啊,大夫。"她的声音里渐渐充满了高兴。戈莱特利大夫紧紧地抱起了郝莉,使她双脚离地,肋骨都快搂断了。我从他们身边挤出来,上楼回到自己的房间,他们谁也没有注意我。他们也没注意到斯班涅拉太太的嚷声:"别吵!真不要脸。"

星期天,我和郝莉到乔·贝尔的酒吧喝酒。她告诉我说,她没和戈莱特利大夫离婚,因为他们根本就没结过婚。"我当时只有14岁呀。这不能算是合法的。"

从外表看,戈莱特利大夫像个糟老头儿,但他善良,收留了无家可归的郝莉和弗雷德;即使郝莉不告而别,他依旧收养着弗雷德,一直到他参军。如今,他回得克萨斯州去了。那晚郝莉见到戈莱特利大夫后,陪他在公共汽车站附近荡了一个晚上。到最后一分钟,戈莱特利大夫仍以为郝莉会和他回去。

郝莉告诉他:"我已经不是14岁,我也不再是露拉美。但可怕的是——我们站在那里的时候,我才发现——我是露拉美。我仍在偷火鸡蛋,在田野里乱奔。只是我如今把它称作

‘心里发毛’。"

乔·贝尔递酒到我们面前。郝莉劝告他说:"千万别爱上野东西。大夫错就错在这里。他总是把野东西带回家。一只伤了翅膀的秃鹰,一只断了腿的大山猫。但是,你不能把心掏给野东西:你越是那样,它们恢复得越快。总有一天它们有了力气可以逃到树林里去,或者飞上了树,接着又飞到更高的一棵树,最后飞上了天。这就是你好心得到的好报,贝尔先生。要是你爱野东西,你最后只有抬头望着天空的份儿。"

"她醉了。"乔·贝尔告诉我。

"有一点儿。"郝莉知道乔·贝尔可能没明白她一连串牢骚的意思,但是戈莱特利大夫明白,所以他走了。郝莉,就是"野东西",无论她是露拉美,还是郝莉,骨子里的特质从没改变过。父母早亡,寄人篱下,要想活命只能靠自己,伴随着她成长的这种不安定感,放大了她的"野性"。

戈莱特利大夫收留了她,像掌上明珠般宠她,却还是消磨不掉她的野性。她狡黠,为了生存,过早地知道使用什么样的手段可以达到自己的目的,从她答应嫁给大夫那时起,心底就明白这婚姻是不算数的。

戈莱特利大夫幻想着郝莉有一天总会回去,渴望她回心转意。殊不知在郝莉眼里,那里也是牢笼。

"不想睡,也不想死,只想到天际的草原上去漫游。"郝莉就是一匹野马,可惜爱上她的人,都没有草原。

Day 5.
心思单纯的人，更脆弱也更坚强

看到报纸上那段话，我满腔的醋意，那一刻，我意识到自己是不是已经爱上郝莉了。我到站后就买了一份相同的报纸，读到那段话的末尾，才发现拉斯蒂的新娘是"封面女郎"维尔伍德。我的双腿高兴得发软。回到褐石楼房，在门厅，我遇见斯班涅拉太太，她推着我尖声叫道："快跑，这里出人命了！"

乒乒乓乓的声音是从郝莉的房间传来的。玻璃杯打碎的声音、窗帘撕破的声音、家具推翻的声音，在这一片混乱声中，唯独没有吵架的声音。我拼命地敲郝莉的门，但是没人给我开门。我想把门撞开，结果只是撞疼了我的肩膀。这时，若泽带着医生来了。此刻他的样子一点也不潇洒，满头大汗，惊恐万分。若泽用钥匙开了门，我跟了进去。

房间内一片狼藉，冰箱里的食物扔得满地皆是。郝莉那只没有名字的猫，在一堆杂物中安静地舔着一摊牛奶。郝莉全身发僵地躺在床上。医生过去探了探她的脉搏，取出一支针管为她注射镇静剂。

"太太，您太累了，您想睡觉，就睡吧。"医生像哼着催眠曲一般安抚着郝莉。

郝莉揉揉她的额角，一只割破的手指在上面留下了一道血迹。"睡觉，"她像一个哭得筋疲力尽的孩子呻吟着，"只有他肯让我睡觉，肯让我在寒冷的晚上抱着他睡觉。我看到墨西哥有一块地皮，有马，在海边。"

医生留下来陪着郝莉，我和若泽退出了房间。客厅里，蹑手蹑脚进来偷听的斯班涅拉太太，被若泽用葡萄牙语骂走了。若泽对我说，他很怕郝莉像个疯子一样摔东西会引起丑闻。作为一个外交家，他不能卷进丑闻里，他需要名声。

我问他郝莉为何会如此发狂，难道是因为拉斯蒂结婚，但新娘不是她吗？若泽不屑地微笑："事实上，这是一件我们巴不得的好事，他们帮了我们大忙。"他的目光在地上的乱物堆中搜寻，终于捡起一封被揉成一团的电报。电报是戈莱特利大夫从得克萨斯州发来的，内容是：弗雷德阵亡。郝莉没有哥哥了。郝莉以后不再提她的哥哥。此外，她也不再叫我"弗雷德"。

又一个春末夏初，若泽搬进了公寓，他的名字在信箱上代替了维尔伍德。不过大多时候，郝莉还是一个人生活，因为若泽一星期有三天在华盛顿。我终于明白若泽所说的"他们帮了我们大忙"是什么意思，当初那个四人小组，两男两女间的关系，发生了乾坤大挪移般的转变。

除了每逢星期四去辛辛监狱，郝莉很少外出，也不再在家里举行酒会。这不是说因为弗雷德的死，她对生活失去了兴趣，相反，她似乎比我认识她以来的任何时候更知足、更快活了。

现在的她，已怀有六个星期的身孕。她说她要生九个孩子。现在的她，心里发毛的感觉很少出现了。即使那种感觉偶尔蹦出来，也不需要乘车到蒂凡尼去。拿着若泽的西装去干洗，烧点蘑菇，这些琐碎的家务，就会让她感到好受。对于什么是爱，郝莉已经有了一个清楚的概念。爱就是若泽的笑，他的笑能够使她忘掉心里发毛的事。

关于爱的微妙感，卡波特在不同的小说里，用了不同的描述表达相同的感受。短篇小说《花房》里，爱的感觉是"好像辣椒撒在了心口，小鱼在你的血管中游弋"。中篇小说《草竖琴》里，"爱不是一个容易的过程。它能占去一辈子的时间"。中篇小说《别的声音，别的房间》里，"任何存在于人的天性中的爱都是自然、美丽的，只有伪君子才会追究一个人所爱为何"。

郝莉有了爱情，有了孩子，有了憧憬的新生活。若泽不在纽约的时候，都是我陪着郝莉。初秋时，有一次，我们一起到唐人街吃饭，买了几盏纸灯笼，偷了一盒佛香，然后漫步走过布鲁克林桥。

在桥上，当我们远望驶向海洋的船只，她说："以后，许多年许多年以后，这些船中会有一艘把我带回来——我和我的九个巴西孩子。因为他们一定要看一看这个，这些灯光，这条河——我爱纽约，即使纽约不是我的，有的东西必然是那样，一棵树、一条街、一幢房屋，因为我是属于它们的，它们也就属于我了。"

这样，这些日子，这些最后的日子，在记忆中飘飘忽忽、隐隐约约，全像秋天的落叶。直到那一天。

那天是9月30日，我的生日，因为要等家人寄来的生日礼物，还不到送件时间，我就下楼等邮递员。要不是我在门口闲荡，郝莉就不会叫我一起去公园骑马，这样她也就不会有机会救我一命。那天，她穿了挡风的皮夹克、牛仔裤、网球鞋。她拍拍自己的腹部，开玩笑说："别担心，我不会把继承人丢掉的。"

她说，若泽已经买好了机票，下个星期六，他们就要走了。在离别前，她想跟自己喜欢的那匹马去告别。我抱怨，她怎么能说走就走。

她说："我觉得没有人会惦记我。我没有朋友。"

郝莉告诉我，她已经一个月没去辛辛监狱了，当老萨利得知她要离开美国，显得很高兴，他那句"留下来迟早可能出事"，让郝莉有几分不解，她是冒充老萨利的亲戚去探监的，如果被揭穿，难道后果很严重吗？

"奥肖纳赛律师，给了我500块，算是老萨利送的结婚礼物。"郝莉说。

我存心残酷地说："你也可以从我这儿得到一份礼物，如果真的结上了婚。"

她笑了。我带着醋意继续说:"若泽知不知道你已经结了婚?"

"你怎么啦?你存心要让我今天玩不痛快?我已经告诉过你,那段婚姻是不合法的。"

她擦一擦鼻子,斜着瞥了我一眼,说:"你要是把这件事告诉别人,亲爱的,我要把你倒挂起来,把你当只猪一样剥了皮。"

骑马本是件让人高兴的事,但对于不会骑马的我来说,刚在马上坐了一分钟,我便出了个惊险万分的大洋相。一群黑人男孩子冲撞了我的马,它像发疯一样跑了出去,穿过公园,跑到了第五大道,冲进人群与车流。郝莉骑着马一直在后面喊着鼓励我的话,但却追不上我。骑警也加入追逐队伍,当马被制服,我吓得晕了过去。

那天晚上,郝莉的照片刊登在美国各大报纸的头条,这样的大肆宣传与狂奔的马没有任何关系。因为郝莉被捕。下午的时候,郝莉在我家帮我涂止痛药膏,斯班涅拉太太引着两个便衣侦探,叫嚣着进来,她指着郝莉说:"她在这儿,这个女通缉犯。"

郝莉被他们绑走了,临走时不忘交代我:"别忘了,给我喂猫。"

我以为这些事都是斯班涅拉惹的,因为她已经几次打电话给有关当局控告郝莉。事实却不是这样,当晚上乔·贝尔出现在我家,递给我那些报纸时,我才意识到问题的严重性。郝莉被捕，起因是"气象报告"。

辛辛监狱里的老萨利和打着律师旗号的奥肖纳赛，都是国际贩毒集团中的重要人物。郝莉每周四探监带出来的"气象报告"，是他们之间的口头暗语。通过郝莉的传达，老萨利虽然身在狱中，却能够直接控制他在墨西哥、古巴、西西里等地有据点的、遍及全球的贩毒网。

一时间，郝莉成了黑社会女匪，成了贩毒集团中的一员。乔·贝尔让我打电话给郝莉那些朋友，让那些有钱的家伙，帮她请个律师。我忽然明白郝莉的那句话了，她说她没有朋友，没有真正的朋友。也许，她说的是对的。

Day 6.
所谓家，就是让你感到自由自在的地方

第二天上午，我到郝莉房间喂猫时，她还没有回来。我没有她房间的钥匙，只好从防火梯旁的窗户爬进去。猫在卧室里，不只是它一个，还有一个男人，蹲在手提箱前，收拾着若泽放在郝莉家的衣物，但他不是若泽。我知道这位巴西外交家准备溜了。我不奇怪，也不难过，然而，这仍是个很令人伤心的意外。这个男人掏出一封信，是若泽写给郝莉的，请我转交。

我坐在郝莉的床上，抱着郝莉的猫，为郝莉感到伤心，就像郝莉为自己感到伤心一样，分毫不差。两天以后的早晨，我在医院的病房里见到郝莉。从被捕的那天晚上起她就一直在那里。

"你好，亲爱的。"她向我打招呼，"我失掉了继承人。"

她向我打听若泽的消息，我将那封信递给了她。她一看见信就眯起了眼睛，脸上出现不自然的笑容。她说一个姑娘不抹口红是不能读这种信的。她照着一面小镜子，化起了精致的妆容，洒了香水，戴上了珍珠耳环，戴上了墨镜。全副武装以后，她才开始撕开信封。她的目光掠过信纸，脸上的笑容越来越淡且越来越生硬。最后她要了一支烟。

她把信丢给我，让我保存。"要是你想写一篇浑蛋罗曼史的话，这封信会派上用场。"

我问她以后有什么打算。她说她不想浪费星期六的那张机票，她要去巴西，但不是去找若泽。

这是弃保潜逃，后果很严重。"即使你逃脱了，也永远不能回家了。"

郝莉打定了主意。"所谓家，就是让你感到自由自在的地方。我还在寻找。"她把手放在我的手上，突然十分真挚地紧紧按了一下。

"我没有太多办法。所有警察都想从我身上不花钱摸两把，都想我做控告老萨利的国家证人。也许，我是个烂透了的女人，但是，要我做证控告一个朋友，我绝不干。"

探视的时间到了，护士来催促我离开。起身前，郝莉请我帮她一个忙。她让我帮她找一份巴西最有钱的58人名单，种族肤色都无所谓。她还让我帮她到公寓里找出那枚我送给她的像章。

"我旅行需要它。"

星期五晚上天空是红色的，还打了雷。到了星期六，郝莉要离开的那天，全市倾盆大雨。也许鲨鱼可以在空中游过去，但飞机似乎是不可能穿过的。安全起见，郝莉自己没有回来收拾行李，这个重担落在了我的身上。她要带走的行李除了衣物、首饰，还有吉他和猫，她重点强调，记得把一瓶百年白兰地带出来。我们约好在乔·贝尔的酒吧碰面。

我磕磕绊绊地在郝莉的公寓和我的公寓之间的防火梯上爬上爬下，手里还得抓着那只猫。慌乱中，庆幸自己还能找到那枚像章。我把这些物品装进郝莉唯一的手提箱里，装不下的，就塞在几只买菜的纸袋里，猫放进一只枕套。

到了乔·贝尔的酒吧，猫一放出来，就跳到了郝莉的肩膀上：它的尾巴摇着，像一根指挥狂想曲的指挥棒。郝莉打开那瓶白兰地，请我和乔·贝尔一起喝。这瓶酒是她为自己置办的嫁妆，但现在已经用不到了。

在车上，郝莉脱下了她的衣服，那是她一直没机会换掉的骑装，然后勉强套上一件紧身黑衣裙。她哼着歌，喝着白兰地，不断地窥看窗外，好像在找某个地址，又像是最后看一看她要永远记住的景色。结果两者都不是。经过西班牙区一条街道时，郝莉让车子停下来。这是一个野蛮、花哨又阴沉的地段。人行道上的果皮屑和破报纸被风吹得乱飞。尽管雨已经停了，天空中露出蓝色，风却仍很强劲。

郝莉抱着猫下了车，她对着猫喃喃自语几句，便把猫放下了。见它不走开，她一蹬脚："我说快走！"猫蹭了蹭她的腿，她大叫道："我说快滚开。"

她跳上车，叫司机开车。我们的车开过一个街口，她才说话："我早告诉过你，我们是在街上相遇的。我们都是独立的。我们之间从来没有许诺过什么……"她的声音没了力气，脸抽搐了一下。汽车遇到红灯停了下来。郝莉推开车门，下车往回跑，我追在后面。可是，猫已经不在丢下它的那个街角了。郝莉在这段街上奔来奔去，不停地叫着："猫儿，你在哪里？来吧，猫儿。"

直到失去了,郝莉才承认:"我们属于对方。它是我的。"

这时我答应她说,会把那只猫找回来,并好好照顾它。

她微笑了一下,那种毫无快感的勉强一笑:"可是我呢?我非常害怕。我怕了。因为这种事会永远继续下去。不到你把自己的东西扔掉,你就不知道它是你的。"

她钻进汽车,一屁股坐下,说:"司机,咱们走吧。"

几个月过去了,冬天过去了。郝莉没有一点消息。在这期间,老萨利在监狱里因心脏病发作去世;拉斯蒂和维尔伍德在闹离婚;褐石楼房的主人把郝莉留下的东西都卖了。春天的时候,郝莉从巴西寄来一张明信片,上面印了一个她的唇印,她说等有了确定地址就告诉我。可我一直没等到。

我想写信告诉她,我已经找到那只猫了。那是冬天的一个星期日下午,阳光普照,我找到它了,它蹲在一间看上去很温馨的房间的窗台上,两侧是盆栽花木,背景是洁净的蕾丝窗帘。

我不知道它如今叫什么名字,但肯定它已有了名字,已找到了归宿。不管是非洲的茅屋还是别的什么,我希望郝莉也找到了她的归宿。

故事就这样结束了。

Day 7.
她只是想在达到人生目的时，仍保持着本心

1948年，24岁的卡波特发表了带有自传性质的小说《别的声音，别的房间》，一举成名，瞬间成为文坛的宠儿。卡波特从事业起步时，便开始经营自己的社交圈，他结交的人，非富即贵，作家、艺术家、达官显贵、国际名流，他丰富的社会生活频受媒体关注。用当下流行的话语来说，卡波特知道怎样利用资源将自己打造成网红，获得公众的瞩目。他自带流量，他的话题性，除了屈指可数的几部文学作品外，更多的是因为他自己本身。

卡波特的一生，呈现着一种难以调和的矛盾：他是才华横溢的作家，但无论是媒体还是读者，对卡波特个人的兴趣盖过了对他作品的兴趣。这看上去有些讽刺，但至少卡波特得到了他想要的：他成名了。不到40岁，卡波特便成功地完成了人生目标：名声和财富双丰收。

1966年，为了庆贺耗时六年的"非虚构性小说"《冷血》完稿，他在纽约的广场大酒店举行了有500人参加的化装舞会。这场舞会被大肆宣传，成为20世纪60年代的标志性事件之一。1975年，卡波特发表了一段小说节选（这部小说最终并未

写完），暴露了很多社会名流的隐私，引爆了朋友圈，致使他失宠于上流社会。

1984年8月25日，卡波特猝死于洛杉矶。

关于这本书，有五个关键词：气象报告、鸟笼、猫、野东西、爱情。通过这五个关键词，我们一起揭开郝莉的内心世界。

"气象报告"，是一个陷阱。黑手党首领老萨利利用了郝莉的无知与虚荣，让她为自己传递情报，最后东窗事发。郝莉不肯出卖老萨利，选择了潜逃。

"鸟笼"，在小说里，在讲述者"我"的眼里，只是一件工艺别致的陈列品；在郝莉眼里，那是痛苦的象征，是她拼命想要摆脱的命运。

"野东西"，"不想睡，也不想死，只想到天际的草原上去漫游"的郝莉，就是野东西。野性是她保护自己的盔甲，可以给她暂时的安全感。

郝莉所要的安全感，除了像蒂凡尼那样宁静美好的地方，还有就是保持自己的陌生，藏住自己的过往，没人了解她，就没人能伤害她。那只从街头捡回来的猫，也是野东西，它何尝不是郝莉的影子。但无形中，她已和猫产生了感情。

爱情在郝莉的生命里，好像是一种意外。身在爱情中的她，完全改头换面。她爱钱，但在选择爱情对象时，好像又与物质没多大关系。她选择了若泽，只因他的微笑可以治愈她的心里发毛,即使他不是百万富翁,即使她得硬着头皮学葡萄牙语,即使她得离开纽约,到六千英里以外的陌生国度。

她爱他,不是因为他是谁,而是他可以让郝莉成为想成为的样子,不是电影明星,不是富豪太太,只是忠于自己内心的郝莉。这个郝莉可能放荡,虚荣,拜金,倔强,有着填不满的私欲,却又保持着与之不符的单纯。这两种看似矛盾的性格特点,便是村上春树所云的"纯洁的放荡感",是"我"与乔·贝尔喜欢她的原因。

她只是想"希望有一天早晨醒来在蒂凡尼吃早餐时,我仍旧是我"。她只是想在她达到人生目的——找到和在蒂凡尼感觉一样的地方时,她还保持着本心与初心。这是她的处世信条。

《小王子》

本质的东西，用眼睛是看不见的，唯有用心

[法]圣-埃克苏佩里

生活在另一颗星球上的小王子，因为与自己的玫瑰吵架而踏上远行之路，在浩瀚的宇宙中不断旅行，小王子认识了很多有趣的人。最后，小王子来到地球，希望可以在这里找回自己遗失已久的快乐，直到他遇见了一只狐狸……

成为大人的我们逐渐在"该做的事情"里渐渐麻木，而忽视了自己心底的声音。而《小王子》这部献给大人的童话，时刻提醒着步入成年社会逐渐丧失童心的大人们，不要忘了自己也曾经是个孩子。

Day 1.
这本简单的"童书",带你看到生命本真

《小王子》的故事开始于"我"的童年回忆。当"我"还是一个小孩子的时候,"我"从没想过要做一名飞行员,而是想要成为一名画家。于是,"我"尝试着画了一头吞吃了大象的蟒蛇。然而,"我"身边的大人们却让"我"难过极了。"我"遇见的每个人,看到这幅画之后,都认为"我"画的是一顶帽子。

作为一个飞行员,"我"总是要开着飞机,在世界各地飞来飞去。很不幸,这一天,"我"的飞机失事了,落在一片沙漠里。抬眼望去,四周不是沙丘就是沙堆,运气好的话,或许能看到一堆堆仙人掌。在沙漠里一个人都没有。"我"只剩下了一点备用水和食物,大概够用一个星期。

所以,"我"必须在一个星期里修好飞机,重新踏上回家的路,不然,可能就要永远留在这片沙漠里了。在这生死攸关的第一个晚上,"我"忍不住困意,迷迷糊糊地睡着了。可是,就在天蒙蒙亮时,"我"突然听到了一个小小的声音:"你……可以帮我画一只绵羊吗?"

"我"赶紧睁开眼睛,发现眼前有一个小小的孩子。

"我"还没来得及想明白,为什么一个小孩子会出现在沙漠里,他又说了一遍:"请你为我画一只绵羊好吗?"

虽然这个孩子的来龙去脉让我疑惑,但"我"因为太过于震惊,稀里糊涂地就同意了他的请求。"我"从口袋里掏出一支钢笔和一张纸,画了一张。刚刚画完,他就摇摇头,说道:"不对不对,我要的不是蟒蛇肚子里的大象,蟒蛇很危险,大象呢,太占地方。在我那儿,什么都是小小的。"

"我"的这幅画保留了这么久,从来没有人认出这里有一条蟒蛇,更别提蟒蛇肚子里的大象了!没想到,这个孩子居然全都认出来了。

可是,"我"没吃惊太久,因为这个小小的孩子请求"我"重新画一张画。"我要的是一只绵羊,请你给我画一只小小的绵羊好吗?"孩子再次请求道。

"我"只好为他画起了绵羊。可是,别看这个孩子小,画一只能够让他满意的绵羊并不是一件容易的事情。"我"还惦记着要去修飞机的事情,情急之下,干脆画了一只箱子,告诉这个孩子:"这个呢,是一个箱子。你想要的绵羊就在箱子里了。"

而"我",也是通过这样一只绵羊,认识了小王子。小王子是一个头发金黄的小孩子。他在沙漠中的出现仿佛莫名其妙,却又在情理之中——因为小王子来自遥远的B612小行星。

一个大人在看待一件事情时,似乎总是要从各种各样的角度去考虑。譬如,请客吃饭,不仅仅关乎食物本身,而成为觥筹交错间的利益交换，或是按座排次的等级分明。小王子的视角却让我们重新看到生命的本真。

就像飞行员"我"在成长历程中，遇到的所有大人都没办法认出蟒蛇，更别提大象了，又怎么可能认出箱子里的绵羊呢？在这一章节后，作者轻轻地留下一句感叹："他大概以为我是跟他一样的。可是，很遗憾，我已经瞧不见箱子里面的绵羊了。我也许已经有点像那些大人了。我一定是老了。"

这句感叹让人不由得有些悲伤，但圣-埃克苏佩里依然对此保有希望，因此，他才写下了《小王子》。

Day 2.
那些虚张声势，是无法言说的爱意

关于B612星球，这个星球比一座房子大不了多少。所以，在这个小小的星球上，如果你想看日落，只要把椅子挪动几步就好了。甚至，有一天，小王子独自一个人看了44次日落。

除了日落，还有什么呢？在B612星球的土地里还藏着许多种子，有好的，也有坏的。坏种子会长出猴面包树，给小王子的星球带来大麻烦。随着时间一天天过去，小王子眼见着一株与猴面包树不一样的植物慢慢地从土里钻了出来。他细细地观察，看着它长出一个很大很大的花蕾，心想花蕾绽放起来一定很漂亮。

在小王子和"我"聊到这朵花儿时，"我"正忙着要从发动机上卸下一颗拧得太紧的螺钉。"我"发现故障似乎很严重，饮用水也快喝完了。而小王子还在拉着"我"聊绵羊，聊玫瑰花。他问"我"，绵羊如果会吃灌木，会不会也吃花儿？会不会吃掉带刺的花儿？"我"正忙着修理飞机，没有心思搭理他，随口回答道，是的，绵羊也吃有刺的花儿。

那么花儿的刺还有什么用呢？小王子继而追问道。

"我"依然没有把他的话太当事，而是随口说："刺呀，什么用都没有，纯粹是花儿想使坏呗。"

"喔！"但他沉默了一会儿以后，愤愤然地冲着"我"说："我不信你的话！花儿是纤弱的，天真的。它们想尽量保护自己。它们以为有了刺就会显得很厉害……"

"我"一开始没有理解小王子的话，还在对着飞机敲敲打打，没有把他的话当回事，随口说："你别闹了，我正忙着干正事呢！"这句话却让小王子生气了："你说话就像那些大人！"小王子毫不留情地指责我，一头金发在风中摇曳，脸都气得发白了。"几百万年以前，花儿就长刺了。可几百万年以前，羊也早就在吃花儿了。刺什么用也没有，那花儿为什么要费那份劲去长刺呢，把这弄明白难道不是正事吗？绵羊和花儿的战争难道不重要吗……"

看着他这么伤心，"我"赶紧把这个小小的孩子抱在怀里，笨手笨脚地安慰他，承诺给他的玫瑰花画一个护栏，给绵羊画一个嘴罩。这才渐渐地安慰了小王子，然后，"我"知道了更多关于这朵花儿的故事。这是一株骄傲的花儿。小王子从她还是一颗种子时就守着她，看着她一点点地发芽，长大，结出花蕾。可是，她不愿意就这么随意地把自己的美丽绽放出来。

小王子就在旁边等啊，等啊，直到太阳升起的那一刻，这朵美丽的花儿绽放了。这是一朵美丽的玫瑰花。小王子被玫瑰花的绽放吸引了，那小小的B612星球什么时候出现过这么美丽的植物呢？玫瑰花和猴面包树实在是太不一样了！他看着玫瑰花，结结巴巴地赞扬道："您……您真美！"这个紧张的孩子，说话都结巴了。

而小玫瑰花呢，她当然对自己的美丽心知肚明，听了小王子的赞扬，她毫不谦虚，得意地点头承认："那是当然。我是与太阳同时出生的……"

有一天，她和小王子提起了自己的四根刺。她天真地幻想着会出现老虎或者别的什么危险，她就可以用这四根刺保护自己。听了这话，小王子尝试着安慰她："我的星球上并没有什么老虎啊，而且，老虎是不会吃草的。"但这话让花儿更不高兴了。她轻轻地咳嗽了一声，回答道："我并不是草。"察觉到了花儿的不愉快，小王子又连忙道歉，希望花儿可以快乐起来。

小王子发自内心地喜欢这朵玫瑰花。在他看来，这朵玫瑰花是那么独特，又是那么神奇。他发自内心地呵护她，放任她的傲慢。或许，就是这么认真的爱，反而让小王子产生了负担。他太把花儿的话当一回事了，却忘了自己的忍耐也是有限度的。

终于，小王子被花儿的话惹恼了，决定离开她，到别的星球去远行。在小王子向她告别的时候，高傲的玫瑰花沉默了好久。"我以前太傻了，"她终于开口了，"请你原谅我。但愿你能幸福。"花儿请小王子带走罩子，她说，其实风儿也不是那么令人讨厌。而且，既然她自己想认识蝴蝶，就应该受得了两三条毛虫。

玫瑰花在临别时，才显露出自己对小王子的依依不舍。而小王子也是在时过境迁之后，才明白玫瑰花表面上的倔强与炫耀，是一种深情的表达。他告诉飞行员："她给了我芳香，给了我光彩。我本该猜到她那小小花招背后的一片柔情。可惜当时我太年轻，还不懂得怎么去爱她。"

Day 3.
你看待事物的方式，就是你所拥有的模样

被小玫瑰花伤透了心的小王子在离开之前，依然把自己的星球收拾得干干净净。他拔掉了刚长出来的几株猴面包树幼苗，以免它们抢走了玫瑰花的营养。

星球上有两座活火山和一座死火山。活火山用来热早点非常方便，小王子临行前，仔仔细细地把三座火山都疏通了，让这几座火山可以缓缓地、均匀地燃烧，就不会喷发了。料理好星球上的一切，与小玫瑰花告别之后，小王子就出发了。在他的小星球附近，还有其他的小行星，编号为325号、326号、327号等。他开始访问这几颗星球，想在那里找点事干，并且学习学习。

第一颗星球是属于一个国王的星球。国王看见小王子的第一眼，就大声叫了起来，得意地说："终于来了个臣民。"

这话让小王子第一次见到国王，感到奇怪极了："他以前从没见过我，怎么会认识我呢？"他不知道，对像国王一样的人来说，世界是非常简单的，所有人都是臣民。不过，他很善良，下的命令都是通情达理的。比如，如果他命令将军变成一只海鸟，而将军不服从，那就不是将军的错，而是国王的错。

因为让将军变成海鸟是一件不可能的事，是超越了将军能力的事情。但是，再通情达理的国王也是统治者。他总是想要统治一切，这很快就让小王子觉得无聊了。

小王子到了第二个星球上，那里住着一个人，戴着一顶高高的帽子，他一见到小王子，就教小王子用自己的一只手去拍另一只手。你大概很快就能明白，这个动作就是"鼓掌"。小王子遵从了这个人的请求，鼓起掌来，而这个人随即脱帽致意。原来，他是一个虚荣的人，在他眼里，所有人都是自己的崇拜者。他只在意来自别人的赞扬，耳朵里只听得到赞美的话。小王子不理解自己的崇拜对虚荣的人来说有什么意义，起身走开了。

第三个星球上住着一个酒鬼，他的星球上不是空酒瓶就是酒。他说，自己喝酒是为了忘记羞愧，而他的羞愧却来源于酗酒。这是什么逻辑？小王子不理解，他来到了下一个星球。

第四颗是商人的星球。商人忙得不可开交，无时无刻不在数着天空中的星星，如今已经数到501 622 731颗了。他甚至连头都没有抬一下，而是言之凿凿地向小王子炫耀自己的"拥有"：

"如果你发现一颗不属于任何人的钻石，一个不属于任何人的岛屿，最先想出一个主意，然后去申请发明专利，那么，这一切就都属于你了。现在，我占有了这些星星，因为在我以前没有人想到过占有它们。"

占有星星让商人感到快乐，却让小王子不解。在小王子看来，"拥有"是一件让彼此有好处的事情。他拥有玫瑰花，是要为她浇水、挡风；拥有火山，就要负责疏通它们。

下一颗星星非常奇怪，是这些星星中最小的一颗。行星上只能容得下一盏路灯和一个点路灯的人。这个点灯人翻来覆去地把灯点燃又熄灭，因为他被命令着，在天亮时熄灯，天黑时点灯。之前，白天他有时间休息，夜里也有时间睡觉。但是，随着星球越转越快，这个规定却没有变。小小的星球每分钟转一圈，于是，点灯人每分钟就要点一次灯，熄一次灯。

小王子很喜欢这个星球，因为在这里，每24小时就有1440次日落，但他的旅途还要继续。终于，他来到了一个很大很大的星球上。是一个地理学家住的星球。地理学家是一个老先生，在写作一本大部头的书。但是，他却对自己的星球一问三不知。

老先生请小王子讲讲自己的星球。小王子介绍了自己的两座活火山和一座死火山，还谈起了他的玫瑰花。可是，地理学家却说："花儿我们是不记下来的。"

"这是为什么？花儿是最美的呀！"小王子不理解地发问。"因为花是转瞬即逝的。"老先生告诉他，"地理书里记载着永恒的事物。山脉移位的情形是极其罕见的。海洋干涸的情形也是极其罕见的。但是，花儿却有随时都会消逝的危险。"

"我的花儿是转瞬即逝的，"这个事实让小王子有些伤心，他不由得想，"她只有四根刺可以自卫，可以用来抵御这个世界！而我却丢下她孤零零地在那儿！"

"那么,"小王子问道,"您能建议我,下一站的目的地吗?"

"地球这颗行星,"地理学家回答他说,"它的名望很高……"

小王子就这样来到了地球。

Day 4.
感情若无回应，身处人群中孤独也挥之不去

小王子来到地球，简直被吓了一大跳，因为地球实在是太大了！他听说了地球很大很大，可是，在他降落的时候，他却一个人都没看到。原来，他正好落到了一片沙漠里。他正担心自己跑错了星球。这时，在沙地上有一个月光色的圆环在蠕动。小王子毫无把握地随便说了声："晚安。"

"晚安。"那个月光色的圆环回答道。原来，那是一条蛇。

"我落在什么行星上？"小王子问道。

"在地球上，在非洲。"蛇回答道。

这样一来，小王子才可以肯定，自己真的到了地球上了。

"你为啥来地球呢？"蛇问道。

"我和一朵花儿闹了别扭。"小王子说。

听了这个回答，蛇沉默了，小王子也不知道说什么好。但他还是有些想念自己的玫瑰花，不由得开口问蛇，在哪儿能见到人呢？在沙漠里真有点孤独……

蛇却告诉他："哪怕你在人群中间，也会感到孤独。"

小王子久久地注视着蛇，最后说道："你真是种奇怪的动物，细得像根手指……"

"可我比一个国王的手指还厉害呢,"蛇说,"凡是我碰过的人,我都把他们送回老家去,可你这么纯洁,又是从一颗星星那儿来的……"

小王子没有作声。最后,蛇说:"哪天你要是想念你的星星了,我可以帮助你。我可以……"

小王子点点头,好像明白了蛇说话的意思,又好像没有。

小王子离开了蛇,继续独自一人在沙漠中走着。小王子对着高山,怯生生地打招呼:"你们好啊……"而他得到的是一阵阵的回声:"你们好……你们好……你们好……"

小王子又问:"你们是谁呀?"

"你们是谁呀……你们是谁呀……你们是谁呀……"回声应道。

"请做我的朋友吧,我很孤独。"小王子第三次说。

"我很孤独……我很孤独……我很孤独……"回声应道。

回声让小王子觉得奇怪极了,他从未见过这样的东西。毕竟,在B612星球上,除了三座火山,就是猴面包树,当然,还有小王子的玫瑰花。但是,玫瑰花总是先开口说话的,而不像是山里的回声,只是一遍遍地重复小王子的心声。

小王子此前的经历似乎印证了蛇的话语。

真正的友情来自双向奔赴。人们期待的,是彼此交流、诚恳相待,是互相砥砺、共同进步,而不是一场永远以自我为中心的游戏。如果在一段关系中,只有单方面的回应,那又有什么意义呢?

然而，除了孤独之外，更糟糕的事情发生了。小王子走啊，走啊，他走出了沙漠，走过了高山，也走过皑皑雪地，终于发现了一条路。所有的路都通往有人住的地方。在这里，他看到了一座玫瑰盛开的花园。这些玫瑰热情地向小王子打着招呼，吸引了小王子的注意力。他惊奇地发现，这座玫瑰花园里竟然有5000朵花儿，而每一朵花儿都与他那颗小小星球上的玫瑰花一模一样。

他想起自己那朵骄傲而充满生气的小玫瑰花，曾经用一种无比自豪的心情说着："我是这个宇宙里独一无二的花朵。"

他想着想着，趴在草地上哭了起来："我还以为自己拥有的是独一无二的一朵花儿呢，可我有的只是普普通通的一朵玫瑰花罢了。这朵花儿，加上那三座只到我膝盖的火山，其中有一座还说不定永远不会再喷发，就凭这些，我怎么也成不了一个伟大的王子……"

曾经，他以为自己是那么独一无二的存在。因为他拥有这样一颗小小的星球，拥有着全宇宙最为独一无二的花朵。这种痛苦让小王子开始怀疑自己。而此刻，他感觉到自己不再是这个宇宙中特别的存在。如果自己没有那么特别，那么，我对这个宇宙而言，意义又是什么？还是说，根本没有意义？

Day 5.
爱的真相，是让彼此独一无二

正在小王子难过地哭泣时，一只狐狸出现了。他站在苹果树下，一身皮毛油光水滑，小王子忍不住开口赞叹道："你是谁？你很漂亮！来和我一起玩吧，我很不快活。"

"我是一只狐狸，"狐狸自我介绍道，"我不能和你一起玩，还没有人驯服过我呢。"

驯服是什么意思呢？小王子不懂，他说，他来到地球上，是想找人的。

狐狸解释道："驯服是一件早已被人们忘记的事情，它的意思就是'建立联系'。"

狐狸还给小王子举了个例子："对我来说，你还只是一个小男孩，就像其他千万个小男孩一样。我不需要你。你也同样用不着我。""对你来说，我也不过是一只狐狸，和其他千万只狐狸一样。但是，如果你驯服了我，我们就互相不可缺少了。对我来说，你就是世界上唯一的了；我对你来说，也是世界上唯一的了。"

狐狸的说法让小王子想起了他和玫瑰花的关系。

"当然有可能，"听了小王子和玫瑰花的故事，狐狸若有所思,"毕竟,地球上什么事情都有可能发生……"

"那不是在地球上发生的事情呢!"小王子告诉狐狸。

"哦?另一个星球上的事情吗?"狐狸惊讶地看着小王子,"那个星球上有猎人吗?有母鸡吗?"

小王子告诉狐狸,自己的B612星球既没有猎人,也没有母鸡。

"好吧。"狐狸不由得叹了一口气,看来这个世界上没有十全十美的事情啊。不过,他又用自己和母鸡举例子,继续给小王子讲驯服的故事,请求小王子驯服他。

起初,小王子只想去交朋友,想了解世界上的万事万物,他感觉自己要没有时间了。狐狸说,你只能了解自己驯服过的东西。但是,现在的人们似乎太贪心,也太求快了,他们不想花时间去了解任何东西,而是选择去商店购买现成的商品。

世界上怎么会有出售朋友的商店呢?那些遗忘了驯服的人,那些只想要去商店购买商品的人,他们不会有朋友。

"你如果想要有个朋友,就驯服我吧!"狐狸说。

可是,驯服要怎么做呢?

第一步,狐狸说了,要有耐心。"你先坐在草地上,离我稍远一些,就像这样。我从眼角里瞅你,而你什么也别说。语言是误解的根源。不过,每天你都可以坐得离我稍稍近一些……"

小王子答应了。他第二天又来了。这次,狐狸说:"你最好能在同一时间来。比如说,下午4点钟,那么我在3点钟就会开始感到幸福了。时间越来越近，我就越来越幸福。到了4点钟，我会兴奋得坐立不安；幸福原来也很折磨人的！可要是你随便什么时候来，我就没法知道什么时候该准备好我的心情……毕竟，我们还应该有些仪式，这也是驯服非常重要的一环。"

所谓仪式，就是定下一个时间，让这个时间变得比其他的时间更加重要。狐狸举了猎人们做例子，每周四，猎人们都会在村子里开舞会，请漂亮的姑娘们跳舞。狐狸就可以在这个时候跑到葡萄园里转悠转悠。

"如果猎人们每天都开舞会，我每天都去葡萄园，那日子还有什么区别呢？"狐狸如是说道。

就这样，小王子渐渐地驯服了狐狸。当他要离开的时候，狐狸难过得快哭出来了，这让小王子感到非常抱歉："我本来没想让你受任何伤害，可你却要我驯服你。你现在要哭了，却什么好处都没有得到……"

怎么能这么说呢？狐狸摇摇头，他说："我还有麦子的颜色啊！你的头发是金黄色的，从此以后，我一看到麦子，就会想到你的头发，就会想到你。"

"你去看一眼花园里的那5000朵玫瑰花，再回来向我告别吧！那时候，我会告诉你一个秘密。"狐狸还说。

小王子来到了玫瑰花园，他开始明白了一些关于驯养的秘密。那5000朵玫瑰在风中摇头晃脑，看起来和他的那一朵很像，但是，小王子却说："你们根本不像我那朵玫瑰，你们还什么都不是呢，谁都没驯服过你们，你们也没驯服过别人。你们就像狐狸以前一样。那时候的它，和成千上万别的狐狸毫无两样。可是我现在和它做了朋友，它在世界上就是独一无二的了。"

同样，小王子明白了，正是他曾经为玫瑰浇过水，挡过风，捉过毛毛虫，才让他的玫瑰变得独一无二。是他在玫瑰身上所花费的那些时光，让他的玫瑰变得如此重要。

这就是狐狸想要给小王子留下的临别礼物。

最后，狐狸说："只有用心才能看见。本质的东西用眼是看不见的。人们已经忘记了这个道理，但你不该忘记它。对你驯养过的东西，你永远负有责任。你必须对你的玫瑰负责……"

在狐狸的教导下，小王子终于明白了他和玫瑰花之间的关系，或许，也明白了自己与世界之间的关系。

Day 6.
回忆,是最好的礼物

今天,已经是"我"在沙漠上出事故的第八天,最后一滴备用水已经喝尽,小王子讲完了一个商人的故事。那是他离开狐狸之后的故事。起初,"我"以为他不理解现在的情况有多么凶险,但是,小王子注视着"我",似乎明白了"我"心中的一切。他开口说道:"我也渴……我们去找一口井吧……"

在这茫茫沙漠中寻找一口井,实在是荒唐,但是,"我"又有什么办法呢?我们一起出发了。默默地走了好几个小时以后,天黑了下来,星星开始发出光亮。由于口渴,"我"有点发烧,"我"看着这些星星,像是在做梦一样。小王子的话在"我"的脑海中跳来跳去。"你也渴吗?""我"问他。

他却不回答"我"的问题,只是对"我"说:"水对心也是有益处的……""我"不懂他的话是什么意思,可"我"也不作声……"我"知道不应该去问他。

"我"和小王子一同坐在沙漠里,远处,沙漠中似乎有什么在发光。小王子喃喃自语道:"使沙漠更加美丽的,就是在某个角落里,藏着一口井……"

这和狐狸的话如出一辙。经由他这么说,"我"好像想起了家里的一处老宅，据说里面有宝藏，"我"小时候常常在那里跑来跑去。"我"突然明白了他一直说的话，那些美丽的东西，暂时是看不见的。但是，我们可以去发现它。

小王子累得睡着了。"我"把他抱起来，重新上路。这个孩子在"我"怀里就像一件易碎的宝贝。在月光下，"我"看着他那苍白的前额，紧闭的眼睛与那随风飘动的刘海，以及嘴角绽出的一丝笑意，不由得想起了他对玫瑰花的忠贞。受那朵玫瑰的影响，即使在他睡着时，仍然在他身上发出光芒，就像一盏灯的火焰一样，也支撑着"我"往前走着，走着。

终于，在黎明时，"我"发现了一口水井。

小王子醒了，他笑笑说："你听见了吗，我们唤醒了这口井，它在唱歌呢。"

"我"和小王子共同喝了水，小王子提醒"我"，让"我"兑现自己的诺言，为他的绵羊画一个嘴套。"我"拿出了几张画稿，那上面有猴面包树，虽然长得有点像白菜；还有狐狸，虽然耳朵有点长，长得像两个角了。但是没关系。小王子收下了"我"用铅笔画的嘴套，然后告诉"我"，他要回家了。再过几天，就是他来到地球的周年纪念。他想要回去，他想念他的玫瑰花了。

一年前，他就是降落到这片沙漠上的。如今，他刻意回到这片沙漠，希望能找到一条回家的路。小王子让"我"明天晚上再过来，修好"我"的飞机再过来。可是"我"放心不下。"我"想起了狐狸的话。一个人要是被驯养过，恐怕难免要哭的……

第二天晚上，一个奇迹诞生了。"我"的飞机虽然有一个零件坏了，但还是修好了。修好飞机后，"我"如约来到了水井边上见小王子，他正坐在井边的一座石墙上，他在和墙下的一条蛇说话。这可把"我"吓坏了。"我"赶忙拿着手枪冲过去，蛇听到"我"的声音，一溜烟地钻进沙子里逃跑了。

小王子从石墙上跳了下来。他说，这条蛇是他到地球来，第一次遇到的那条。蛇说，他的毒液可以送他回家。

"到今天夜里，就是一年了。我的星星就在我去年降落的地方顶上……"小王子说。

"我"抱着小王子，看着他温柔地笑着，突然很害怕，只觉得他在笔直地滑入一个深渊，而"我"全然无法拉住他……而且，"我"再也听不到他的笑声了。

感受到"我"的恐惧，小王子却安慰"我"说，千万别害怕。已经彼此驯服的朋友，会有礼物留下来。"昨天你给我喝的水，有了那辘轳和吊绳，就像一首乐曲……你还记得吧……那水真好喝。"

"夜里，你要抬头望着满天的星星。我那颗实在太小了，我都没法指给你看它在哪儿。这样倒也好。我的星星，对你来说就是满天星星中的一颗。所以，你会爱这满天的星星……所有的星星都会是你的朋友。我还要给你一件礼物……"

他说："每个人眼中的星星都是不一样的。旅人会看到向导，学者们会看到讨论的问题，而不爱看天的人只会觉得那些是天空中微弱的光芒。"

"但是，对你来说，星星是不一样的。当你在夜里望着天空时，既然我就在其中一颗星星上面，既然我在其中一颗星星上笑着，那么对你来说，就好像满天的星星都在笑。只有你一个人，看见的是会笑的星星。这是我给你的礼物，就像水一样。"

"好了……没别的要说了……"过了一会儿，小王子又说，"你不该来的。你会难过的。我看上去会像死去一样，可那不是真的……毕竟，路太远了，我没办法带着这个躯壳……但是，我要回去，你知道，我对我的玫瑰花有责任。"

时间一点一滴地过去了。小王子稍微犹豫了一下，随即站了起来。他往前跨出了一步，而"我"却动弹不得。只见他的脚踝边上闪过一道黄光。片刻间他一动不动。他没有叫喊。他像一棵树那样缓缓地倒下。由于是沙地，甚至都没有一点声响。

小王子离开了，到现在，已经过去六年了。"我"的同事们很高兴看到"我"回来，但是"我"却时不时想起来，希望哪一天，还能够遇上沙漠里的那个金黄色头发的孩子。

Day 7.
所有大人都曾是小孩，可是很少人会记得这一点

圣-埃克苏佩里写作这则故事，意在让我们看到生命的本真。借由小王子的旅程，作者夸张地写出了国王、爱虚荣的人、商人等，以漫画般的手段暴露了成人社会中的种种问题。这些人追求权力、名声，或者是金钱，把这些身外之物看得比什么都重要。他们没办法建立真正意义上的"驯服"关系，因为他们的时间都花在了身外之物上。

至于酒鬼，作者的写作似乎半真半假。不愿意面对现实的人在"借酒消愁"，拖延时光；但是，从社会主流角度来看，又不能干干脆脆地摆烂酗酒，从而产生愧疚之情。最后，为了缓解愧疚而继续喝酒。所谓精神内耗就这么开始了。

那么，点灯人与地理学家呢？事实上，小王子在旅途中坦承，他自己还是很喜欢点灯人与地理学家的。然而，他们却也没办法与人建立"驯服"的关系。点灯人可以看作是当今工作狂的缩影。他的工作不仅忙，而且乱。当小王子为他的工作提出修改建议，让他能够好好休息一阵子时，他却拒绝了，声称"这不符合规定"。究竟是什么规定？来自谁的规定？点灯人自己也说不清楚。他就像今天坐在办公室里加班的无数人一

样，有限的时间与精力都投入到无限的杂事当中，却不曾思考有什么方式可以让自己更轻松地完成工作。

而地理学家是一位和蔼可亲的老爷爷。小王子很喜欢他，但他也有一些问题。地理学家总是沉湎于书本，却没有亲自到实地去看一看那些山川河流。就像在知识大爆炸的今天，我们太过于依赖纸面上的知识、手机中的信息，却忽略了真实世界里存在的人和事。

小王子来到地球后，他开始感觉到孤独。而孤独正是这个原子化社会中的大多数人所面临的困扰。

抑郁症、躁郁症、强迫症……种种心理疾病的来源或许都离不开"孤独"两个字。为此，圣-埃克苏佩里为所有的现代读者提供的唯一解药即是"驯服"。驯服是一种既简单而又复杂的关系。之所以说它简单，是因为按照狐狸的说法，"驯服"只要花时间，与其他人建立联系就好了。

一开始只需要约定时间，坐在一起，甚至不需要说话，因为语言总是会让人误解。随着时间过去，在彼此陪伴中，被驯服的双方能够创造出属于彼此的回忆。就像小王子的头发与麦田之于狐狸，就像飞行员"我"的水井之于小王子。这样的回忆与联系使得彼此在心中与他者有别，变得独一无二。

那么，个体存在的意义便经由彼此关系而建构，而"驯服"也便成了良好联结的代名词。只是，当今这个越来越快的社会，又有多少人愿意花时间慢慢地去驯服另外一个人，和另一个人发生联结呢？就像《小王子》里写的，大人总是很奇怪。真正重要的事情需要用心去感受，而不是用眼睛去看。

在《小王子》的前言里，圣-埃克苏佩里这么写道：这本书送给一个大人，这个大人什么都能懂，即使是给孩子看的书他也懂。要是所有这些理由还不够的话，那么我愿意把这本书献给曾经是小朋友的这个大人。所有大人都曾经是小朋友（可是只有很少大人会记得这一点）。

而《小王子》里的"驯服"还有另一个含义，那就是爱。《小王子》可以说是一个教人如何去爱的故事。小王子与玫瑰花互相喜欢，却不懂得去爱彼此，玫瑰花虚张声势，还有些小虚荣心，而小王子也没看穿玫瑰花的小伎俩，最后选择了离开。只有遇到了狐狸，懂得了驯服的道理，小王子才真正明白他与玫瑰之间的关系。

但这样爱的表达，又或许来得太迟了一些。从驯服的理论来讲，我们或许会明白，因为小王子对玫瑰付出了时间与心血，才让玫瑰成为他心中独一无二的玫瑰。

最后，作者圣-埃克苏佩里留下了一个开放式的结局，希望小王子真的回到了B612星球，与同样获得了成长的玫瑰幸福地生活在一起。而留在地球上的我们呢？也要一次次走出去，尝试驯服与被驯服，以不同的关系一次次地突破现代社会为我们打造的孤独囚笼，突破我们自己的精神困境。

麦家陪你读书（第一辑）

《我想要的人生》

《写给世间所有的迷茫》

《做简单的自己》

《一切都来得及》

荐书人

深蓝蓝　慕　榕　竹　子　momo
文　苑　慧　清　陈不识　妍　诺
无患子　路雨生　三尺晴　琴萧陌
恪慕容　北　坡　贰　九　驿路奇奇
竹露滴清响　盐系少女

麦家陪你读书（第二辑）

《今天也要好好爱》

《坠入人海，理想热烈》

《去人间清醒处》

《活在生活里》

荐书人

陌上桑　月　己　肉　丝　蒙　湘　贰　九
三尺晴　西　楚　竹　子　奥氏体　慧　清
琴箫陌　张煜栐　十七君　文　苑　云　间
格斯墨　刘文豪　零　露　康　飞　恪慕容
帅沁彤　一隅清欢　驿路奇奇　若水一泓
堂前燕子　羊子姑娘　竹露滴清响

《今天也要好好爱》

| 总监制 |

孙 毅

| 特约编辑 |

顾 夏　黄 琰

| 营销支持 |

侯庆恩

让好故事影响更多人